Thomas Gärtner

SKOLOPENDER

Jäger des Leides

BITTE LESEN SIE DIESE SEITE NICHT, WENN SIE DIE SPANNUNG DES BUCHES UNEINGESCHRÄNKT ERLEBEN MÖCHTEN!

Skolopender – Jäger des Leides, ein ungemein komplexer Thriller, den man generell als eine Mischung aus *Sakrileg* und *Highlander* charakterisieren könnte.

Zum Hintergrund:

10 Mal wurde eine Menschheit erschaffen und 10 Mal wurde sie wieder vom Angesicht der Erde gewischt – bis letztlich die entstehen konnte, welcher wir heute angehören.

Die Welt, so wie wir sie kennen, ist nur Teil eines Probelaufes. Nur ein Versuch, nur Bestandteil eines Tests, vor der Erschaffung der endgültigen Form.

Aus den 10 vorherigen Probeläufen waren 10 Repräsentanten hervorgegangen; die jeweilige sie umgebende Menschheit war hernach nicht mehr von Nöten gewesen, war restlos vernichtet worden.

Jetzt – kurz vor Ende des finalen Durchgangs – wird ein letzter Repräsentant gefunden werden und dann wird auch diese, unsere Menschheit nicht länger gebraucht werden.

Zu den Personen:

Armin, ein junger Mann, welchem der Launen einer faszinierenden Frau wegen ein abscheuliches Schicksal widerfährt.

Tony und Samuel, zwei charismatische Kleinganoven, die unglücklicherweise in die Machenschaften der wahrhaftig irrsinnigen Jessica geraten.

Jessica, der Inbegriff von Schönheit und Begierde, deren äußerst aufreizender Körper gleichermaßen eine tödliche Waffe ist.

Professor Lupp, ein liebenswerter alternder Religionsforscher, der von der CIA um Hilfe gebeten wird, da Terroranschläge nie gekannten Ausmaßes drohen.

Dr. Makujato, ein skrupelloser und korrupter Molekularbiologe, der die Verantwortung für eine den Globus umspannende Pandemie trägt, welche möglicherweise die nahezu restlose Auslöschung der gesamten Menschheit zur Folge hat.

Michela (Protagonistin), eine junge zielstrebige Frau, die die Liebe ihres Lebens findet, womit einhergeht, dass sie einem Geheimnis auf die Spur kommt, welches die Grundlagen jedweder religiöser Existenz in Frage stellt.

Rahula (Protagonist), der aussichtsreichsten Kandidaten auf den Sieg der letzten Wahl; und wenngleich auch er ein Jäger des Leides ist, er tausendfach Schmerz über die Menschheit gebracht hat, bleibt er dennoch die segensreichste Wahl, angesichts des Schreckens, den seine Mitstreiter verbreiten.

In Liebe,
dem Buhz.

Bibliografische Information der Deutschen Nationalbibliothek:
Die Deutsche Nationalbibliothek verzeichnet diese Publikation in der Deutschen Nationalbibliografie; detaillierte bibliografische Daten sind im Internet über http://dnb.d-nb.de abrufbar.

Herstellung und Verlag: Books on Demand GmbH, Norderstedt
Covergestaltung: Thomas Gärtner
ISBN: 978-3-8334-8302-8

Dieses Buch erhebt keinerlei Anspruch auf Wahrheit.
Es enthält eine frei erfundene Erzählung,
welche sich nur teilweise an Tatsächlichem anlehnt.

Prolog

Oktober, 2058.

Qi Shi – Der Beginn.

Zuo You Ye Ma Fen Zong.

Bai He Liang Chi.

Shou Hui Pi Pa – Das Lautenspiel.

Präzise, anmutig gelingen ihr die Bewegungen bis hin zur ersten Wende. Eins mit dem was sie tut, hoch konzentriert, der Umwelt entrückt, so mag es dem möglichen Betrachter erscheinen.

Nur bis hier her, bis hin zur ersten Wende und meist noch bei *Zou You Dao Juan Hong – Dem Zurückschreiten und weiten Ausbreiten der Arme*, sind ihre Bewegungen nichts weiter als kopfgesteuerte Gymnastik.

Erst mit *Zuo Lan Qiao Wei* beginnt es wirklich; ausgeführt zunächst nach links, dann nach rechts. Das erneute Bündeln des Qi; die rechte Hand vor der Brust, die linke knapp unter dem Bauchnabel, die Handflächen einander zugewandt. Kurz und auf exakte Weise öffnen, dann zu den Seiten hin weiter reichen. Die Handflächen einander ganz nahe bringen und das nunmehr zur reinen Energie konzentrierte Qi mit sanftem Druck nach vorn geben.

Erst jetzt ist es mehr, fließt es, beginnt es zu wirken.

Dan Bian – Die einfache Peitsche.

Yun Shou – Die Wolkenhände.

Noch einmal *Dan Bian*, dann *Auf dem Pferd reiten und nach dem Weg fragen – Gao Tan Ma.*

Ihr Blick scheint nun gänzlich entrückt, nach vorn gerichtet, wieder nach Osten. Den Mund leicht geöffnet, mit der Zunge den Gaumen berührend, nimmt sie alles wahr und schaut doch weit darüber hinaus.

Hier hält sie meist ein wenig inne; nicht willentlich, kaum spürbar. Der Fluss ihrer harmonischen Bewegungen verliert dadurch an nichts, gewinnt eher, läutet etwas ein, verkündet eine Steigerung, etwas geschieht nun gleich.

You Deng Jiao – Der rechte Fersenstoß. Die Hände kreuzen zunächst vor der Brust, öffnen sich dann weit und in perfekter Balance streckt sich das rechte Bein, ganz langsam parallel zum Untergrund, mit der Ferse voraus.

Shuang Feng Guan Er und *Zhuan Shen Zuo Deng Jiao – Das Umdrehen.*

Dann der linke Fersenstoß. Auch hierbei bleiben ihre Bewegungen gleichmäßig, harmonisch, zeitlupengleich langsam. Aber das Qi, die Lebensenergie, fließt jetzt nicht mehr nur durch sie hindurch, sie strömt jetzt, durchdringt sie, überflutet und erfüllt sie bis ins Letzte ihrer selbst.

Mit *Zuo Xia Shi Du Li – Dem Hinuntersteigen*, spürt sie die Geschmeidigkeit ihres Körpers. Jeder einzelne ihrer Muskelstränge spannt sich und bleibt dennoch geschmeidig. Zunächst links, dann rechts.

Zou You Chuan Sou – Das Webschiffchen schleudern; links und rechts.

Längst geschieht alles ganz von selbst. Über nichts mehr muss nachgedacht werden, die nächste Bewegung folgt wie von selbst, ohne jedwedes geistiges Zutun der vorangegangen. Genau genommen kann gar nichts mehr folgen, weil längst alles eins ist. Alles ist nun aus einem Guss. Kein Aneinanderreihen von Einzelfolgen mehr, sondern ein Ganzes; ein einziges Gleiten und Verschmelzen von all den Teilen, hin zu dem einen Ganzen.

Hai Di Zhen – Die Nadel auf dem Meeresboden.

Shan Tong Bi – Die Arme wie Fächer ausbreiten.

Zhuan Shen Ban Lan Chui.

Ru Feng Si Bi.

Shi Zi Shou und schließlich, *Shou Shi* – Der Abschluss.

Die Arme dicht am Körper, die Beine schulterbreit gespreizt, den Blick wieder nach Süden, wie zu Beginn. Die Atmung nun tiefer, etwas schneller, der Pulsschlag leicht erhöht.

Jetzt verharren. Es fühlen. Es wissen.

Erst als wieder Ruhe in ihr einkehrt, verlagert sie ihr Körpergewicht langsam, gänzlich auf ihr rechtes Bein, hebt leicht und mühelos das linke vom Boden ab, zieht es heran.

Ihr Blick lichtet sich, die Welt hat sie wieder.

Seit beinahe 50 Jahren beginnt und endet so ein jeder Tag im Leben von Michela Tomas. Und wie so oft danach, fragte sie sich auch jetzt, wie es ihm wohl gehen mag, dort wo er jetzt ist.

Eine kurze Weile noch genießt sie die späte Abendluft, es ist kühl geworden. Das Laub, welches die Terrassensteine säumte, hat in der letzten Woche rasch zugenommen. Die Tage sind kurz geworden, der Sommer ist längst vorüber. Auch ihre Tage sind gezählt, bald schon muss sie gehen, das fühlte Michela mit jeder Faser ihres alt gewordenen Körpers.

Sie empfindet jedoch weder Furcht noch Trauer angesichts ihres nahen Todes. Michela *weiß*, dass sie nichts zu befürchten hat, dass es keinen Grund zur Trauer gibt.

Sie schließt die breiten Flügel der Terrassentür und legt ein weiteres Scheit Holz aufs Feuer, welches sie zuvor im Kamin entfacht hat; nötig ist dies längst noch nicht, die tatsächlich kalten Tage werden erst noch kommen. Nur ist sie sich nicht sicher, ob sie dann noch hier sein wird.

Michela liebt den Schein des Feuers, das Prasseln und Knistern von feuchtem Holz und die wohlige Wärme eines offenen Kamins. Sie setzt sich auf die warmen alten Holzdielen, verschränkt ihre Beine, legt ihre Hände ineinander und richtet ihren Rücken gerade. Ihr Blick ist klar, in die züngelnden Flammen gerichtet.

Nach einer Weile streichen ihre Finger behutsam über die sternförmige Narbe dicht über ihrer Scham. Ein Lächeln macht sich auf Michelas ohnehin stets fröhlichem Gesicht breit; sie versetzt sich zurück in die Zeit, kurz bevor er ging.

Hier, vor diesem Kamin, auf genau diesen Dielen hatten sie gesessen. Er hatte sie in seinen Armen gehalten, ihr alles erklärt. Damals hatte sie nicht viel verstanden und auch heute war ihr längst nicht alles klar, aber das war auch gar nicht wichtig.

Viele Stunden hatte sie geweint, hatte sie ihn angefleht zu bleiben, sie nicht allein zurückzulassen. Immer wieder hatte er ihr beteuert, dass es nicht in seiner Macht stünde, dass er gehen müsse, ganz gleich, wie es auch ausgehen mochte. Selbst wenn er siegen würde, könnte er nicht bleiben; es lag nicht in seiner Hand.

Dies war am Abend vor der letzten Zusammenkunft gewesen. Einen einzigen Tag, bevor sich das Schicksal der gesamten Menschheit entscheiden sollte. In jener Nacht vor dem 25. Oktober 2008 war Michela Tomas dazu bereit gewesen, Milliarden von Menschen zu opfern, einzig, damit er bei ihr bliebe.

01 Vorfreuden

Frühjahr, 2007.

Armin wartete, wie all die andern, auf sein Gepäck. Sein Blick wechselte einmal mehr von dem Schacht, aus welchem das Fließband mit all den Koffern, den Reisetaschen, Rucksäcken und dem Sperrgepäck langsam emporkroch, hinüber zu den beiden jungen Blondinen – die im Flieger zwei Reihen schräg vor ihm gesessen hatten –, dann wieder zurück, hin zum Schacht. Ein blauschwarzer großer Rucksack kam eben ruckelnd zum Vorschein. Auch seine Sachen steckten in einem solchen, dem nicht unähnlich, der eben gegen die Umrandung des umlaufenden Förderbands krachte und nun seine Runden darauf antrat, ehe ihn sein Besitzer davon hoch zerrte; seiner war es jedoch nicht.

Wieder sah er zu den beiden Mädchen hinüber. Er versuchte von deren Gesichtern abzulesen, wann sie ihr Gepäck erkannten. Schon zuvor, im Flieger, hatte er darüber spekuliert, welche Art Urlaub die beiden wohl auf Teneriffa verbringen würden. Insgeheim hoffte er, sie würden ebenso Rucksacktouristen sein wie er selbst. Ihren Kleidern nach konnte dies durchaus zutreffen. Beide trugen sie zweckmäßige Cargohosen und Vliesjacken, feste Trekkingschuhe und das Handgepäck, in Form von handlichen Outdoor-Rucksäcken, rundete deren sportliches Erscheinungsbild ab. Nur war eben genau dieser Bekleidungsstil derzeit sehr in Mode, musste also nicht zwingend diesen Schluss zur Folge haben.

Eine der beiden, die etwas stämmigere und kleinere, deutete eben mit ausgestrecktem Arm auf einen braunen zerschlissenen Reisekoffer, der soeben im Schacht aufgetaucht war; aus der Traum.

Fünf Minuten später verließ Armin die Ankunftshalle. Eine junge blasse Spanierin hatte ihm den Flyer eines Kakteenparks in die Hand gedrückt, auf dessen Rückseite eine einfache Karte mit den wichtigsten Orten und Straßen der Insel abgedruckt war. Die Kakteen würde Armin sich sicher nicht anschauen, aber die Karte konnte ihm möglicherweise noch nützlich sein; er schob sie in seine Hosentasche.

Vorbei an den zahlreichen, zumeist einheimischen Angestellten der großen Hotelanlagen, welche mit ihren lustlos vor der Brust hochgehaltenen Erkennungsschildern das Empfangskomitee für all die Pauschaltouristen mimten, eilte er zum Ausgang. Kurzzeitig beschäftigte ihn die Frage, wie die es nur fertig brachten, an einem so sonnigen Ort, derart blass zu bleiben. Einige der jungen Spanierinnen sahen ziemlich aufreizend aus, in ihren eng anliegenden, kurzen dunklen Röcken und ihren großzügig aufgeknöpften, weißen Blusen. Zumeist waren sie – wenn auch südländisch herb – doch recht hübsch; aber diese aschgraue blasse Haut, törnte Armin doch eher ab.

Mit seinem nächsten Schritt glitten die Scheiben der automatischen Schiebetür der Eingangshalle auseinander und er trat hinaus in die Sonne. Erstmals seit seiner Landung spürte er die warme Frühjahrssonne Teneriffas auf seiner Haut. Ein anregender Schauer überzog seinen Körper, und die zu blassen Mädchen waren augenblicklich vergessen.

Ein böiger lauer Wind blies stramm von Westen her, Armin empfand ihn durchwegs als angenehm. Zu seiner Linken standen gut ein Dutzend Taxis, deren Motoren allesamt liefen; wohl der Klimaanlagen wegen, dachte Armin bei sich. Rechts von ihm parkten große und mittlere Reisebusse, in welche in hektischem Treiben eilends die eben erst angekommenen Touristen für den Weitertransport zu ihren Unterkünften gepfercht wurden. Und gegenüber, ein Stück einen flachen Hang hinauf, standen unzählige Klein- und Mittelklassewagen, der diversen Autovermietungen.

Armin würde laufen. Sein Budget war knapp bemessen, davon abgesehen wanderte er gern. Land und Leute waren zu Fuß immer noch am besten zu erkunden, lautete sein Kredo. Er atmete tief ein und hörbar aus.

„Also dann!“, sagte er leise zu sich selbst und lief los. Schon nach wenigen Schritten spürte er, wie das enorme Gewicht seines mächtigen Achtzigliterrucksacks unangenehm über seinen Schultern spannte. Armin ignorierte dies, so gut es eben ging; wusste er doch, dass er sich bald schon daran gewöhnen würde. Er streifte den Hüftgurt

nach unten und zog die Riemen enger. Fröhlich gestimmt marschierte er in strammem Tempo voran. Er freute sich riesig auf die bevorstehenden Wochen, es würde sicher herrlich werden hier auf der Insel.

Bereits wenige Stunden später wünschte sich Armin, hätte er sie nur nie betreten.

02 Michela Tomas

Etwa ein Jahr zuvor, sehr früh am Morgen.

Ela konnte ihre Mutter nicht verstehen. Ihr Blick gewahr – eben noch irritiert von den rechts vorbei huschenden Pylonen – den Tachometer des Fiats. Er zeigte knapp 130 km/h.

Spinnst du!, beschimpfte sich Ela gedanklich. *Hier is' 80!,* ermahnte sie sich. Augenblicklich trat sie auf die Bremse, verringerte ihr Tempo auf etwa 100 km/h. Auf der A9 fuhr sie von Bayreuth in Richtung Süden. Ela hatte eine Stinkwut auf ihre Mutter, und dabei war sie noch vor weniger als einer Stunde so glücklich gewesen wie lange nicht.

115 km/h. 120 km/h. 125 km/h.

Mann, reiß dich zusammen! Ein Strafticket ist das Letzte, was dir jetzt noch fehlt! Ihr erneutes Bremsmanöver fiel etwas zu heftig aus, quietschend blockierten die Reifen des Wagens und versetzten ihn leicht schräg. Erschrocken zog Ela ihren Fuß zurück, was zur Folge hatte, dass die kurze Rutschpartie abrupt endete und das Profil des Gummis wieder griff. Der Fiat geriet augenblicklich ins Schleudern, schaukelte sich bedrohlich auf. Ela riss das Steuer hin und her; mit entsprechendem Gegensteuern versuchte sie den Wagen wieder unter Kontrolle zu bekommen.

Beinahe wäre ihr dies auch gelungen, als er plötzlich doch noch nach rechts ausbrach. Ein dumpfer Schlag ertönte, als ein erster Pylon unter der Haube des Fiats verschwand. Ela riss das Steuer nach links und stieg mit aller Macht auf die Bremse. Der Wagen stellte sich quer und rutschte quietschend über den frischen Asphalt, der noch nicht freigegebenen rechten Spur. Mit einem Ruck kam er schließlich zum Stehen.

Elas Knie zitterten, ihr Pulsschlag hämmerte laut in ihren Ohren. Nur zögerlich entspannten sich ihre Finger; die krampfhaft das Lenkrad umklammert hielten, sodass die Knöchel ganz weiß und blutleer waren. Mit weit aufgerissenen Augen starrte sie durch die Windschutzscheibe nach vorn; nur mehr knapp zehn Meter voraus blockierte eine tonnenschwere Straßenwalze die gesperrte Fahrspur, auf welche sie geraten war.

Erst vor wenigen Tagen hatte sie den Fiat Fiorino – einen kleinen zweisitzigen Kastenwagen – auf sich zugelassen. Die eigentliche Besitzerin, eine ehemalige Klassenkameradin, hatte ihr den Wagen kostenfrei und auf unbestimmte Zeit überlassen; da sie sich den Unterhalt selbst derzeit nicht leisten konnte. Einzige Bedingung war, dass sie sich den Fiorino gelegentlich borgen konnte und dass Ela ihr geliebtes Schmuckstück pfleglich behandelte.

Ela stieg aus und besah sich die Front des Wagens. Sie bückte sich – eine Hand auf die Haube gestützt – nach unten, spähte darunter. Offenbar hatte der Fiat zumindest keinen ersichtlichen Schaden erlitten.

Weit und breit war niemand zu sehen. Ela lief eilends ein Stück die Straße hinauf, um den seitlich liegen gebliebenen, orangefarbenen Plastikpylonen wieder an seinen Bestimmungsort zurückzustellen. Noch immer war niemand zu sehen, entfernt vernahm sie ein anschwellendes Motorengeräusch. Schnell lief sie zum Wagen zurück, stieg ein, sah sich nochmals prüfend um und brauste davon.

„Mann, Mann, Mann!“, entfuhr es ihr. Sie blickte in den Rückspiegel, ein schelmisches Grinsen machte sich auf ihrem Gesicht breit. Die restlichen 40 Kilometer bis nach Falkenberg, einer kleinen Dreihundertdreißigeinwohnergemeinde ca. 50 Kilometer nordöstlich von Nürnberg, legte sie in sehr gemäßigtem Tempo zurück.

Vor gut einem Vierteljahr war sie dorthin gezogen. Das kleine Dorf Falkenberg lag knapp zehn Fahrradminuten von Obersbach entfernt; wo Ela seit rund einem Jahr in einer Rehapraxis als Physiotherapeutin arbeitete. Doch allein die geografische Nähe zu ihrem Arbeitsplatz hatte den geringsten Anteil an ihrer damaligen Entscheidung ausgemacht, hierher zu ziehen.

Ela hasste ihre Mutter. Nein, natürlich hasste sie sie nicht. Sie liebte ihre Mutter, oder zumindest glaubte sie, dass sie das tat. Genau genommen wusste sie nicht, ob sie ihre Mutter nun liebte oder hasste. Sie wusste nur, dass sie sich wünschte, dass ihre Mutter sie liebte. Eigentlich tat die das ja auch, nur eben nicht so, wie Ela dies gern gehabt hätte.

Ela kam es so vor, als ob ihre Mutter einzig *die* Tochter liebte und unterstützte, die sie gern *erschaffen* hätte. Solange Ela den Weg ging, den ihre Mutter ihr bereitete, war alles bestens. Solange Ela das Leben führte, welches ihrer Mutter nach das beste für sie war, war alles gut. Ihre Mutter ebnete ihr den Weg, öffnete ihr Türen und unterstützte sie in jeder denkbaren Form.

Damit du es einmal zu etwas bringen wirst, Kind; so wie ich es zu etwas gebracht habe!

Vor drei Monaten war Ela aus ihrem bisherigen Zuhause in Bayreuth ausgezogen. Sie hatte dort eine 100 Quadratmeter große Wohnung im Obergeschoss des Hauses ihrer Mutter bewohnt; die luxuriös eingerichteten Zimmer boten ihr alle erdenklichen Annehmlichkeiten zum Nulltarif. Aber Ela hatte es dort nicht länger ausgehalten, die täglichen Predigten ihrer Mutter wurden ihr unerträglich.

Du wirst es schon noch einsehen, Kind. Du siehst doch selbst, was ich alles erreicht habe.

Ja, Ela würde es schaffen! Sie würde es zu etwas bringen; nur würde dies eben nicht das sein, was sich ihre Mutter für sie ausgedacht hatte.

03 Verhängnis

Armin hatte bereits eine beträchtliche Wegstrecke zurückgelegt. Er hatte kein genaueres Ziel vor Augen, er lief einfach in der Nähe der Küste, in Richtung Westen.

Er liebte die zumeist eindrucksvollen Sonnenuntergänge über dem Meer; er hatte sich fest vorgenommen, gleich am ersten Abend seiner Reise einen davon zu Gesicht zu bekommen. Da der Flughafen im Süden lag, schätzte Armin, dass er 15 bis 20 Kilometer zurücklegen musste, um die Sonne über La Gomera untergehen sehen zu können. Er kam gut voran.

Die Landschaft war flach, führte ihn durch schroffe Gesteinsformationen, im Wechsel mit riesigen Tomatenplantagen. Er hoffte, dass er am späten Nachmittag Los Christianos erreichen würde, dort wollte er sich mit Verpflegung eindecken. Generell mied er touristische Städte – und Los Christianos ist die unangefochtene Tourihochburg Teneriffas – aber er hatte sich sagen lassen, die Sonnenuntergänge am Playa Los Americas seien absolut Pflicht.

Ein Stück weiter seines Weges stand ein einzelnes, recht baufälliges Haus. Er hatte bisher schon einige dieser mehr oder weniger verfallenen Ruinen gesehen, aber dieses Anwesen schien ihm noch bewohnt. Als er bis auf wenige Meter heran war, vernahm er von Weitem ein knatterndes Geräusch. Armin blieb stehen und lauschte. Einige Augenblicke später erblickte er einen roten Motorroller, der sich ihm zügig von Westen her näherte.

Der Fahrer – war offensichtlich eine Fahrerin. Sie trug ein luftiges, bunt gemustertes Sommerkleid und ihre langen dunklen Haare wehten im Fahrtwind. Als sie näher kam, erkannte Armin einen seitlich am Lenker befestigten Helm und eine große helle Tasche, welche eingeklemmt, zwischen ihren Beinen stand. In rasantem Tempo rauschte sie heran.

Armin war sich eigentlich schon sicher, dass sie vorüberfahren würde, als sie doch noch kurz vor dem Haus rapide das Tempo verringerte und schlitternd auf dem steinigen Boden zum Stehen kam. Armin ging weiter.

Als er heran war, lächelte ihm die Frau freundlich zu.

„¡Hola! ¿Qué tal?“, rief sie, strahlte dabei hell aus kastanienbraunen Augen. Sie war groß gewachsen, mindestens einsfünfundsiebzig, braungebrannt und wirkte ungemein athletisch. Als sie die vollgestopfte – vermutlich nicht ganz leichte – Tasche mit nur einer Hand vom Trittbrett des Rollers anhob, spannten sich die Muskeln ihres Oberarms und der Schulter, sodass sich einzelne Stränge und Fasern deutlich abzeichneten. Armin war davon überzeugt, dass sie eine sehr aktive Sportlerin sein musste.

Er schätzte sie auf gut dreißig, war sich dessen jedoch nicht ganz sicher. Ihr Körper passte mehr zu einer jungen agilen Zwanzigjährigen, während ihr äußerst attraktives Gesicht durchaus eine gewisse Reife ausstrahlte.

Armin war ganz hingerissen. Allmählich wurde ihm klar, dass er mit offen stehendem Mund da stand und sie anstarrte. Eilig antwortete er: *„Muy bien, gracias. ¿Y tú?"*

Die Frau lächelte, kam zu ihm herüber. Armin stockte der Atem, als er sie mit anmutigen Bewegungen langsam auf sich zukommen sah. Der fließende Stoff ihres dünnen Kleides umspielte sinnlich ihren schlanken Körper; dies beschwor Bilder in Armin herauf, die ihm die Schamesröte ins Gesicht trieben. Auf Armeslänge blieb sie vor ihm stehen.

„A voy a matar, cabron", kam es verführerisch über ihre Lippen, ihre Augen funkelten.

Armin war wie betäubt. Hastig schwang er sich den Rucksack von seinen Schultern, stellte ihn vor sich ab. Er kniete nieder, öffnete eilends den Reißverschluss der Deckeltasche und kramte darin nach dem kleinen Spanischwörterbuch. Er fand es und blätterte. Über die Seiten hinweg sah er ihre nackten makellosen Beine zum Greifen nah vor sich. Sie rückte noch ein wenig näher und der Duft ihrer Haut stieg ihm in die Nase. Armin war ganz benommen.

Er blätterte und blätterte und sah doch nur verschwommene schwarzgraue Zeilen. Eigentlich wusste er längst nicht mehr, was er gehört hatte, wonach er suchen wollte. Plötzlich vernahm er erneut ihre Stimme. Noch immer klang sie herrlich verführerisch, dennoch war etwas Entscheidendes anders als zuvor.

Es dauerte einen längeren Moment, ehe er verstand, was sich geändert hatte. Als er es begriff, blickte er auf, starrte er sie aus fragenden Augen an. Die Worte waren deutsch gewesen und sie hatte unmissverständlich gesagt: *„Ich werde dich töten, Kleiner."* Eine ruckartige Bewegung ging von ihr aus und im nächsten Augenblick verschwand alles um Armin herum in tiefschwarzem Nichts.

Als Armin wieder zu sich kam, dröhnte ihm der Schädel. Unweigerlich griff er sich an den Kopf, betastete er seine Schläfe. Sie war blutverkrustet und brannte wie Feuer.

Als Armin sich aufsetzen wollte, durchfuhr ihn blitzartig ein weitaus schlimmerer Schmerz; den er bisher noch gar nicht wahrgenommen hatte. In beiden Beinen explodierte ein wahres Schmerzfeuerwerk, welches ihn laut aufschreien ließ. Schweißperlen traten auf seine Stirn, als er sich stöhnend, ganz vorsichtig aufsetzte.

Der Anblick, der sich ihm darbot, als er auf seine Beine hinab sah, raubte ihm schier den Verstand. Beide Unterschenkel waren ihm regelrecht durchgebrochen worden; sie standen mitten im Schienbein beinahe rechtwinklig zu den Seiten hin ab. Zwar erkannte er keine äußeren Verletzungen, aber die unwirkliche Lage seiner Knochen und die monströsen Schwellungen ließen ihn vor Entsetzen erneut aufschreien. Bei jeder noch so kleinen Bewegung zuckten gleißende Schmerzensblitze durch sein Hirn, trieben ihm Tränen in die Augen; Armin versuchte ganz stillzuhalten.

Gänzlich verwirrt benötigte er Minuten ehe ihm wieder einfiel, was zuletzt geschehen war. Er war unterwegs gewesen, die Sonne hatte geschienen und da war diese Frau. Ja, die Frau. Sie hatte ihn urplötzlich angegriffen, hatte ihn bewusstlos geschlagen, *sie* musste ihm das hier angetan haben.

Aber warum nur? Es ergab keinen Sinn!

Armin konzentrierte sich ruhig zu bleiben; er sah sich um. Er lag im Halbdunkel, im Staub eines muffigen Raumes. Der Raum war groß und kühl, durch mehrere geschlossene Fenster drang spärlich das Sonnenlicht herein. Aber die Sonne schien noch, also hatte er nicht allzu lange das Bewusstsein verloren. Der Raum war nahezu leer, in seinem Blickfeld gab es nicht viel zu erkennen; und vor allem fand er keine Tür.

Äußerst behutsam versuchte Armin über seine Schulter nach hinten zu sehen. Da war sie – die Tür. Sie stand sogar einen kleinen Spalt weit offen und daneben, im Halbschatten, war noch etwas Anderes.

Ein paar lange makellose Beine.

Erschrocken fuhr Armin herum, um im selben Augenblick vor Scherzen fast wahnsinnig zu werden. Seine Beine fühlten sich an, als würden sie ihm von blutrünstigen Hyänen bei lebendigem Leibe vom Körper gefressen.

Die Frau hatte die ganze Zeit über hinter ihm gestanden, hatte ihn beobachtet. Langsam trat sie nun ins Licht. Trotz seiner peinigenden Lage, gewahr Armin die atemberaubende Schönheit ihrer Erscheinung. In ihrem Gesicht hatte sich jedoch etwas grundlegend gewandelt. Ihre Züge waren nach wie vor anmutig schön, aber ihre Augen blickten kalt, berechnend und erbarmungslos.

Armin atmete schwer, ein Strom aus Tränen lief über sein Gesicht und eine fiebrige Hitze bemächtigte sich zunehmend seines Körpers. Erneut konnte er sie nur fragend anstarren, brachte er kein Wort hervor.

Abschätzend blickte sie auf ihn herab; sah kurz auf die Uhr an ihrem Handgelenk und sagte dann mit teilnahmsloser Stimme: *„Du hast Glück. Mir bleibt nicht mehr die Zeit mich eingehender mit dir zu befassen. Aber ich mag dich. Und im Hinblick auf die nun bald schon anstehenden, großen Ereignisse, überlasse ich dir die Wahl. Soll ich dich nun töten – oder soll ich gehen, dich deinem Schicksal überlassen?"* Sie sah ihn gleichgültig dreinblickend an; als hätte sie eben nur gefragt, ob er Tee oder Kaffee wolle.

Armin hörte die Worte, aber er verstand deren Inhalt nicht. Nach wenigen Augenblicken, in welchen er sie weiterhin nur stumm anstarrte, fuhr sie herum und ging.

Über ihre Schulter weg meinte sie nur mehr: *„Also dann, mach's gut."*

Wenig später vernahm Armin das Knattern des Motorrollers, welches sich rasch entfernte und bald schon wurde es still.

April, 2008.

Samuel lehnte gelassen an der Hauswand. Es hatte den Anschein, als würde er seine Zeitung studieren, in Wahrheit beobachtete er einen Mann und eine Frau, welche ihm gegenüber in einem Straßencafé saßen. Samuel blätterte eine Seite weiter, kurz überflog er die Titelzeilen. Immer wieder huschten seine Augen über den Rand der Zeitung, fixierte er die beiden. Der Mann, ein älterer kleiner und untersetzter Asiat, wirkte reichlich nervös. Die Frau – ja die Frau. Sie war in der Tat eine wahre Schönheit, Tony hatte mit nichts übertrieben.

Sie hat den durchtrainierten Körper einer Fitnessqueen und das anmutig schöne Gesicht einer Göttin, hatte Tony geschwärmt und er hatte recht damit. Der Asiat wirkte daneben wie eine hässliche Kröte. Er zappelte unentwegt auf seinem Stuhl umher, blickte sich andauernd nach allen Seiten hin um. Er redete schnell und viel. Samuel stand zu weit weg, um verstehen zu können, was da gesprochen wurde; aber das war auch gar nicht nötig.

Tony hatte tags zuvor einen Kellner dazu *überredet*, den beiden – sofort nach deren Erscheinen – eine präparierte Zuckerdose an den Tisch zu stellen. Sobald sie ihr Gespräch beenden würden, würde Samuel den Voicerecorder aus der Zuckerdose an sich nehmen und alles in Erfahrung bringen, was er wissen muss.

Erneut blätterte er um; er hatte nicht die geringste Ahnung was da stand, er machte sich sogar ernsthaft Sorgen darüber, ob er die chinesische Tageszeitung richtig herum in Händen hielt. Noch immer ärgerte er sich darüber, dass ihm dieser dumme Fehler passiert war. Er war den beiden vom Pier her nach Chinatown gefolgt und hatte sich, als sie sich im Café niederließen, ohne genauer hinzusehen die nächstbeste Zeitung an einem Kiosk gekauft und sich dann hier positioniert. Erst nach Minuten war ihm sein Missgeschick aufgefallen. Wenn auch nur einer der beiden einen näheren Blick auf seine Zeitung werfen würde, würde der sicher sogleich misstrauisch werden. Bereits mehrere vorübergehende Passanten hatten ihn deswegen kurz angestarrt, aber noch hatte keiner der beiden davon Notiz genommen. Samuel könnte sich ohrfeigen.

Die Minuten verstrichen, während der Mann unaufhörlich auf die Frau einredete. Die hörte sich alles schweigend an, genüsslich trank sie ihren Kaffee. Plötzlich entstand eine längere Pause, in welcher der Mann die Frau abwartend anglotzte. Nach einer Weile nickte sie und winkte sogleich dem Kellner; der Asiat war sichtlich erfreut.

Nachdem der Kellner an ihren Tisch getreten war und Samuel kurz die Sicht versperrt hatte, stand die Frau auf und ging strammen Schrittes davon. Der Mann zückte sein Portemonnaie, bezahlte und verschwand eilends in der entgegengesetzten Richtung. Samuels Augen folgten der Frau, ihr Anblick war geradezu fesselnd. Erst als sie um eine Biegung verschwunden war, wandte er sich zu dem Asiaten um; auch der war bereits außer Sicht.

Samuel verweilte eine weitere Minute, dann ging er zu dem Café hinüber. Am Tisch, an dem die beiden eben noch gesessen hatten, stand nun der Kellner, verwirrt blickte er Samuel an. Verlegen dreinschauend hob er die Schultern und meinte: *„Sie hat eben noch hier gestanden.“*

Samuel sah auf den Tisch, die Zuckerdose war verschwunden.

05 Tony & Samuel

Tony erwartete Samuel im Hotelzimmer. Tony war groß, sehr groß sogar. Er maß zwei Meter sieben und wog rund 340 Pfund. Tony war ein Berg von einem Mann. Er hatte den Brustumfang und die Oberarme eines Schwergewichtboxers, das Gesicht eines vermeintlichen Massenmörders und das Gemüt eines zweitklassigen Showmasters. Er war 27 Jahre alt und veranlasste die Menschen dazu, zwei, besser gleich drei Schritte vor ihm zurückzuweichen.

Sein Anblick war in der Tat furchteinflößend, seine Stimme hingegen, glich der eines Knaben im Stimmbruch und sein Wortschatz, dem eines dummen angeberischen Teenagers. Was er jedoch sagte, war keineswegs dumm. Tony verfügte über ein unglaubliches Wissen, weswegen er von Samuel, oftmals als wandelndes Lexikon betitelt wurde. Tony wusste fast immer Bescheid; vor allem zu geschichtlichen Themen hatte er stets fundierte Hintergrundinformationen parat.

Samuel kannte ihn seit dessen Studium. Tony hatte – ebenso wie er selbst – versucht ein neues Leben zu beginnen, und war ebenso gescheitert. Tony war damals schlicht zu faul gewesen, Samuel zu selbstverliebt.

Tony war – was er war. Eine Furcht einflößende Erscheinung, mit schlechten Manieren, unreifen Vorstellungen und zu viel krimineller Energie. Bereits im Kindergarten hatte er festgestellt, wie einfach es war, sich Vorteile durch Einschüchterung zu verschaffen und wie leicht man es im Leben mittels Ellenbogeneinsatz haben konnte. Später dann, als er herangewachsen war, wurde alles sogar noch einfacher. Seine Optik war überwältigend geworden und ein zweifelhafter Ruf eilte ihm voraus. Er musste längst niemanden mehr mittels körperlichem Einsatz überzeugen, man wusste, wer er war und sah, wie er aussah – das genügte.

Samuel *plagte* eine ganz andere Bürde; Samuel war seit Langem der Liebling der Frauen. Seine Wirkung auf das weibliche Geschlecht war geradezu befremdlich. Nur hatte diese, im Gegensatz zu Tonys, erst viel später begonnen. Noch in der Schule war Samuel ein Niemand gewesen. Der Sohn eines deutschen Säufers und einer algerischen Prostituierten. Seine Kindheit verbrachte er in zahlreichen Heimen, bis zum Ende der Schulpflicht, führte er das Leben eines Außenseiters. Seine Mitschüler mieden ihn, seine Leistungen reichten nicht zu einem Abschluss.

Mitte zwanzig war er auf dem direkten Weg, dem Vorbild seines Vaters zu folgen; in oft tagelangen Saufgelagen arbeitete er in rasantem Tempo auf den endgültigen Absturz hin.

Eines Abends dann, brachten die Kommentare zweier junger angetrunkener Frauen die Wende. Sie bemerkten, dass Samuel – der lallend am Tresen einer billigen Spelunke hing – doch eigentlich ganz schnuckelig aussah und frisch geduscht und in ordentliche Kleider gesteckt, sicher ein durchaus vorzeigbares Kerlchen abgeben könnte. Sie hatten ihm an jenem Abend einen Drink spendiert und waren dann bald schon weiter gezogen.

Irgendwie hatte sich diese Begebenheit in Samuels Verstand gebrannt. Und als er am späten Nachmittag des folgenden Tages aus der komagleichen Umnachtung seines Rausches erwacht war, haftete sie dort noch immer. Samuel erkannte seine Chance. Er begriff, worin er investieren musste, um dem beinahe schon unausweichlichen Abgrund doch noch entgehen zu können – er musste in *sich* investieren.

Von stund an entsagte er dem Alkohol. Er verschaffte sich mittels Gelegenheitsjobs etwas Geld, besorgte sich saubere schicke Kleidung und ging zum Friseur. Er kaufte sich einschlägige Magazine und studierte darin die Reichen und Schönen. Er ging in die angesagten Klubs und beobachtete die VIPs. Er entlieh sich Videos und mimte die coolen Schauspieler vor dem Spiegel nach. Und je länger er sich mit der Welt der Stars und Sternchen beschäftigte, desto klarer wurde ihm, dass er genau dort hin wollte.

Nach rund einem Jahr des Übens, als die Spuren seiner kurzen, aber exzessiven Säuferkarriere gänzlich aus seinem Gesicht getilgt waren, wagte er einen ersten Test. Er hatte genügend Geld angespart, sich ein sündhaft teures Outfit zuzulegen; anschließend mietete er einen luxuriösen Wagen. In den letzten Monaten hatte er sich einen leichten, kaum merklichen spanischen Akzent antrainiert; so ausgestattet zog er nun los.

Tage zuvor hatte Samuel sich seine Route ausgeschaut. Zuallererst hielt er direkt vor einem erstklassigen Restaurant, welches von zwei Schwestern mittleren Alters geführt wurde. Sein Auftritt erregte sogleich Aufsehen. Eine dieser Schwestern geleitete ihn persönlich zu einem ausgewählten Tisch, dezent wies sie ihn auf seinen im Halteverbot abgestellten Wagen hin. In gleichmütigem, aber charmantem Ton bat er sie, sich darum zu kümmern und reichte ihr die Schlüssel über den Tisch. Als sie danach griff, hielt er sie für einen Augenblick zurück, berührte dabei absichtlich ihre Hand und lächelte ihr verführerisch zu.

„Sie sind sehr zuvorkommend“, schnurrte sein tiefer Bass.

Die Schwester lächelte gespielt verlegen, winkte einem Kellner und wies diesen mit kurzen befehlsgewohnten Sätzen an, sich darum zu kümmern. Samuel bestellte ein exquisites Mahl und bat sie, sich zu ihm zu gesellen, ihn mit ihrer hinreißenden Erscheinung zu erfreuen – sie ließ sich nicht lange bitten.

Er tischte ihr ein Märchen auf, in welchem er – ein gestresster Geschäftsreisender – sich den lieben langen Tag über mit öden Finanzgeschäften herumplagen musste und abends niemanden Interessantes antraf, mit dem er die Stadt hätte erkunden können. Seine Augen versprühten dabei jenen Charme, welcher einer jeden Frau vorgaukelte, er sei ein sanfter streichelbedürftiger Kater, obgleich sie deutlich den beutegierigen Löwen dahinter erkennen konnte.

Bereitwillig ließ sie sich einlullen und Samuel lief allmählich zur Höchstform auf.

Nach mehr als einer Stunde, war der Moment der Wahrheit gekommen. Er hatte ihr nonstop geschmeichelt, sich schließlich mit ihr für den Abend verabredet. Er zog seine exklusive Brieftasche aus seinem noch exklusiveren Jackett und blickte ihr verstohlen in die Augen. Seine Lippen formten die Worte: *„Was bin ich für dieses vorzügliche Mahl schuldig?“* Obgleich er wusste, dass seine Brieftasche nicht einen Cent enthielt.

Bange Sekunden verstrichen, in welchen sein Herz zu rasen begann. Nur mit Mühe konnte er seine Aufgeregtheit verbergen.

„Sie schulden mir lediglich einen aufregenden Abend“, erwiderte sie endlich. Sie machte eine abwehrende Handbewegung und meinte ergänzend: *„Stecken Sie ihr Portemonnaie nur gleich wieder weg, es war mir eine Freude, ich lasse Ihren Wagen bringen.“*

Samuel mimte den Überraschten, innerlich fiel jedoch ein Fels von ihm ab. Es hatte tatsächlich funktioniert. Sie begleitete ihn hinaus, er verabschiedete sich, fuhr davon und nichts war passiert – Samuel war begeistert.

Am Nachmittag und Abend desselben Tages und auch in den darauf folgenden, vollbrachte er noch etliche vergleichbare Betrügereien. Mit der Zahl seiner Erfolge wuchs sein Selbstbewusstsein und je selbstbewusster er auftrat, desto durchschlagender wurde seine Wirkung. Es fiel ihm zusehends leichter, die Frauen um den Finger zu wickeln und seine Feldzüge wurden bald schon dreister.

Binnen weniger Wochen hatte er es regelrecht zur Meisterschaft gebracht. Er erschlich sich nun nicht mehr nur mittels kurzer, überfallartiger Aktionen Essen, Kleidung, Hotelrechnungen oder hin und wieder ein wenig Bargeld, nein, seine Raubzüge wurden bald schon anderer Art. Samuel erschloss sich ein komplettes Versorgungsnetz. In weniger als einem halben Jahr, umgab er sich mit etlichen wohlhabenden Damen, die ihn allesamt vergötterten, und ihn – solange er eben das tat, was er dafür zu tun hatte – mit all dem Luxus überschütteten, den er haben wollte.

Es lag dann wohl in der Natur eines solchen Systems, dass es nicht von Dauer war. Nicht lange, und seine Gönnerinnen bekamen voneinander Wind. Sein Versorgungssystem brach auseinander und seine Quellen versiegten allesamt. Der Abschied von den Damen war zumeist hässlich und wenig amüsant, aber dies kümmerte Samuel nicht sonderlich. Der sich langsam einstellende Stillstand begann ihn ohnehin zu langweilen, er fieberte neuen Herausforderungen entgegen. Ärgerlich war lediglich, dass er sein sorgfältig ausgekundschaftetes Terrain weiträumig aufgeben musste – betrogene Frauen können ungemein nachtragend sein.

Über die Jahre hinweg wurden seine Methoden ausgeklügelter und seine Systeme stabiler. Manchmal hielten sie gar länger als ihm das lieb war und er zog in eine neue Stadt, ohne dass dies von Nöten gewesen wäre. Samuel hatte sich damit abgefunden und es machte ihm längst schon nichts mehr aus, dass er letztlich nicht seinem Vater gefolgt war, sondern, dass er wie seine Mutter, zur Hure geworden war.

Ende zwanzig hatte Samuel sein Leben satt. Er hasste es kein Zuhause zu haben, er hasste es keine Freunde zu haben, und am meisten hasste er die reichen, meist älteren Damen.

Tony hatte bis zu diesem Zeitpunkt sein Leben ähnlich unbeschwert gestaltet, wenn auch mit anderen Mitteln und längst nicht so luxuriös. Er hasste sein Leben nicht und hätte gern noch auf unbestimmte Zeit damit weitergemacht, aber ein ellenlanges Vorstrafenregister zwang auch ihn zu einem grundlegenden Schnitt. Er war nur mehr auf Bewährung ein freier Mann, etliche Leute lauerten äußerst aufmerksam auf die kleinste Kleinigkeit, um ihn endgültig aus dem Verkehr ziehen zu können.

Tony besann sich auf seine schulischen Qualitäten, er beschloss seinem Leben eine entscheidende Wende zu geben. Er war im Grunde kein dummer, primitiver Schläger – war es nie gewesen. Es hatte sich einfach so ergeben und es war eben bequem. Die Leute fürchteten sich vor ihm und er hatte schnell gemerkt, wie weit man mit ein wenig Gewalt kommen konnte. Die Zeit hatte es mit sich gebracht, dass aus ein wenig mehr geworden war, und zuletzt war es dann vollends aus dem Ruder gelaufen.

Generell hatte Tony einen breit gefächerten, interessierten Geist und ein eher friedliches Gemüt, andererseits war er aber auch ungemein faul. Und genau diese ausgeprägte Faulheit und Bequemlichkeit hatte ihn immer wieder dazu genötigt, körperliche Gewalt zu gebrauchen, um schnell und einfach zu Lösungen seiner alltäglichen Probleme zu gelangen. Nie hatte er versucht größeres Kapital hieraus zu schlagen, so wie Samuel dies tat; Tony wollte lediglich ein bequemes Leben führen, ohne dafür arbeiten zu müssen.

Tony hatte die Schulzeit gemocht. Er hatte einen hervorragenden Abschluss gemacht; nur ziemte es sich für einen Kerl wie ihn eben nicht, länger die Schulbank zu drücken als nötig, somit war es gekommen, wie es wohl kommen musste.

Jetzt, da ihm die Entscheidung weitgehend abgenommen wurde, war klar, dass er etwas unternehmen musste. Er war 26 Jahre alt und hatte sein gesamtes bisheriges Leben in Hamburg verbracht. Tony war *hier* zu dem geworden, der er jetzt war, niemand würde ihm abkaufen, dass er sich ernsthaft ändern wollte. Somit beschloss er wegzugehen; und wenn er das schon tat, dann richtig. Ins Ausland hatte es ihn nie gezogen, also wählte er die am denkbar weitesten entfernte Stadt innerhalb Deutschlands – ohne deswegen auf einen gewissen Großstadtflair verzichten zu müssen – und zog nach München. Hier sollte ihn niemand kennen, hier wollte er neu beginnen.

Tony verfügte über ein finanzielles Polster, mit dessen Hilfe ihm die allmähliche Gewöhnung an ein *normales* Leben leichter fallen sollte. Er mietete eine kleine Wohnung nahe der Uni und schrieb sich dort für Geschichte als Lehrfach ein. Der Gedanke, dass er einst als Lehrer vor einer Klasse stehen sollte und Kindern, deren Geschichte näher bringen würde, erschien ihm zwar reichlich skurril, aber genau das war es, was er tun wollte.

Samuel hatte sich die bayrische Landeshauptstadt lange Zeit aufgespart. Aus irgendwelchen Gründen – welche er sich selbst nicht recht zu erklären vermochte – hatte er nie in München zu *arbeiten* begonnen. Insgeheim hatte er wohl geahnt, oder auch nur gehofft, dass hier etwas ganz Besonderes auf ihn warten würde. Als seine Unzufriedenheit übergroß zu werden drohte, verließ er einmal mehr ein noch prächtig funktionierendes System und kam hierher.

In München entdeckte Samuel eine weitaus reizvollere Zielgruppe für sein gottgegebenes Talent. Er kehrte den älteren reichen Damen den Rücken und widmete sich von nun an den Jungen und Schönen. Seine Motivation war plötzlich wieder da, besser noch, sie war größer denn je. Auch unter den hübschen und jungen Frauen gab es solche mit ausreichend Geld, sodass er seinen Lebensstandard halten konnte – eigentlicher Antrieb war ihm dies nun aber nicht mehr. Samuel entdeckte die Frauen an sich. Er glaubte seine Berufung gefunden zu haben, er sah in sich selbst, eine Art modernen Don Juan.

Ein Jahr verstrich. Ein Jahr, in welchem Tony Geschichte studierte und er versuchte für seinen Lebensunterhalt zu arbeiten. Ein Jahr, in welchem Samuel die Frauen liebte und versuchte – Zufriedenheit zu heucheln. Ungefähr zu dieser Zeit waren Tonys Ersparnisse aufgebraucht, ebenso Samuels wiedererweckte Motivation. Weitere sechs Monate vergingen, in welchen Tony mehr und mehr in seine alten Gewohnheiten verfiel – da er das Arbeiten noch immer hasste – und in welchen Samuel nun auch noch die jungen Frauen zuwider wurden – da *er* derselbe geblieben war.

Tony wirkte auf die Menschen des Südens nicht anders als auf die des Nordens. Sie fürchteten ihn auch hier, traten ihm stets mit Misstrauen entgegen. Genau genommen hatte er nie die Chance dazu gehabt, hier einen Neuanfang zu schaffen; und somit war es nur eine Frage der Zeit geblieben, bis er wieder genau dort weiter machte, wo er in Hamburg aufgehört hatte. Es dauerte nicht lange und Tony hatte erneut Schwierigkeiten mit dem Gesetz.

Der Zufall wollte es, dass sich auch Samuel zu jener Zeit an der Uni herumtrieb. All die heißen Klubs und angesagten Bars der Stadt hatte er längst schon durch, somit war es fast zwangsläufig, dass er hierher gekommen war. Wenn man die Tummelplätze der Hippen und Schönen abgegrast hat, muss man eben zu den Quellen vordringen; falls dies so weiter ging, würde er bald schon vor einer Grundschule verhaftet werden.

Natürlich war Tony ihm aufgefallen. Der riesige Kerl mit der Schlächtervisage war auf einem Unigelände so unauffällig wie eine Nonne im Puff. Samuel hatte anfänglich genauso großen Respekt vor dessen bedrohlich wirkender Erscheinung gehabt wie alle anderen, aber er ahnte auch einen ganz anderen Menschen hinter dieser Fassade. Es war ihm nicht sonderlich daran gelegen, Tonys eigentliche Natur zu entdecken, vielmehr spielte er mit dem Gedanken, sich diesen Burschen, also dessen bedrohliche Erscheinung, zunutze zu machen. Hatte er anfangs noch keinerlei Vorstellung davon, auf welche Weise dies sein könnte, wusste er doch, dass es sich für ihn auszahlen würde, wenn er das Vertrauen dieses monströsen Kerls erlangen könnte.

In all den Jahren, in welchen Samuel nun schon von seiner Ausstrahlung lebte, hatte es sich hin und wieder ergeben, dass er diese auch Männern gegenüber zum Einsatz gebracht hatte. Generell versuchte er dies zu vermeiden, da er bei den wenigen, notwendig gewesenen Fällen erschütternderweise feststellen musste, dass er bei jenen beinahe ebenso gut ankam, wie bei den Damen. Insgeheim fürchtete er, er würde sich am Ende an ältere reiche Männer ranschmeißen, wenn er alle Sparten von Frauen endgültig satthatte.

Es wäre für niemanden sonders schwer gewesen, mit Tony Freundschaft zu schließen. Er zeigte sich dankbar für eine jede Menschenseele, die nicht angsterfüllt vor ihm zurückschreckte.

Heute, beinahe ein Jahrzehnt später, waren sie nach anfänglichen Anlaufschwierigkeiten in der Tat dicke Freunde geworden. Früh schon hatten sie sich gegenseitig ihr *Leid* offenbart und gemeinsam herausgefunden, welch Segen darin verborgen lag. Sie akzeptierten *wer* und *was* sie waren, lernten damit zu leben und mehr noch – gut damit zu leben. Sie akzeptierten, dass sie nicht zu einem *normalen* Leben geschaffen waren, und machten das Einzige, was ihnen blieb – sie wurden richtig kriminell.

Seit jener Zeit arbeiteten sie gemeinsam. Tony war mehr der Kopf im Hintergrund, der nur dann auftrat, wenn ein Mann wie er gebraucht wurde, und Samuel tat das, was er am besten konnte, er benutzte die Menschen für ihre Zwecke. Sie folgten keinem einmal bewährten Strickmuster, hatten keine bevorzugte Zielgruppe. Sie hielten einfach Augen und Ohren offen und waren zur Stelle, wenn es etwas abzugreifen gab; wahrscheinlich lag hierin das Geheimnis ihres langjährigen Erfolges. Mit den Jahren wuchsen sie zu einem perfekt funktionierenden Team zusammen, entwickelten sie eine gute Spürnase für *lohnende Projekte*.

Als Samuel aus dem Fahrstuhl stieg und die wenigen Schritte zu ihrem Hotelzimmer ging, beschlich ihn erstmals der Gedanke, dass sie sich dieses Mal einen vielleicht zu großen Fisch ausgespäht hatten.

April, 2008.

„Ekam sat vipra bahudha vadanti, die Wahrheit ist eine, aber die Weisen nennen sie unter verschiedenen Namen. Ekam sat vipra bahudha vadanti, so steht es im Rigveda, dem ältesten Zeugnis indischer Literatur.

Relativität und Pluralität, meine Damen und Herren. So schwierig es für den westlichen Verstand auch sein mag die komplexen Geisteswelten des Hinduismus zu erfassen, so einfach ist sein Grundsatz. Alles ist zyklisch, alles kennt weder Anfang noch Ende. Welten kommen, Welten gehen, ewig währt Samsara, der Daseinskreislauf. In unermesslichen Zeitdimensionen läuft seit jeher das Spiel der Wandelbarkeit und Vergänglichkeit. Selbst die Götter, ja selbst das Paradies ist vergänglich, stirbt und wird neu erschaffen.

Hier haben wir den direkten Vergleich mit dem Buddhismus, meine Damen und Herren. Buddh von Erwachen, Buddha der Erwachte oder Erleuchtete.

Siddhartha Gautama erkannte und lehrte, dass alle Freuden unseres Lebens durch die Vergänglichkeit zunichtegemacht werden. Die Erkenntnis, das Leben sei etwas wesentlich Leidvolles, aus welchem eine innere Befreiung jedoch möglich ist, stellt keine Eigenheit des Buddhismus dar, dies ist gleichermaßen Gedanke der Hindu-Philosophie.

Wer das scheinbar endlose Werden und Vergehen erkennt, fragt sich unweigerlich nach dem Warum des Daseins, nach dem Wer oder Was bin ich.

Hier kommen wir zur praktischen Seite, meine Damen und Herren, einer weitern Schnittmenge von Hinduismus und Buddhismus. Sadhana, abgeleitet von dem Sanskrit-Wort Sadh, lässt sich mit Realisation oder Verwirklichung übersetzen. Damit sind die spirituellen Praktiken und die dazugehörigen gedanklichen, religionsphilosophischen und metaphysischen Systeme bezeichnet.

Sadhana, meine Damen und Herren, Meditation, der Gebrauch von Mantras, Yoga-Techniken, kurz, alles was der Befreiung aus dem Verhaftet-Sein am Materiellen und der Erlangung eines gehobenen und spirituellen Bewusstseins dienlich ist.

Damit kommen wir zum letzten Punkt des heutigen Tages, dem Dharma. Die Hindus nennen ihre Kultur, der Begriff Religion wäre hierfür zu eng, Sanantana Dharma, was oftmals mit ewige Religion ins Deutsche übertragen wird, doch ewige Weltordnung käme der eigentlichen Bedeutung wohl näher. Gegenüber Sadhana bedeutet Dharma die Summe aller sittlichen, rechtlichen, sozialen und moralischen Regeln, welche das Leben jedes Einzelnen und das der Gesellschaft beherrschen. Auch die Ordnung der vier Kasten ist Teil des Dharma.

Das Kastenwesen des Hinduismus ist Kern der anstehenden Klausur und Thema unseres nächsten Zusammentreffens. Es sei Ihnen nahe gelegt, sich bereits im Vorfeld damit auseinanderzusetzen.

Meine Damen und Herren – es war mir eine Ehre.“

„Das waren heute siebzehn. Kein neuer Rekord, aber nahe dran“, sagte Daniel zu Natalie, als der Prof vom Rednerpult zurücktrat.

„Es waren achtzehn“, erwiderte sie, *„du hast wohl sein „Guten Morgen, meine Damen und Herren“ vergessen. Damit hat er seinen alten Rekord doch zumindest eingestellt.“*

Ebenso wie die meisten Studenten und Studentinnen mochten und schätzten Daniel und Natalie Professor Mc Gorley, auch wenn sie sich gelegentlich über dessen Eigenarten lustig machten. Professor Mc Gorley sah aus wie eine ausnehmend gepflegte Kopie Kapitän Iglos, darüber hinaus war er viel zu gutmütig und zuvorkommend für einen Uniprof. Von seinen Kollegen seiner Weichherzigkeit wegen des Öfteren kritisiert, stand seine fachliche Kompetenz jedoch außer Frage. Seine Vorlesungen waren zumeist gut besucht, wurden stets mit Interesse und Aufmerksamkeit verfolgt. Es gelang ihm ohne überflüssige Ausschmückungen eine enorme Menge an Inhalten in geraffter Form verständlich mitzuteilen, ohne dabei Langeweile aufkommen zu lassen. Er war ausnahmslos gut gekleidet, wirkte wach und gesund, ganz im Gegensatz zu manchem seiner Kollegen. Nicht wenige von diesen glichen eingestaubten Mumien – nicht so Mc Gorley. Er verfügte über einen hellwachen, aufmerksamen Geist und stand nicht zuletzt deswegen so hoch in der Gunst seiner Zuhörerschaft, weil er sich für deren Fragen und Probleme aufrichtig interessierte, ihnen gern mit Rat und Tat zur Verfügung stand.

Auch in der folgenden Woche war der Hörsaal bis auf wenige Plätze voll besetzt, als der Professor ans Pult trat. Daniel saß neben Natalie in einer der zuvorderst gelegenen Reihen und grinste, als er schon einmal einen ersten kurzen Strich auf seinem Block zog, für die Willkommensworte des Professors.

„Guten Morgen, meine Damen und Herren. Ich freue mich Ihnen heute einen Gastredner vorstellen zu dürfen, welcher meiner persönlichen Meinung nach der kompetenteste Ansprechpartner in Fragen des ursprünglichen Buddhismus im Allgemeinen und des Lebens des Siddhartha Gautama im Speziellen ist. Es ist für Sie eine große Ehre diesem Mann hier und heute lauschen zu dürfen und ihn hernach zum Thema zu befragen.“

Natalie fiel erst jetzt eine Gestalt auf, die unweit des Professors etwas im Hintergrund stand. Der Professor wandte sich um, bat den Mann mit einer einladenden Geste ans Rednerpult und sagte: *„Meine Damen und Herren, der ehrenwerte Dr. Rahula Maha. Aus gegebenem Anlass entfällt die für heute angekündigte Vorlesung zum Thema des hinduistischen Kastenwesens. Sicher liege ich nicht falsch mit meiner Annahme, dass es dem einen oder anderen unter Ihnen nur gelegen kommt, eine weitere Woche zur Vorbereitung zu erhalten. Doch nun erteile ich das Wort unserem erlesenen*

Gast.“

Getuschel machte sich im Saal breit, als der Mann vortrat.

„Rahula Maha“, flüsterte Daniel, *„was soll das denn für ein Name sein?“*

Der Mann war groß und schlank. Er trug einen schlichten dunklen Anzug, der fernöstlich anmutete. Die weite fließende Hose und das leichte kragenlose Jackett erweckten den Eindruck eines exotischen Geistlichen. Seine Bewegungen wirkten anmutig, seine Gesichtszüge ließen ein offenes Wesen vermuten.

Er begrüßte die Anwesenden mit einigen wohl gewählten Worten, ohne dabei *„Meine Damen und Herren“* zu gebrauchen. Mit zwei, drei weiteren Sätzen leitete er seinen Vortrag ein und im Nu war alles Getuschel verstummt. Seine Stimme schwang angenehm und gleichmäßig im Saal, er sprach mit gemäßigter Lautstärke, jedoch gut verständlich und mit sanfter Autorität.

„Zunächst einmal sei vorweggenommen, dass es sich äußerst schwierig gestaltet, sich heute nach der Biografie eines Menschen zu erkundigen, welcher vor zwei- oder gar dreitausend Jahren gelebt hat. Die verfügbaren Informationen stammen von Berichterstattern, die entgegen heutigen Fragestellern, nicht historisch dachten und folglich auch kein Interesse daran hatten, im Sinne der Gegenwart zu informieren, um heutigen Fragen zu entsprechen. Erschwerend kommt hinzu, dass Tatsächliches und Legendäres, beziehungsweise mystisch Überhöhtes, oftmals miteinander verwischt wurde.

Verglichen mit dem alten Ägypten oder mit den Kulturen im Zweistromland von Euphrat und Tigris, hielt die Schrift erst sehr spät in Indien Einzug; ebenso wie Moses oder Jesus hat auch Buddha kein schriftliches Zeugnis hinterlassen. Geübt wurde über Jahrhunderte die mündliche Überlieferung, zahlreiche Schilderungen begannen mit den Worten: Ich habe gehört, oder ich habe berichten gehört.“

Natalie war augenblicklich fasziniert von diesem Redner und nicht wenigen erging es ähnlich.

„Lange wurde und wird gelegentlich noch heute bezweifelt, ob Siddhartha Gautama je gelebt hat. Die historische Gestalt verliere sich hinter den Erlöservorstellungen des indischen Mythos, deswegen sei sie nicht akkurat greifbar. Spätestens seit den Forschungen Hermann Oldenbergs gilt die Existenz des historischen Buddha jedoch als gesichert.

Seine Lebenszeit wird einheitlich mit 80 Jahren angenommen; die Zeitangaben von Geburt und Tod gehen hingegen weit auseinander. Westliche Forschung und buddhistische Tradition differieren hier beträchtlich. Der zeitliche Rahmen reicht vom siebten bis zum dritten vorchristlichen Jahrhundert, vieles spricht jedoch dafür, dass Siddhartha Gautama von 563 bis 483 vor Christus gelebt hat.

Mein persönliches Wissen zur Grundlage, stimme ich diesem Geburtsjahr in etwa zu; bezüglich des Todes des Buddhas, bin ich jedoch gänzlich anderer Meinung.“

Natalie beobachtete, wie der Redner bei seinen letzten Worten Professor Mc Gorley einen flüchtigen Seitenblick zuwarf und jener diesen schmunzelnd zurückgab.

„Siddhartha Gautama wurde geboren als Sohn des Fürsten beziehungsweise Provinzgouverneurs und Richters Shuddodana, aus dem Geschlecht der Shakya und dessen Frau Maya. Seine Mutter befand sich auf dem Weg in ihr entfernt liegendes Elternhaus in Devadaha, als sie unterwegs verfrüht gebar. Somit liegt Siddharthas Geburtsstätte in dem von Salabäumen bestanden Walde nahe der Ortschaft Lumbini, im heutigen Nepal. Die Texte berichten, dass der Fürstensohn schon wenige Tage nach seiner Geburt seine Mutter verlor.

Standesgemäß empfängt er eine sportlich-kriegerische Ausbildung; Lesen und Schreiben gehören aufgrund der allgemeinen kulturellen Verhältnisse nicht dazu. Sechzehnjährig wird er mit einer Kusine verheiratet und mit 29 ist er des Lebens in Wohlstand und Glanz überdrüssig.

Gegen den Willen von Vater und Pflegemutter lässt er sich das Haar scheren, wirft ein gelbes Asketengewand über und verlässt als besitzloser Wanderer Haus und Familie – um der Welt zu entsagen.

Auf die Frage hin, wie es dazu kam – dass er aus der Heimat in die Heimatlosigkeit und aus dem Haus in die Hauslosigkeit ging –, antworten die Legenden mit der Anekdote, wonach der Prinz bei seinen Ausfahrten einigen Personen begegnet sei, welche seine Aufmerksamkeit beanspruchten: Einem Alten, einem Kranken, einem Leichnam und einem Bettelmönch. In den drei ersten wurden ihm die Stadien seiner Vergänglichkeit aufgezeigt und in dem zuletzt Genannten, seine Berufung.“ Der Redner hielt nun kurz inne, er blickte über die Gesichter der versammelten Zuhörerschaft, um sich von deren ungeteilter Aufmerksamkeit zu überzeugen. Natalie und einigen anderen – namentlich vielen der weiblichen Zuhörer –, war mittlerweile aufgefallen, wie ungemein attraktiv dieser Rahula doch war. Als sein Blick den ihren streifte, senkte sie sogleich ihre Augen und ihr Gesicht rötete sich. Daniel war dies nicht entgangen, kopfschüttelnd blickte er sie an, prustete amüsiert.

„Soweit die Legenden. Meiner bescheidenen Meinung nach verhielt es sich weit einfacher. Die Legenden berichten, er sei in unermesslichem Reichtum aufgewachsen; tatsächlich hielt sich der Reichtum der Shakiyas in engen Grenzen. Siddhartha wurde in die Kaste des Krieger- und Herrscheradels geboren, der Kshatriyas; nur lagen ihm dessen Tugenden eher fern. Während sich die anderen jungen Kshatriyas in körperlicher Ertüchtigung übten, saß Siddhartha im Schatten der Bäume und grübelte über die Widrigkeiten seines bisherigen Lebens. Auch die Zwangsheirat und die Ablehnung seitens der Familie seiner Frau, trugen nicht unbedingt zu einer Besserung seines Wohlbefindens bei.

Jahrelang ertrug Siddhartha sein Schicksal, lebte weder in Saus und Braus, noch in Zufriedenheit. Knapp dreißigjährig hielt er es dann einfach nicht mehr aus, es gab beinahe nichts mehr, was ihm noch von Bedeutung war.

Eines Nachts verließ er ohne jedes Wort sein Haus und seine Familie. Verzweifelt, ohne Mittel und Hoffnung tat er das, was zu jener Zeit viele aus ähnlichen Gründen machten; er wandte sich hilfesuchend an einen der zahlreichen Gurus.

Sechs lange schwere Jahre lebte er das strenge Leben der Askese. Extremste Praktiken verzehrten seinen Körper, magerten ihn ab bis auf die Knochen. Am Ende seiner Kräfte, dem Tode nahe, blieb er unter einem Bodhibaum liegen.

Den Legenden der alten Schriften entgegen, waren diese sechs Jahre jedoch keineswegs eine selbst erwählte Zeit, ihr lag keine rationale Entscheidung zugrunde. Siddhartha hegte nie die Absicht, durch dieses extreme Leben spirituelle Erlösung zu erreichen, vielmehr glich der erste Schritt hierzu einer Verzweiflungstat, woraus sich eine Verkettung von Gegebenheiten entwickelte, auf welche er selbst kaum mehr Einfluss hatte.

Einer Sucht gleich hatte er sich blindlings in die Extreme des Asketendaseins gestürzt, einzig um die Realität zu leugnen, um seinem scheinbar hoffnungslosen Schicksal doch noch entrinnen zu können. Auch erkannte er später nicht die Falschheit dieses Lebens, er brach nicht aus Überzeugung damit ab und setzte sich auch nicht willentlich unter jenen Bodhibaum – er brach darunter zusammen!

Erst jetzt, als es beinahe schon zu spät war, begann er erstmals über sein Handeln nachzudenken.

Und dann geschah etwas mit ihm. Am Ende seiner Kräfte, ausgebrannt und unfähig auch nur mehr die kleinste Bewegung zu vollführen, lag er da, bereit zu sterben. Er atmete nicht mehr, sein Herz stand still. Die Augen geschlossen, befand er sich in vollkommener Dunkelheit. Kein Laut drang mehr an seine Ohren, keine Empfindung traf mehr seine Haut. Er spürte seinen Leib nicht mehr, da war nichts mehr.

Sein letzter Gedanke war, dass es falsch war. Alles war unendlich falsch!

Dann war es still. Ewige, vollkommene Finsternis und absolute Stille umgab ihn.

Aber er selbst war immer noch da. Er konnte sich nicht mehr bewegen, hörte nichts und sah nichts mehr. Er atmete nicht und sein Herz schlug nicht mehr. Er konnte sich selbst nicht mehr spüren, doch er war immer noch da.“ Mit den letzten Sätzen war die Stimme des Sprechers beständig leiser geworden und seine letzten Worte waren schon eher ein Flüstern. Alle hingen an seinen Lippen, es gab nicht das geringste Geräusch, es herrschte gespannte Stille. Er machte eine weitere bedeutungssteigernde Pause, in welcher er erneut ihre Gesichter musterte.

Dann hob er seine Stimme an und zerriss die Stille: *„Urplötzlich traf es ihn wie ein Schlag, wie ein Blitz! Donner rührte an ihm! Gleißend helles Licht überflutete ihn! Mit einem Mal war er hellwach, sein Herz raste und er atmete schwer. All seine Sinne standen jetzt in Flammen. Die Sonne brannte in seinen Augen und das Blut rauschte dröhnend in seinen Ohren. Die Luft, die er gierig einsog, war angefüllt mit tausenderlei Gerüchen. Seine Glieder schmerzten ihm schier unerträglich und seine Innereien schrien nach Energie. Durch seinen Kopf jagten Milliarden und Abermilliarden von Bildern, brannten sich in Sekundenbruchteilen unauslöschlich in sein Gehirn.*

Und schon war es wieder vorbei. So urplötzlich es ihn überfallen hatte, so endete es auch. Jetzt spürte er eine überwältigende Müdigkeit. Er schloss seine Augen, augenblicklich versank er in tiefen Schlaf.“

Natalie zitterte leicht vor Aufregung. Dieser Mann strahlte etwas Unglaubliches aus. Sie war fasziniert von seinen Ausführungen und mehr noch von seiner Person.

„In der Mittleren Sammlung, im Majjhima-Nikaya des Pali-Kanon steht: Mit gesammeltem Geist, gereinigt, geläutert, unbefleckt, die geistigen Verunreinigungen überwunden, voller Kraft, gefestigt und entspannt, habe ich meine Aufmerksamkeit auf die Erinnerung früherer Existenzen gerichtet. Einem Vorleben, zwei Vorleben, drei, vier, fünf, zehn, zwanzig, dreißig, vierzig, fünfzig, hundert, tausend, vieler Zyklen kosmischer Auflösung, Zyklen der Entwicklung, Weltzeitalter von Auflösung und Entstehung.

Dementsprechend erkannte ich: Das ist das Leiden. Wahrheitsgemäß erkannte ich: Das ist die Ursache des Leidens. Wahrhaftig erkannte ich: Das ist die Aufhebung des Leidens und das ist der Weg zur Überwindung des Leidens. Als ich das alles erkannte und begriff, wurde mein Geist vom Einfluss sinnlicher Begierden befreit, damit auch vom Einfluss des Lebensdurstes und dem Einfluss der Unwissenheit. So wurde ich mir meines spirituellen Erwachens bewusst.

Der Überlieferung nach sollen dies Buddhas eigene Worte zu seiner Erleuchtung sein. Nun glaube ich, dass er lange Zeit überhaupt nichts von seiner Erleuchtung, seiner Buddhaschaft, seinem Erwachen gewusst hatte. Erwacht war er hernach wohl, nach vielen Stunden eines sehr tiefen, erholsamen Schlafes. Es war ihm sogleich bewusst gewesen, dass dies mehr war, als das Erwachen aus einem tiefen Schlaf. Er wusste, dass er nicht mehr der Mensch war wie noch tags zuvor. Er wusste um die Veränderung in sich, nur bedurfte es einer langen, sehr langen Zeit, bis er begriff, was da mit ihm geschehen war und was dadurch aus ihm geworden war.

Viele Jahre war er für seine Mitmenschen nicht mehr gewesen, als ein verwirrter seltsamer Kauz, der ihnen jedoch äußerst gelassen und zufrieden erschienen war.“

Professor Mc Gorley begann zunächst verhalten und dann immer euphorischer zu klatschen. Nach und nach fielen nahezu alle mit ein; es wurde mit Schreibutensilien geklopft, gestampft und gepfiffen. Die Beifallsbezeugungen dauerten einige Minuten an, als sie allmählich abebbten, zog Professor Mc Gorley den Doktor eilends beiseite, vertröstete herbeigelaufene Studenten auf einen späteren Befragungstermin, und verließ mit ihm den Hörsaal.

„War das nicht ganz unglaublich!?“, bemerkte Natalie, ihre Augen glänzten. Daniel kam nicht umhin, sich und ihr einzugestehen, dass er nie einer charismatischeren Persönlichkeit begegnet war.

07 *Rahula & Mc Gorley*

„Wie habt Ihr mich gefunden?", hob Mc Gorley an, nachdem er die Tür zu seinem Arbeitszimmer geschlossen hatte.

„Mc Gorley – Professor Mc Gorley?", erwiderte Rahula mit lang gezogenen Silben. *„Was um alles in der Welt macht Euch zu einem Professor?"*

Einen Moment lang beäugten sie sich – abschätzend und lauernd wie Großkatzen.

08 *Alarmglocken*

Nachdem Samuel Tony von dem Fehlschlag und der verschwundenen Zuckerdose berichtet hatte, berieten sie, wie ihr weiteres Vorgehen aussehen sollte.

„Ich glaube nicht", meinte Samuel, *„dass die mich bemerkt haben. Ich denke nicht, dass sie wussten, dass ich hinter ihnen her war. Aber einer von beiden wusste offensichtlich darüber Bescheid, dass sie beschattet wurden."*

„Jo Mann, fluchte Tony, *„soviel steht ma' fest, verdammte Kacke!"*

„Meinst du", fragte Samuel, *„der Kellner hat ihnen 'nen Tipp gegeben?"*

„Nee, ganz sicher nicht! Der Penner hatte so viel Schiss, der würd' nicht mal piep sagen, wenn wir seine Großmutter ausplündern würden."

Samuel wusste natürlich, dass er damit Recht hatte. Niemand, der zuvor von Tony mit Nachdruck zum Schweigen veranlasst worden war, widersetzte sich dieser Anweisung. *„Ich weiß nicht recht"*, fuhr Samuel mit dem Kopf schüttelnd fort, *„vielleicht ist die Sache ja nicht ganz unsere Kragenweite."*

Tony brauste auf: *„Nicht unsere Kragenweite!? Was soll der Scheiß!? Das hier is'* ***das*** *Ding! Das riech' ich drei Meilen gegen den Wind. Ich weiß zwar noch immer nicht recht, was es ist – aber erzähl mir nicht, dass es dir nicht ganz genauso geht!"* Fluchend stampfte er aus dem Zimmer.

Grundsätzlich dachte Samuel ja dasselbe; die Sache stank in der Tat nach dem ganz großen Treffer. Aber irgendwo tief in seinem Innersten, hörte er eben auch die Alarmglocken klingeln.

Wenig später kehrte Tony zurück. In seiner Rechten hielt er ein mächtiges Sandwich, unter seinem linken Arm klemmte sein 17,4-Zoll-Laptop, welches sich dort wie ein mickriges Notizbuch ausmachte. *„Ich hab' die Vögel einmal aufgetrieben"*, sagte er zwischen zwei Bissen, *„ich werd' sie auch ein zweites Mal finden, selbst wenn sich die Natter mit dem Schlitzauge in Japan trifft!"* Mit einem gigantischen Biss verschwand fast ein Drittel des Sandwichs. *„Wusstest du eigentlich"*, schmatze er, *„dass das japanische Kaiserreich aus mehr als 3.900 Inseln besteht? Hokkaido, Honshu, Kyushu und Shikoku sind die größten. Das musst du dir mal reinziehen, 3.900 Inseln im Pazifik vor dem ostasiatischen Festland – da kannst'e lange suchen."*

Samuel ahnte, was jetzt kam.

„Dort unten reichen die frühesten Spuren menschlichen Lebens bis in die Altsteinzeit zurück. Als Ureinwohner gelten die Menschen der Jomonkultur, etwa 7.000 - 3.000 vor Christus. Die Japse, die da heut' leben, sind aber eher Zöglinge von Völkern, die vom asiatischen Festland her eintrudelten. Um das Jahr 660 vor Christus soll der legendäre Jimmu Tenno das japanische Kaiserreich begründet haben und die ...“

Im nächsten Moment flog die Tür auseinander und drei uniformierte Männer stürmten mit vorgehaltenen Waffen herein. Samuel erkannte augenblicklich den Ernst der Lage, er hob beide Arme weit über seinen Kopf und hoffte inständig, dass Tony die Nerven behielt und nichts Dummes tat. Mit großer Erleichterung sah er, dass auch der keinerlei Anstalten machte, sich zur Wehr zu setzten; auch die Polizeibeamten atmeten sichtlich auf, als die Handschellen hinter Tonys Rücken einrasteten.

Alles war unglaublich schnell geschehen. Die Männer hatten das Zimmer gestürmt, ihnen Handschellen angelegt, sie durchs Treppenhaus auf die Straße, und schließlich in einen dort befindlichen Wagen gestoßen. Alles in allem hatte die Aktion sicher weniger als 5 Minuten gedauert.

Jetzt saßen sie im Heck eines schwarzen Kombis mit verdunkelten Scheiben und rasten in rasantem Tempo aus der Innenstadt, in Richtung der Highways. Ihnen gegenüber saß einer der Männer, wortlos hielt er seine Waffe vor ihre Gesichter.

Samuel warf Tony einen vielsagenden Blick zu, hielt es jedoch für klüger, zu schweigen. Längst war er sich nicht mehr so sicher, ob es sich bei ihren Kidnappern tatsächlich um echte Gesetzesmänner handelte.

In seinem Innersten schellten jetzt keine Alarmglocken mehr – sie flogen ihm um die Ohren.

09 Ein erster Triumph

Früh am Morgen, kurz vor 5 Uhr, war Ela bei ihrer Mutter aufgekreuzt. Ela wusste, dass die stets sehr früh aufstand und zu dieser Zeit meist schon beim Frühstück, in Form von schwarzem Kaffee und Tageszeitung saß.

Sie war die halbe Nacht hindurchgefahren, mehr als 400 Kilometer von Hannover nach Bayreuth. Am Abend des vorherigen Tages hatte Ela ihren bisher größten Triumph errungen. Der erste Sieg einer deutschen Athletin bei einem Weltcup des Sportkletterns, und das im fortgeschrittenen Alter von 33 Jahren. Die meisten der andern Wettstreiterinnen waren 10, manche gar 15 Jahre jünger gewesen. Ungemein durchtrainierte leichtgewichtige Mädchen um die 20; faserig zeichnete sich jeder einzelne Muskelstrang auf deren Körpern ab. Einige dieser Kletterinnen waren so zierlich, so leicht, dass sie Ela eher an Magersüchtige, denn an Hochleistungssportlerinnen erinnert hatten.

Klettern war Elas Leben. Weniger das Wettkampfklettern an den Kunstwänden, doch dies bot ihr eine einmalige Chance.

Bereits mehr als 20 Jahre ging sie ihrem geliebten Sport nach. Zumeist an den Felsen der Fränkischen Schweiz; doch wann immer sich eine Gelegenheit auftat, reiste Ela in die weite Welt hinaus, neue Gebiete zu erkunden. Die Liste der von ihr bereisten Länder war bereits recht beachtlich; nahezu alle europäischen Länder zählten hierzu, ebenso Nordamerika, Thailand und Südafrika. Fremde Länder und Kulturen kennen zu lernen war toll, aber dass Wichtigste waren ihr stets die Felsen.

Zum Wettkampfklettern kam Ela einzig auf das beharrliche Drängen ihrer Freundin hin. Vor rund einem Jahr hatte Ela erstmals einen dieser muffigen Trainingskeller betreten – in welchem viele ihrer Freunde den Winter hindurch abhingen – und nach über 20 Jahren des Kletterns erstmals einen Kunstgriff berührt. Dies war an einem außergewöhnlich kalten Winterabend gewesen, sie hatte – wie schon oft zuvor – eine Freundin von dort mit dem Fahrrad abgeholt. Bisher hatte sie jedes Mal draußen gewartet; aber an diesem Abend war sie umständehalber viel zu früh dran gewesen und obendrein war es bitterkalt geworden.

Einige Minuten drückte sich Ela draußen herum, stampfte mit den Füßen gegen die Kälte und grübelte darüber nach, wohin sie noch radeln könnte, die Wartezeit zu überbrücken; doch ihr wollte nichts Rechtes einfallen. Als dann einige, ihr flüchtig bekannte Kletterer die Treppe des Trainingskellers heraufkamen, drohte die Situation ernstlich peinlich zu werden.

Ela war in der fränkischen Kletterszene kein unbeschriebenes Blatt. Man kannte ihre Einstellung gegenüber Kunstwänden, man wusste um ihre Abneigung. Ela verurteilte niemanden, der ihre Meinung diesbezüglich nicht teilte, der eine solche Anlage für eine gute Sache hielt, aber sie geizte auch nicht mit bissigen Kommentaren, wie albern und seltsam dies Ganze in ihren Augen war. Schüttelten auch manche die Köpfe über die geradezu vernagelte Sturheit, die sie diesbezüglich an den Tag legte, genoss Ela doch auch hohen Respekt in der Szene, da man um ihre enormen Leistungen bescheid wusste. Zwar hatten die wenigsten Ela jemals mit eigenen Augen in einer der schweren Routen klettern sehen, aber glaubwürdige Quellen ließen daran kaum Zweifel aufkommen.

Ela war auch was dies anging sehr eigen. Sie kletterte ohnehin nur mit einer Handvoll guter Freunde, wann immer es sich einrichten ließ, mied sie Wände und Zeiten, zu denen viel Betrieb herrschte. Am liebsten besuchte sie die Felsen an Wochentagen, während die anderen arbeiten mussten. An Wochenenden nur sehr früh, während die anderen ausschliefen. Wenn es zu kalt war oder es regnete und die anderen in die Kletterhallen gingen. Wenn Schnee lag, es viel zu heiß oder kalt war, oder dann, wenn einen kurz vor der hereinbrechenden Dunkelheit unzählige Mücken auffraßen. Kurz, wann immer sie damit rechnen konnte, niemanden anzutreffen, nötigte Ela ihre Freunde mit charmantem Lächeln dazu, unter ungünstigen Bedingungen mit ihr klettern zu gehen.

Dabei war sie kein verschlossener Mensch – ganz im Gegenteil. Ela hatte ein überaus offenes Wesen, abseits des Kletterns pflegte sie einen enormen Freundeskreis, kam sie problemlos mit jedem Fremden ins Plaudern. Nur war ihr eben nicht daran gelegen, sich hervor zu tun. Es beschämte sie, wenn Leute sie an den Felsen anstarrten. Es machte sie nervös und setzte sie unter Druck. Seit es sich herumgesprochen hatte, *wie* gut sie geworden war, war es häufiger zu Situationen gekommen, die ihr peinlich geworden waren.

Ela kletterte einzig und allein zu ihrem eigenen Vergnügen. Sie liebte große Herausforderungen und das überwältigende Gefühl diese zu meistern. In den letzten 10 bis 15 Jahren hatte sich das Miteinanderklettern, häufig zu einem Gegeneinander gewandelt. Früher war der Sport weit weniger populär gewesen, folglich war die Zahl der Aktiven deutlich geringer. Man kletterte zusammen an den wenigen erschlossenen Felsen, freute sich gemeinsam über die erzielten Erfolge. Sicher wurde auch damals schon auf Leistung geachtet, aber der Spaß und das Abenteuer standen doch an erster Stelle.

Heute ist der Neid unter vielen Kletterern enorm. Und er zeigt sich noch weit deutlicher, wenn man wirklich gut ist. Ela hatte in den letzten Jahren eine beachtliche Anzahl von richtig schweren Routen geklettert, was in der Fränkischen Schweiz vergleichsweise keinen 10 anderen gelungen war. Erschwerend kam noch hinzu, dass alle diese anderen ausschließlich Männer waren.

Wenn Ela heute an einer Wand auftauchte, an welcher es Toptouren gab, wollten die meisten – namentlich die Männer – sie versagen sehen; um dann erleichtert feststellen zu können: *Na so gut ist sie ja nun auch wieder nicht.*

Als Ela sich damals, spät am Abend, bei leichtem Schneetreiben draußen in der Kälte herumdrückte, erkannte man sie sofort. Neugierige Blicke ruhten unverhohlen auf ihr. Aus der Not heraus schritt sie eilends aus, an den Glotzenden vorüber, die Treppe hinunter in den Keller.

In dem etwas düsteren, nach Schweiß und alten Socken riechenden Raum herrschte ein buntes Treiben. Er war etwa 7 Meter breit, gute 10 Meter lang und rund 4 Meter hoch. Im Eingangsbereich standen einige bunt zusammengewürfelte Sitzgelegenheiten: ein paar alte Holzstühle, ein zerschlissener Korbsessel, zwei weiße kaputte Campingstühle aus Plastik sowie eine knallrote Parkbank.

Links und rechts der Längsseiten gab es, mit vielerlei Griffelementen versehene, Holzkonstruktionen; sie bildeten Verschneidungen, Überhänge und Dächer in allen denkbaren Neigungen. Der gesamte Fußboden war bedeckt mit alten Schulsportmatten und schmuddeligen Matratzen.

Ela stand etwas abseits des Eingangs, sie betastete einen der aufgeschraubten Griffe, er fühlte sich glatt und speckig an. Hinter ihr schlug plötzlich die Tür auf und einige Neuankömmlinge – darunter aber auch jene, welche ihr eben erst draußen begegnet waren – betraten den Raum. Sie starrten Ela kurz an, tuschelten, dann stürmten sie ins Gedränge. Ela ahnte, was ihr jetzt bevorstand. Sie wollte sich eben zum Gehen wenden, als sie ihren Namen von vertrauter Stimme hörte. Sie fuhr herum und entdeckte ihre Freundin im rechten hinteren Bereich, die ihr zuwinkte. Eine Menge Leute sahen jetzt zu ihr rüber, erkannten sie sogleich – zum Gehen war es jetzt zu spät.

Ela atmete tief durch, setzte ein unsicheres Lächeln auf, dann ging sie quer durch die Menge, hinüber zu ihrer Freundin. Die stand bei ein paar Jungs, welche Ela nicht kannte und noch ehe sie ganz heran war, vernahm sie ein leises, aber bestimmtes Zischen ihrer Freundin: *„Haltet bloß die Schnauze!"*

Lisa – Elas Freundin – wusste natürlich um die prekäre Situation. *„Hallo Ela"*, sagte sie eilig, *„bin gleich soweit. Ich mach nur noch ein, zwei Sätze hier am Campusboard, dann können wir gehen."*

„Hallo Lisa, keine Hetze. Lass dir Zeit, draußen ist es eh lausig kalt." Elas Lächeln war etwas heller geworden und Lisa hörte, was sie sagte, aber sie vernahm ebenso das beinahe unmerkliche Zittern in deren Stimme. Sie wusste nur zu gut, dass Ela eigentlich meinte: *Lass uns bloß schnell von hier verschwinden!*

„Ela, das sind Björn, Alex und Sven."

Ela schüttelte höflich Hände, lächelte und sagte: *„Hallo."*

Der Händedruck der Jungs war kräftig, vielleicht kräftiger als sie diesen bei einem *normalen* Mädchen anwendeten; Ela erwiderte ihn ebenso.

„Und der Affe da oben", Lisa deutete über ihre Schulter, *„das ist Richard."*

Richard mühte sich am Campusboard, einer 3 mal 3 Meter großen, mit Leisten versehenen Holztafel; dazu gedacht, daran emporzuhangeln. Einarmig hing er an der obersten Leiste, schnaufte und pustete. Nur an den jeweils ersten beiden Gliedern von Ring-, Mittel- und Zeigefinger seiner linken Hand, hing er mit nacktem Oberkörper und baumelnden Beinen in knapp 4 Meter Höhe. Immer wieder tauchte er seine freie Hand in den Chalkbag – einen kleinen mit Magnesiapulver befüllten Stoffsack, welchen er mit einem dünnen um die Hüfte gebundenen Band über dem Hintern trug –, um die Schweißbildung zu unterdrücken und dadurch ein Abrutschen zu verhindern.

Dann machte er sich an den Abstieg. Sorgfältig sortierte er alle vier Finger seiner rechten Hand auf eine Leiste zwei Reihen tiefer, die direkt darunter liegende wollte er offensichtlich auslassen. Er spannte seine Muskulatur und verlagerte seinen Körperschwerpunkt entsprechend – dann ließ er oben los.

Wie ein nasser Sack krachte er in seine Schulter. Beide Beine schlugen weit zur Seite hin aus und der Schwung riss ihm nun auch die andere Hand vom Brett. Unkontrolliert knallte er auf die Matte.

Für einen Augenblick hatte es den Anschein, als würde er sich nie mehr davon erheben, doch schon im nächsten Moment – nach einem leisen Stöhnen – sprang er lauthals lachend auf, wirbelte herum und kam unmittelbar vor Ela zum Stehen. Und noch ehe Lisa etwas hätte unternehmen können, platzte er damit heraus: *„Fuck-Scheiße, die Ela! Was treibt dich denn hier her?“*

Lisa funkelte ihn zornig an. Mit dem lauten Aufklatschen Richards und seinen reizenden Willkommensworten hatten nun auch noch die Letzten im Keller mitbekommen, welch seltener Gast sich unter ihnen befand. Mehr oder weniger unverfroren gafften sie zu Ela herüber.

Richard stand Ela noch immer schwer atmend gegenüber. Für einen Moment herrschte gespannte Stille. Doch dann besann sich Ela auf ihre Schlagfertigkeit und sagte: *„Fuck-Scheiße, Richard! Du solltest wirklich mehr auf deine Schulter achten, Negativtraining am Campusboard ist echt gefährlich, wenn man nicht die nötige Power dafür hat.“*

Eine Menge Leute lachten nun, Richards Gesicht färbte sich tiefrot. Aber er fasste sich rasch und plapperte sogleich munter drauf los. Richard stand in dem Ruf, nicht gerade einer der Hellsten zu sein, und auch Tugenden, wie etwa Manieren oder Taktgefühl zählten bei Leibe nicht zu seinen Stärken; dennoch mochten ihn die Meisten, Richard war nett, ehrlich und geradeheraus.

„Hast du wirklich ’ne 11- gezogen?“, wollte er wissen. *„Und stimmt es, dass du so ’ne Schweinepower hast?“*

Ela lächelte verlegen, sie wusste beim besten Willen nicht, was sie darauf antworten sollte. Richard war jetzt nicht mehr zu bremsen: *„Ich hab da ’n paar echt knackige Boulder, die würd ich dir gern zeigen. Bin mal gespannt, ob du da was blockst.“* Er deutete mit seiner magnesiabedeckten Hand zu einem besonders steilen Wandabschnitt des Kellers.

Lisa schaltete sich ein: *„Lass sie in Ruhe! Sie ist nicht zum Trainieren hergekommen und außerdem müssen wir eh gleich los.“*

Richard wirkte enttäuscht, wollte aber offenbar noch nicht aufgeben. Er ging zu dem Wandteil hinüber, auf welchen er zuvor gezeigt hatte, und kletterte dort eine kurze Passage, an dessen Ende er explosionsartig nach oben schnellte, auf einen etwa einen Meter vierzig entfernten Griff zu, welcher sich am oberen Ende der Kletterwand befand. Trotz der gewaltigen dynamischen Bewegung erzielte er nicht ganz die erforderliche Höhe, erneut krachte er lautstark auf die Matte. Eine Magnesiawolke staubte auf, wieder lachten einige.

Richard rappelte sich auf, grinste Ela breit an: *„Na, was hältst du davon? Is’ nicht schlecht, was? Nur den letzten Zug hab ich bisher noch nicht gepackt, vielleicht hast du ja ’nen Tipp, wie ich den knacke.“* Er atmete schwer, seine Augen strahlten hell.

Sein Anliegen schien ernst gemeint, zielte nicht darauf ab, Ela bloßzustellen. Seine Vorstellung war vielleicht etwas plump, aber nicht angeberisch, Ela fand ihn durchaus sympathisch. Unter anderen Umständen wäre sie gern dazu bereit gewesen, ihm ein paar Kniffe zu zeigen, die ihn vielleicht weiterbrachten.

„Ja“, ertönte plötzlich eine andere Stimme, *“versuch doch mal seinen Boulder.“* Die Stimme klang überheblich und angriffslustig. *„Du weißt doch, was Bouldern ist, oder?“* Sie gehörte zu einem hageren blassen Typ, der mindestens einen Meter fünfundneunzig maß und unproportional lange Arme und Beine hatte. *„Klettern in Absprunghöhe – ohne Seil“*, führte er neunmalklug aus.

Keiner sagte etwas. Alle sahen gespannt zu Ela, warteten auf ihre Reaktion. Die stand aber nur stumm da, tat gar nichts. Langsam flammte jedoch Wut in ihr auf.

„Die berühmt berüchtigte Michela Tomas“, fuhr er fort. Und ohne seinen Monolog zu unterbrechen, kletterte er demonstrativ langsam und kontrolliert Richards Boulder. *„Schon klar, das ist natürlich keine Herausforderung für eine wie dich.“* Scheinbar mühelos vollführte er die Bewegungen bis hin zum Ausgangspunkt für den Abschlussdynamo. *„Aber da muss ich dir beipflichten.“* Nach kurzem Zögern schwang er sich zielsicher zum Abschlussgriff hinauf, den Richard zuvor verfehlt hatte. *„Sonderlich schwer ist der nun wirklich nicht.“*

Ela platze jetzt beinahe der Kragen. Ihre Augen funkelten und sie trat einen Schritt vor. Sie hatte gelernt, Kritik und Neid ihrer Person gegenüber kommentarlos zu ignorieren; aber wenn sich jemand auf Kosten anderer profilieren wollte – sah sie rot.

Richards Boulder stellte sie sicher vor keine allzu großen Schwierigkeiten, schien aber auch nicht ganz leicht zu sein. Mit einem flüchtigen Seitenblick musterte sie Richards Statur. Er wirkte ungemein bullig für einen Kletterer, geradezu muskelbepackt; an Kraft sollte es ihm also nicht mangeln. Im Vergleich zu dem Großmaul, das ihn bloßstellen wollte, war er jedoch beinahe ein Zwerg. War der Wichser – wie Ela den Langen jetzt gedanklich nannte – fast 2 Meter groß, maß Richard bestenfalls einsfünfundsechzig; da war sie sich ziemlich sicher, denn sie selbst maß einssiebenundsechzig, und vorhin, als er ihr gegenübergestanden hatte, hatte sie den Eindruck gehabt, ein klein wenig auf ihn hinab zu blicken.

Wortlos trat sie an die Kletterwand und beäugte kurz einige Griffe. Ausnahmslos alle Anwesenden sahen jetzt zu ihr herüber und nicht wenige fixierten ungläubig ihre klobigen, abgewetzten Trekkingstiefel.

„Pass gut auf“, sagte sie an Richard gewandt. Dann kletterte sie aus dem Stegreif einen Quergang von 14 kurzen, eng beieinanderliegenden Zügen; in erster Linie achtete sie darauf, dass alles statisch zu klettern war und dass die Tritte, die sie verwandte, möglichst hoch, also nahe bei den Griffen lagen. Letztlich blieb ihr nur mehr zu hoffen, dass sie Richards Klettervermögen nach so kurzer Betrachtung nicht überschätzt hatte.

Nachdem sie geendet hatte, fuhr sie herum und bedeutete dem Wichser mit einer auffordernden Handbewegung, dass er nun an der Reihe sei.

Unruhiges Getuschel kam auf. Worte des Staunens, der Anerkennung und des Zweifels hingen in der Luft. Der Herausgeforderte leckte sich nervös die Lippen, zögerlich trat er vor. Im Geiste ging er noch einmal die Kombination durch, welche sie ihm vorgelegt hatte. Sofort wusste er, dass er damit Schwierigkeiten haben würde. Er kannte die Griffelemente des Trainingskellers gut, er wusste, dass die Griffauswahl anspruchsvoll, aber durchaus machbar war. Was ihm jedoch Sorgen bereitete, waren die Tritte. Nicht nur dass die zu hoch lagen, also viel zu nah bei den Griffen, es war ihm ein Rätsel, wie Ela in ihren ausgelatschten Stiefeln darauf Halt gefunden hatte.

Noch immer zögerte er.

„Na, was is' nun?", tönte es von weiter hinten.

„Ja, jetzt lass seh'n!", rief ein Zweiter.

Es blieb ihm nichts übrig. Er fixierte die ersten beiden Griffe und es bereitete ihm schon Schwierigkeiten seine Füße auf den ersten Tritten zu platzieren. Ruhig und kontrolliert griff er zum nächsten Griffelement, doch ein jeder konnte deutlich erkennen, dass ihm dies bereits erhebliche Mühe kostete. Nun musste er das linke Bein weiterstellen, und das hatte dann mit Ruhe und Kontrolle nichts mehr gemein. Er klebte an der Wand und wackelte, wie ein Weberknecht mit verknoteten Beinen; mit Mühe und Not schepperte er zum nächsten Tritt.

Ungelenk arbeitete er sich weiter vor. Doch das mühselige Weiterstellen der Füße kostete ihn so viel seiner Kraft, dass er sich bereits nach nicht einmal annähernd der Hälfte der Strecke in eine ausweglose Position manövriert hatte. Seine Armmuskulatur zitterte vor Anstrengung, krampfhaft versuchte er sich weiter an der Wand zu halten. Doch bereits wenige Sekunden später versagten ihm seine Finger den Dienst und er klatschte auf die Matte. Einmal mehr erschallte lautes Gelächter und auch mit schadenfrohen Kommentaren wurde nicht gegeizt. Leise fluchend erhob er sich von der Matte.

„Jetzt du, Richard!", sagte Ela mit fester Stimme.

Richard ließ sich nicht lange bitten. Auch er kannte die meisten der Griffe, er rechnete sich gute Chancen aus. Er kletterte sofort los und hatte in der Tat weit weniger Schwierigkeiten bis zu jener Stelle zu gelangen, wo der andere zuvor hatte aufgeben müssen. Es fiel ihm sichtlich nicht leicht, aber er hatte schlicht die besseren Größenverhältnisse hierfür, somit kam er deutlich kraftschonender voran.

Nach einigen Zügen mehr kippte auch er aus der Wand; dennoch hatte er letztlich eine fast doppelt so lange Strecke zurückgelegt, als die seines Vorgängers. Und vor allem hatte er eine deutlich bessere Figur gemacht, sah dabei nicht so aus, als wollte ein Riese ein Dreirad fahren.

Wortlos wandte sich Ela dem Blamierten zu, grinste vielsagend in dessen hochrotes Gesicht; fluchend stürmte der davon.

Viele hatten Ela an diesem Abend auf die Schulter geklopft und ihr versichert, dass dieser Idiot eher die Ausnahme sei, dass die meisten hier im Trainingskeller sehr umgänglich wären. Man hatte sie dazu eingeladen, doch einmal ernsthaft zum Trainieren hierher zu kommen, man würde sich freuen, sie bald schon wieder hier begrüßen zu können. Ela hatte zufrieden gelächelt und es mit: *„Ja, mal schau'n"*, fürs Erste so stehen gelassen. Danach hatte sie Lisa mit Blicken dazu gedrängt, endlich von dort zu

verschwinden.
Von diesem Abend an hatte Lisa immer wieder davon angefangen, warum sie keine Wettkämpfe bestreiten wolle; sie hätte ganz sicher das Zeug dazu und mit ein bisschen Training an Kunstwänden, könnte sie da bestimmt voll abräumen. Ela wollte lange nichts davon hören.

Erst als Lisa ihr von den verlockenden Nebenerscheinungen des Wettkampfkletterns erzählte, wurde sie hellhörig. Die direkten Preisgelder waren nicht sonderlich hoch, aber da gab es ja auch noch die Sponsorenverträge. Lisa meinte: „*Gut, wenn du es nicht der sportlichen Herausforderung wegen machen willst, kannst du dir immerhin deine Kletterreisen damit finanzieren.*“

Die Sponsorenverträge waren in der Tat eine verlockende Sache. Hatte man sich in der Wettkampfszene erst einmal einen Namen gemacht, brauchte man sich um vieles nicht mehr zu sorgen. Solange die Ergebnisse stimmten, versorgten einen die Sponsorenpartner mit allem Nötigen. Man bekam die neuesten Kletterschuhe, Seile, Gurte und Sicherungsmaterialien. Sie versahen einen mit trendigem Outfit und schickten einen rund um den Globus zu Wettkämpfen und Promotionterminen. Mancher Weltspitzenkletterer bekam gar Auto und Wohnung finanziert und obendrein noch Bargeld.

Ela war sich sicher, dass sie diesen ganzen Zirkus verabscheuen würde, aber sie erkannte auch die einmalige Chance, welche sich ihr dadurch auftat.

Die Wettkampftermine waren übers Jahr verteilt nicht sonderlich viele; vielleicht 15, maximal 20. An viele dieser Termine, in aller Herren Länder, könnte sie dann einige Wochen Urlaub dranhängen und an den Felsen in aller Welt klettern. Sie hätte die beste Ausrüstung, das nötige Geld, und vor allem auch die Zeit, da sie dann ja nicht mehr zwingend arbeiten müsste. Diese verlockenden Aussichten hatten sie letztlich zustimmen lassen.

Lisa hatte ihre Freundin umgehend zu einem kleinen lokalen Wettstreit gemeldet, welchen Ela mühelos gewann. Nach einigen weiteren Siegen – bei eher unbedeutenden regionalen Wettkämpfen war Lisa davon überzeugt gewesen, dass Ela noch im selben Jahr die Qualifikation zur deutschen Meisterschaft schaffen könnte.

Ausschließlich über ein gutes Abschneiden bei diesen Meisterschaften war der Beitritt in den deutschen Nationalkader möglich, und nur mittels dieser Zugehörigkeit die Teilnahme an Weltcups.

Tatsächlich war Ela die Qualifikation gelungen, dennoch hatte sie kurz davor gestanden alles hinzuschmeißen, da ihr das Wettkampfgeschehen und alles, was damit zusammenhing, noch immer aufs Äußerste zuwider war. In der Wettkampfszene hatte man sie *Kletteroma* genannt und gemunkelt, sie habe bisher nur Glück gehabt.

Lisa hatte ihre Ela bekniet, einmal über ihren Schatten zu springen und nur mehr ein bisschen durchzuhalten, wenigstens noch für die Deutschen Meisterschaften, die diesjährig in Kempten, im Allgäu stattfanden.

„Es wird dir dort gefallen, es ist eine Außenanlage. Extrem steil und kraftraubend.

Da kannst du an der frischen Luft klettern und die Touren müssten dir bei deiner Power eigentlich gut liegen. Da werden 'ne Menge Leute da sein, wichtige Leute. Wenn du da gut aussiehst, müssen sie dich einfach zum nächsten Weltcup mitnehmen. Und dann steht dir alles offen, wovon du träumst."

Ela willigte ein.

Am Wettkampftag kümmerte sich Lisa um alles Organisatorische. Sie begleitete ihre Freundin zur Registrierung, bezahlte das Startgeld und brachte in Erfahrung, wie es um die Konkurrenz bestellt war.

Um 9.30 Uhr sollte die Qualifikationsrunde beginnen, bereits um 9.00 Uhr war Isolationsschluss. Ela hatte eine sehr hohe Startnummer zugewiesen bekommen, somit musste sie eine lange Zeit in der Isozone zubringen, ehe sie selbst an der Reihe war. Lisa wollte diese Zeit nutzen, bei den richtigen Leuten vorsprechen, um für Ela zu werben. Als sie den Trainer des Nationalkaders ausfindig gemacht hatte, fragte sie ihn gerade heraus, welche Platzierung Ela erreichen müsse, damit man sie zum nächsten Weltcup mitnehmen würde. Der Trainer sah sie aus fragenden Augen kopfschüttelnd an. Er erklärte ihr, dass da gar keine Möglichkeit bestünde, dass der Kader bereits vollständig sei und dass sie schon Platz 1 belegen müsste, damit man überhaupt darüber nachdenken würde. *Und das ist ja dann doch wohl eher unwahrscheinlich,* hatte er gemeint.

Lisa ließ sich nicht aus dem Konzept bringen. Sie nagelte ihn auf seine Aussage fest und nötigte ihn vor mehreren Zeugen zu dem Versprechen, Ela mitzunehmen, falls sie deutsche Meisterin würde. Er lachte erneut kopfschüttelnd, stimmte jedoch zu.

Die Qualifikationstour im neunten Schwierigkeitsgrad meisterte Ela problemlos. Die besten 16 von 22 Starterinnen kamen ins Halbfinale. Ela war als eine von 8 Wettkämpferinnen Top geklettert. Nach ihr waren nur mehr 2 Teilnehmerinnen an der Reihe, somit blieb Lisa nur wenig Zeit, Ela von der Abmachung mit dem Trainer zu berichten. Sobald die letzte Starterin durch war, mussten die besten 16 erneut in die Isolation, während die Wand für das Halbfinale umgebaut wurde. Lisa setze Ela mit wenigen Sätzen ins Bild und schloss mit den Worten: *„Du musst gewinnen, sonst war alles umsonst!"*

Die Halbfinaltour war mit 9+/10- bereits deutlich anspruchsvoller. Ela war drittletzte Starterin, bisher hatte keine Wettkämpferin die Tour komplett durchklettert, nicht eine einzige hatte auch nur das obere Drittel der Route erreicht.

Ela hatte erneut einen perfekten Lauf; beinahe mühelos kletterte sie bis zum Top. Sie erkannte die wichtigen Ruhepositionen und nutzte diese optimal. Sie kletterte zügig, jedoch ohne Hast. Letztlich war sie selbst darüber überrascht gewesen, wie leicht es ihr fiel und wie rasch sie den Ausstiegsgriff erreicht hatte. Als sie die Umlenkung einhängte und sich ins Seil fallen ließ, registrierte sie erstmals die Reaktionen des Publikums. Fast 2.000 Zuschauer pfiffen und klatschen. Es war ein berauschendes Gefühl, als sich so viele Menschen mit ihr über ihre Leistung freuten.

Wieder am Boden angekommen, als sie sich aus dem Seil ausband und die Jubelrufe noch immer nicht leiser wurden, hob sie vorsichtig einen Arm, winkte sie den Applaudierenden schüchtern zu. Erst als sie seitlich hinter die Wand trat, ebbten die Jubelschreie allmählich ab. Lisa kam zu ihr gelaufen und fiel ihr um den Hals: *„Das war ja der absolute Wahnsinn! Hast du die Leute gesehen? Die sind total aus dem Häuschen. Du wirst es allen zeigen, Ela. Du wirst gewinnen!"*

Ela drückte Lisa fest an sich, hüpfte mit ihr auf der Stelle. Eine einzelne Träne rann über ihre Wange, sie war überglücklich. Über die Schulter ihrer Freundin hinweg trafen sich kurz die Blicke Lisas und des Nationaltrainers. Anerkennung stand in dessen Gesicht, auch er klatschte Beifall. Lisa strahlte ihn an.

Die beiden letzten Starterinnen der Halbfinalrunde waren die eigentlichen Favoriten auf den Titel. Zunächst kletterte die amtierende und zehnfache deutsche Meisterin und zuletzt ihre vermeintlich schärfste Herausforderin, eine sehr junge, aber ungemein talentierte Nachwuchskletterin, welche in der vergangenen Saison bereits beträchtliche Erfolge für sich verbuchen konnte. Das Nachwuchstalent kletterte ebenfalls Top, wenn auch nicht annähernd so mühelos wie Ela. Die deutsche Meisterin kippte in Folge einer Unachtsamkeit bereits zwei Griffe vor dem Ende aus der Tour und war deswegen recht ungehalten.

In die Finalrunde zogen nun nur mehr die besten acht ein, erneut mussten sie umgehend in die Isolation. In der Isozone hatte sich der Wind gedreht. Hatte man Ela zuvor weitgehend ignoriert, schlug ihr jetzt offene Feindseligkeit entgegen. Die anderen Wettkämpferinnen sahen finster zu ihr rüber, deutlich ließ man sie spüren, dass man sie nicht mochte. Einige – namentlich die des Nationalkaders – gingen sogar soweit, laut genug miteinander zu sprechen, sodass Ela hören musste, dass sie sie auf gar keinen Fall in der Nationalmannschaft haben wollten. Das Hochgefühl in Ela war schnell verblichen, angesichts der augenscheinlichen Ablehnung fühlte sie sich ausnehmend unwohl.

Zwei Stunden vergingen, ehe die erste Wettkämpferin aufgerufen wurde. Zwei Stunden, in welchen sich Ela weit, weit wegwünschte. Zwei Stunden, in welchen sie sich schwor, nie wieder an einer solchen Veranstaltung teilzunehmen.

Sie war die vorletzte Starterin der Finalrunde. Die deutsche Meisterin wurde vor ihr aufgerufen, beim Hinausgehen zischte sie Ela zu: *„Geh in dein Bauernkaff zurück, Oma! Wir wollen dich hier nicht haben!"*

Weitere endlos lange Minuten verstrichen, ehe Ela aufgerufen wurde. In diesen Minuten änderte sich Elas Gefühlswelt komplett. Wut machte sich in ihr breit. Wut und Hass. Ihr Hass richtete sich aber nicht gegen die anderen Wettkämpferinnen, sondern gegen das Wettkampfklettern selbst, gegen die Pervertierung ihres geliebten Sports. Sie musste sich ungemein beherrschen, damit sie der letzten verbliebenen Wettstreiterin – dem jungen Talent – nicht an die Gurgel sprang.

Als sie endlich an der Reihe war, stürmte sie mit hochrotem Kopf hinaus. Die Finaltour wies den Schwierigkeitsgrad 10/10+ auf. Ela rannte in die Tour, sie kletterte sie nicht, sie deklassierte sie zur Joggingstrecke. Hatte sie die Halbfinaltour zuvor noch mit Kontrolle und Geschick gemeistert, so kletterte sie die Finaltour jetzt mit der Brechstange. Zwei Drittel der Strecke riss sie in atemberaubendem Tempo herunter. Sie stürmte über jede Ruheposition, kletterte schlampig und verschwendete dadurch Unmengen ihrer Kraft. Sie setzte die Füße unsauber und riss die Griffe mit Urgewalt durch. Rund 10 Züge vor Schluss zahlte sie den Preis dafür.

Ihre Unterarmmuskulatur brannte wie Feuer und ihr Puls raste. Sie atmete schwer und spürte, wie sich ihre Muskeln zu Steinen verkrampften. Die Schmerzen wurden ihr schier unerträglich, doch sie achtete nicht darauf. Sie schob allen Schmerz zur Seite und konzentrierte sich nur mehr auf den nächsten Zug.

Sie stellte sich vor, sie sei in der schwersten Tour ihres Lebens, nur mehr einen einzigen Zug vom Durchstieg entfernt – also machte sie ihn. Dann stellte sie sich vor, sie stehe 20 Meter über dem letzten Sicherungspunkt und wenn sie jetzt loslassen würde, würde sie sich sicher sehr schwer verletzten – also machte sie einen weiteren Zug. Dann stellte sie sich vor, wie all die anderen Zicken ihr höhnisch ins Gesicht lachen würden, wenn sie jetzt aufgab – also kletterte sie bis ganz nach oben und klippte die Umlenkung.

Ein langer lauter Schrei brach sich aus Elas Kehle frei, hallte über die tosende Menge hinweg. 2.000 Zuschauer waren wie von Sinnen. Sie sprangen auf, klatschten, pfiffen und johlten – das reinste Tollhaus. Ela riss ihre Arme hoch, reckte die Fäuste gen Himmel.

Als sie zu Boden gelassen wurde, musste sie sich augenblicklich setzten. Sie war vollkommen erschöpft, sodass ein Helfer ihren Knoten lösen musste, da sie selbst nicht mehr die Kraft dazu hatte.

Der letzten verbliebenen Wettkämpferin unterlief bereits in der Mitte der Route ein folgenschwerer Patzer, welcher sie aus der Wand beförderte. Und obwohl die amtierende deutsche Meisterin zuvor ebenso Top geklettert war, verlor sie ihren Titel an Ela, da die das bessere Halbfinalergebnis vorzuweisen hatte.

Der Trainer des Nationalkaders hatte sein Wort gehalten und Ela mit zum nächsten Weltcup nach Hannover genommen. Sie war für die zehnfache deutsche Meisterin ins Aufgebot gerückt, die sich mit den Worten: *Wenn die kommt, gehe ich!*, aus dem Kader verabschiedet hatte.

Ela hatte gleich ihren ersten Weltcup gewonnen – als erste Deutsche überhaupt –, und das in überzeugender Manier. Sponsoren aller vertretenen Marken hatten ihr umgehend Verträge angeboten und die Presse sich um sie gerissen. Selbst die anderen

Wettstreiterinnen des Kaders hatten ihr aufrichtig gratuliert; alsbald schon hatte sich herausgestellt, dass lediglich die ehemalige deutsche Meisterin, die treibende Kraft der anfänglichen Anfeindungen gewesen war.

Ela war überglücklich gewesen. Sie hatte einen ersten riesigen Schritt getan, auf dem Weg zu ihren Zielen.

Von alldem hatte sie umgehend ihrer Mutter berichten wollen, die sie seit einem Vierteljahr weder gesehen noch gesprochen hatte. Sie war die halbe Nacht hindurchgefahren, hatte darauf gebrannt, die Neuigkeit ihres Triumphes zu überbringen. Sie wollte ihr sagen, dass sie es zu etwas bringen werde; wollte ihr zeigen, was sie jetzt schon erreicht hatte.

Aber ihre Mutter hatte überhaupt nicht zugehört. Sie wollte von alldem nichts wissen, sie warf ihr vor, dass sie ihr Leben für eine Sache verschwende, die es nicht wert sei. *„Zu was soll das denn nütze sein? Was willst du damit in 5 oder 10 Jahren anfangen? Du wirfst dein Leben weg für eine Laune! Für einen Blödsinn, der dir momentan wichtig erscheint!"* Und zuletzt hatte sie noch gesagt: *„Ich frage mich ernstlich, ob du je erwachsen wirst. War denn alles umsonst, was ich dir beigebracht habe? Du hast mich sehr enttäuscht, Michela!"*

Mit diesen Worten hatte sie Ela stehen lassen, war sie gegangen.

10 Jessica

Armin hatte in 48 Stunden knapp 12 Meter Wegstrecke bewältigt. Er war in seinem bisherigen Leben viele hundert Kilometer gewandert, aber diese 12 Meter waren die längsten und schwersten gewesen.

Als er jetzt; nur mehr wenig von der Straße entfernt; in der noch immer heißen Nachmittagssonne lag, vernahm er plötzlich Stimmen. Zunächst leise und unverständlich kamen sie rasch näher. Sein Verstand hatte längst klein beigegeben, aber dies bildete er sich nicht nur ein. Die Stimmen waren nun ganz klar und nah; sie unterhielten sich. Dann zogen sie vorüber.

Zwei Wanderer liefen unmittelbar vorm Haus vorbei, sie sahen zur Küste hinüber, bemerkten Armin nicht. Er konnte ihre langsam vorüberziehenden Schatten erkennen, hatte jedoch nicht mehr die Kraft zu rufen.

Allmählich wurden die Stimmen leiser, bald schon waren sie verklungen.

Wenige Stunden später versank der feuerrote Sonnenball glühend hinter den flachen Ausläufern La Gomeras. Einige Menschen standen barfuß im warmen Sand von Playa Las Americas, sie lauschten dem sanften Wellenschlag der Abendbrandung. Dies Schauspiel war atemberaubend schön. Irgendwo, weit draußen, knatterte behäbig ein

Fischerboot vorüber und das beständige Kreischen der Möwen erfüllte die anbrechende Dämmerung.

Das Letzte, was Armin hörte, bevor er an Erschöpfung und Dehydration starb, war sein eigenes, leises Weinen.

Jessica del Toro – wie sie sich derzeit nannte – hatte Armin noch in derselben Sekunde vergessen, in der sie auf den Roller gestiegen und losgefahren war. Er war nur einer von vielen gewesen, einer von sehr vielen. Niemandem wäre es anders ergangen, niemand konnte sich um so viele Schicksale kümmern. Abgesehen davon war die Zeit weit vorangeschritten, der große Tag nun nicht mehr fern. Es waren Vorkehrungen zu treffen, sie durfte ihre Tage nicht länger mit *Kleinigkeiten* vergeuden; allmählich musste sie größer denken.

An dem Tag, an dem sie Armin verlassen hatte, war sie lediglich in Eile gewesen, ihren Flieger zu erreichen. Sie hatte ihren Unterschlupf auf der Insel aufgegeben, war in die Vereinigten Staaten zurückgekehrt. Hier hatte sie neue Kontakte geknüpft; alles war wie immer ganz einfach gewesen.

Jetzt drängten allmählich andere Dinge. Sie musste all die anderen aufstöbern und herausfinden, wer auf welcher Seite stand. Es war noch immer ausreichend Zeit für alles, nur durfte sie es diesmal auf gar keinen Fall vermasseln. Es war ihre letzte Chance, die letzte Runde. Wenn nicht dieses Mal – dann nie mehr.

Jessica stand am raumhohen Fenster ihres Büros, der Ausblick war überwältigend. Der luxuriös ausgestattete Raum befand sich im obersten Geschoss des kürzlich erst fertig gestellten Westend-Buildings, er eröffnete ihr einen einzigartigen Blick über den Großteil der Metropole. Jessicas kalte Augen starrten eisig in die Ferne, sie nahm nichts von alldem wahr.

Ein bulliger Mann mit ausgebeultem Jackett und Knopf im Ohr trat hinter ihrem Rücken ins Zimmer. Er räusperte sich unsicher. Jessicas Augen fokussierten auf die Glasscheibe, fixierten seine Spiegelung.

Die Augen des Security Guards wanderten anzüglich über ihren Körper. Als sie seinen Blick einfing, durchdrangen ihn ihre stechenden Augen; reflexartig wich er zurück.

„Miss del Toro“, stieß er stockend hervor, *„die Männer sind eben eingetroffen.“*

Noch immer hielt sie ihn fixiert, Schweißperlen bildeten sich auf der Stirn des Mannes. Unvermittelt wanderte ihr Blick wieder hinaus und sie entließ ihn mit einem kaum merklichen Nicken. Der Mann stieß hörbar die Luft aus und verschwand sofort.

Als sie die Auffahrt zu den Highways erreichten, stülpte man ihnen dunkle Stoffsäcke über ihre Köpfe. Von da an bestand kein Zweifel mehr daran, dass diese Typen keine Gesetzesmänner waren.

Falls Samuels Zeitgefühl ihn nicht gänzlich trog, waren sie weniger als eine halbe Stunde über einen der Highways gefahren und dann noch einmal rund 20 Minuten durch viel befahrene Straßen gekurvt. Alles in allem mussten sie sich noch immer innerhalb San Franciscos befinden, nur eben in einem anderen Teil der Stadt.

Als sie schließlich anhielten, hörte er einen der Männer sagen: „*Sieh nach, ob die Straße frei ist, die dürfen so nicht gesehen werden.*“ Und ein anderer erwiderte: „*Wozu, die gehen von hier sowieso nirgends mehr hin.*“

Man zerrte sie aus dem Wagen, eilends schuppste man sie durch Türen, Gänge und über Treppen. Samuel versuchte sich ausschließlich auf die Umgebungsgeräusche zu konzentrieren, aber es kam ihm nichts Auffälliges oder gar Vertrautes zu Ohren. Letztlich musste man sie in einen abgedunkelten Raum gebracht haben, denn das kleine bisschen Helligkeit, welches bisher durch das Gewebe des Stoffes gedrungen war, war jetzt erloschen.

Seit sie in den dunklen Raum gestoßen wurden und die Tür zuschlug, blieb es still. Samuel hörte Tony stoßweise atmen; zumindest hoffte er, dass Tony dies war. Nach einer weiteren ereignislosen Minute flüsterte er: „*Tony – bist du das?*“

„*Nee!*“, antwortete der missmutig. „*Klar bin ich's, wenn du den Polizeipräsidenten erwartet hast, muss ich dich leider enttäuschen. Das waren nämlich keine Bullen!*“

„*So sehe ich das auch. Aber wer zum Teufel sind diese Kerle?*“

Tony lachte kurz und meinte sarkastisch: „*Ich bin mir ja nicht ganz sicher, aber ich hätt' da schon so 'ne Idee.*“

„*Ich fürchte, du hast Recht. Aber wie konnten die uns so schnell finden?*“ Samuels Stimme zitterte leicht.

Tony lachte erneut: „*Na ja, wir sind gut. Aber die sind eben besser. Bisher haben wir ja immer 'ne ganz passable Figur gemacht; aber das war in der Amateurliga, in der Provinz. Jetzt haben wir uns wohl in 'ne höhere Klasse verirrt. Jetzt spielen wir mit Profis.*“

Samuel bekam es nun wirklich mit der Angst zu tun. Er hörte die coolen Sprüche seines Kumpels, aber die waren anderer Art als sonst. Tony machte wie immer seine Späße, aber die fielen weit sachlicher aus als gewohnt. Samuel kannte Tony bereits seit etlichen Jahren, er hatte manch brenzlige Situation mit ihm durchgestanden und Tony hatte nie seinen Humor verloren. Auch jetzt lachte er und riss Witze, aber es klang nicht echt. Samuel glaubte Unsicherheit in dessen Stimme zu hören, der riesige Kerl schien tatsächlich Angst zu haben.

Nervenzermürbende Stille machte sich breit. Samuel bemühte sich nicht in Panik zu geraten, er zwang sich zum Nachdenken. Tonys Worte hallten ihm durch den Kopf, sie hatten sich in der Tat in eine andere Liga vorgewagt. Zum ersten Mal überhaupt hatten sie Europa verlassen; genau genommen hatten sie alle ihre kleinen Gaunereien – von ein paar wenigen Ausnahmen abgesehen – ausschließlich in Deutschland, Österreich und der Schweiz, also im deutschsprachigen Raum abgezogen. Samuel hatte, als er jetzt so darüber nachdachte, von Anfang an ein ungutes Gefühl bei dieser Sache gehabt. Nicht zuletzt die sprachliche Barriere – sein Englisch war jämmerlich und Tonys bestenfalls mittelprächtig – vermittelte ihm von Beginn an ein beständiges Unwohlsein.

„Wo bist du?“, fragte Tony plötzlich.

„Hier!“, antwortete Samuel unweigerlich. Er konnte beinahe fühlen, wie Tony das Gesicht verzog. *„Ich mein ..., ich stehe hier drüben. Ich denke ..., äh, ich denke links von dir“*, korrigierte er sich.

„Komm her!“

Samuel setzte sich in Bewegung. Vorsichtig tastete er sich Schritt um Schritt voran. Der Boden erschien ihm hart und glatt, eher wie Beton oder Steinwerk, ganz sicher kein Teppich. Offenbar stand ihm nichts im Weg, denn er stieß nirgends gegen. Nach einigen weiteren Schritten meinte er: *„Sag irgendetwas, damit ich weiß wohin.“*

„Buh!“, erklang Tonys Stimme unmittelbar vor ihm.

„So, ich knie mich jetzt vor dich hin, aber komm bloß nicht auf blöde Gedanken. Du drehst dich um und ziehst mir diesen Drecksfetzen vom Kopf. Danach machen wir's andersherum.“

Samuels Mundwinkel zogen sich nach oben. Trotz der ernsten Situation musste er grinsen. *Zuerst knie ich mich vor dich hin und dann machen wir es andersherum,* echote es in seinem Kopf. Er tat wie ihm geheißen; und als Tony ihm den Stoffsack vom Kopf zog, fand er seine Vermutung bestätigt. Um sie herum war es stockfinster.

12 Erinnerungen

„Ich musste Euch finden, das Verlangen wird täglich stärker.“

„Ich weiß, mir ergeht es ebenso. Wie kommt Ihr damit zurecht?“, fragte Mc Gorley Rahula.

„Die Übungen halten mich im Zaum, aber ich war lange nicht mehr so aktiv wie jetzt.“

Mc Gorley sah ihn lange schweigend an.

„Es wird noch weit schlimmer werden“, sagte er schließlich, *„aber wir brauchen es, Ihr müsst es zulassen! Ihr wisst es, daran lässt sich nichts ändern.“*

Rahula wusste es. Er wandte sich ab und ging zu einem offen stehenden Fenster. Er sah hinaus und sein Blick verlief sich am Horizont. Er erinnerte sich: Wochen-, monate-, jahrelang war er umhergeirrt. Er war verwirrt gewesen, verstand nicht, was ihm da widerfahren war.

Ziellos irrte er umher, verwundert darüber, wie klar und sorgenfrei ihm alles erschien. Von Zeit zu Zeit aß er ein wenig, trank er ein paar Schlucke, obgleich er weder hungrig noch durstig war. Er legte sich ein paar Stunden schlafen, obwohl er keineswegs müde war. Er tat dies alles nur deswegen, weil er wusste, dass es nötig war. Brannte im Sommer die Sonne stechend vom Himmel, begab er sich in den Schatten, obgleich ihm nicht heiß war. Wurden später im Herbst die Tage kürzer und die Nächte kalt und eisig, verschaffte er sich warme Kleider, obgleich er nicht fror. Er durchwanderte atemberaubend schöne Landstriche und empfand keine Freude dabei. Er sah ein junges Reh in einem Fluss ertrinken und fühlte kein Mitleid. Nachts schlichen wilde Tiere um seine Lager, doch er fürchtete sich nicht. Und als er aus Unachtsamkeit einen Abhang hinunterstürzte und sich ein Bein brach, fühlte er keinen Schmerz. Als er aufstehen wollte und sein Bein zu den Seiten hin wegknickte, wusste er sogleich, was geschehen war; aber er spürte es nicht. Die Muskelspannung seines Oberschenkels reichte nicht aus um sein Körpergewicht zu tragen, bei jedem Schritt bog sich das Fleisch zur einen oder anderen Seite. Ihm wurde klar, dass der Bruch so nicht heilen konnte, also stützte er den Oberschenkelknochen mit einer improvisierten Bandage – dann ging er weiter.

Spätestens nach diesem Erlebnis begriff er, dass seine Seele von ihm weggestorben war. Er wusste, was er zu tun hatte, damit er am Leben blieb, aber er fühlte nichts mehr. Er empfand weder Furcht noch Schmerz, weder Freud noch Leid, er verspürte weder Hunger noch Durst und er wurde nicht mehr müde. Seine Wanderschaft hatte kein Ziel und nicht einmal das bekümmerte ihn. Selbst die Erkenntnis, dass er zu einem empfindungslosen Ding geworden war, berührte ihn nicht im geringsten.

Er verbrachte seine Tage mit essen, trinken, schlafen und weiter gehen. Er wusste nicht, warum er weiter zog und auch nicht wohin; es gab kein Ziel zu erreichen, keinen Wunsch zu erfüllen, keine Sehnsucht zu stillen – dennoch trieb ihn etwas an.

Eines Tages dann, er war schon seit mehreren Stunden durch eine felsenbestandene Steppe gelaufen, fühlte er doch etwas. Es war nur ein fernes Kitzeln in seinen Eingeweiden, nur ein leiser, kaum vorhandener Hauch von einer Empfindung, tief in seinem Innersten versteckt. Doch es war da. Ein Funke Hoffnung keimte in ihm auf, vielleicht war er ja doch noch nicht gänzlich verdorrt. Wie ein Tier nahm er Witterung auf, suchte er nach dem Quell des winzigen Glücks. Eilends schritt er aus, doch er wusste nicht, wohin er sich wenden sollte, wonach er suchen musste. Er lief schneller; zuerst nach Westen, dann nach Norden, bald nach Osten. Plötzlich wurde es schwächer, war beinahe schon erloschen, als er endlich die richtige Richtung einschlug. Jetzt wurde es stärker, kam schubweise; und mit jedem neuen Schub verspürte er es deutlicher. Er rannte mittlerweile, sein Blut war in Wallung geraten und sein Geist war hellwach. Ganz deutlich wusste er jetzt, wohin er musste; mit beinahe schon unmenschlichem Tempo näherte er sich seinem Ziel. Und mit einem letzten gewaltigen Satz brach er durch dichtes Buschwerk auf eine kleine Lichtung.

Über eine am Boden liegende Frau standen zwei Männer gebeugt, die ihn erschrocken anstarrten. Einer von ihnen hielt eine mit Blut besudelte Klinge in der Hand, der andere einen derben Knüppel. Als er sich näherte, ließen sie die Waffen fallen und rannten davon. Das ferne Kitzeln – welches sich nun beinahe schon zu einer echten Empfindung ausgewachsen hatte – begann erneut zu flackern, schwächte sich ab. Er wollte den beiden schon nachsetzen, als sein Blick auf die zurückgelassene Frau fiel.

Sie stöhnte schmerzvoll, schien schwer verletzt. Die Kleider waren ihr vom Lieb gerissen worden, überall war Blut. Er trat näher an sie heran und der Kitzel wurde wieder stärker. Ihre Hände umfassten ihren Hals, zwischen den Fingern quoll unaufhörlich dunkles Blut hervor. Sie zitterte, bog sich vor Schmerz, ihre Augen flehten ihn an. Langsam, ganz langsam beugte er sich über sie, kniete bei ihr nieder. Er fühlte etwas, es war ganz deutlich. Er fühlte, ja, er fühlte ihre Angst. Er fühlte die Todesangst dieser im Sterben liegenden Frau.

Es war herrlich. Er schloss seine Augen und genoss ihren Schmerz. Er suhlte sich darin, es war berauschend. Als er seine Augen wieder öffnete und glücklich auf die Sterbende hinablächelte, stand fassungsloses Entsetzen in deren Gesicht. Die wundervolle Empfindung schwoll sogleich an; wärme durchströmte ihn, wohlige, Glück verheißende Wärme.

Da begriff er. Je größer ihr Leid, desto intensiver sein Rausch.

Ein kaltes, grausames Lächeln schlich sich in seine Züge. Er griff nach der blutigen Klinge, die neben ihm auf der Erde lag, und zeigte sie ihr. Die Augen der Frau weiteten sich angstvoll, drohten vor Entsetzen beinahe aus den Höhlen zu platzen. Eine neue, weit stärkere Woge des Glücks traf ihn. Gierig stürzte er sich auf die Frau, stieß ihr den kalten Stahl in die Seite. Ihr Körper bäumte sich unter ihm auf, verkrampfte sich, dann sackte sie leblos zusammen. Sofort war es vorbei, war es weg. Die Frau war tot – alles Glück augenblicklich verschwunden.

Er erhob sich von ihr und ging davon. Ohne Eile lief er zu einem nahe gelegenen Bach, wusch das Blut der Toten von sich ab. Als er damit geendet hatte, wanderte er weiter, als sei nichts gewesen. Er empfand keine Reue für das, was er getan hatte und auch keine Schuld. Er empfand – genau wie zuvor – überhaupt nichts. Alles war wie zuvor, wie noch vor wenigen Minuten, bevor er den Kitzel ein erstes Mal verspürt hatte. Dennoch hatte sich etwas geändert. Er wusste nun um den Rausch, wusste um das Glück, wusste, was er dafür tun musste.

Hernach fühlte er sich weder zufriedener noch erfüllter, denn er fühlte – ganz wie zuvor – überhaupt nichts; trotzdem machte es das Ganze besser, machte es erträglicher, machte ihn auf eigentümliche Weise sogar stärker.

Als er weiter zog, wirkten seine Bewegungen kraftvoller, waren seine Sinne auffallend wach, sein Verstand messerscharf.

„*Ja, ich weiß es*“, sagte Rahula leise zu Mc Gorley.

13 Megálo Metéoro

Juni, 2008.

Ela stand zusammen mit Lisa bei einer Gruppe von Touristen. Ein Fremdenführer hatte eine Broschüre ausgeteilt, in welcher sie eben las.

Die Metéoraklöster, am Rande des Pindosgebirges in Thessalien gelegen, gehören zum UNESCO-Weltkulturerbe. Der Name Metéora leitet sich von meteorizo ab, was so viel wie „In der Luft schwebend“ bedeutet. Dieser Name beschreibt die Lage der Klöster, welche auf erstaunlich unzugänglichen Felsnadeln, in bis zu 300 Meter Höhe gebaut wurden, sodass sie bei dunstiger Luft manchmal zu schweben scheinen.

Als der Fremdenführer um Aufmerksamkeit bat, blickte Ela auf. Er war ein kleiner gedrungener Mann in einer schäbigen, beinahe altertümlich anmutenden Anzugjacke und abgetragenen Jeans.

„*Gott an entlegenen, schwer zugänglichen, einsamem Orten zu verehren ist seit jeher ein zentrales Element des christlichen Glaubens*“, begann er in gelangweiltem Tonfall. „*Bereits im 10. Jahrhundert besiedelten vereinzelte Asketen die zum Teil über 500 Meter hohen Felsen. Die Ausgesetztheit der Felstürme bot ihnen Schutz vor den Naturgewalten, die steil abfallenden Felswände hielten ungebetene Besucher fern. Mit der Zeit wuchs die Zahl dieser frühen Mönche, bereits Ende des 12. Jahrhunderts waren sie zu einer losen Gemeinschaft zusammengewachsen, die die Regeln der Einsiedelei respektierte.*“

Der anhaltende Regen drang allmählich durch Elas Fleecepullover. Seit zwei Tagen regnete es ohne Unterlass. Am Montag waren sie spät Nachmittags angekommen und seit Dienstagmorgen regnete es unaufhörlich. Die Anreise mit dem Auto glich einer Höllentour. Mehr als 1.500 endlose Straßenkilometer. Beinahe durch ganz Italien bis Brindisi und dann diese albtraumhafte Fährenüberfahrt nach Griechenland. Fast 10 Stunden hatte es allein gedauert, bis sie endlich an Bord konnten und dann waren sie eine halbe Ewigkeit umhergeirrt, um einen halbwegs erträglichen Schlafplatz zu ergattern. Im Inneren des Schiffes war es unerträglich heiß gewesen, an Deck zu zugig und kalt. Letztlich hatten sie ein freies Plätzchen in einem schmalen Gang gefunden, welcher zu den Sonnenterrassen führte; dieses hatte zwar eine angenehme Temperatur aufgewiesen, sich jedoch in unmittelbarer Nähe der gigantischen Dieselmotoren befunden. Das ständige Rumoren der Maschinen hatte sie kein Auge zutun lassen und ein ungewöhnlich heftiger Seegang sie krank gemacht.

Am darauf folgenden Morgen hatten sie sich hundeelend gefühlt; die strapaziöse Autofahrt steckte ihnen noch immer in den Knochen und die schlaflose Nacht hatte ein Übriges getan. Ihre Ankunft am griechischen Festland war zwar ohne größere Verzögerungen, also planmäßig verlaufen, nur waren es von dort noch immer mehrere Stunden Autofahrt bis Kalampaka in Zentralgriechenland. Das stundenlange Gekurve durch griechische Serpentinen war fürchterlich gewesen.

Als sie endlich bei bereits hereinbrechender Nacht am Campingplatz in Kalampaka eingetroffen waren, waren sie beide so fertig gewesen, dass sie nur mehr schlafen wollten. Sie hatten schnell noch alles Nötige an der Rezeption veranlasst und sich umgehend in den Fiorino schlafen gelegt, die mitgebrachten Zelte wollten sie erst am nächsten Morgen aufschlagen.

Kurz vor dem Einschlafen waren vor Elas innerem Auge noch einmal die letzten Eindrücke des Tages vorübergezogen. Die anmutigen Felstürme Meteoras hatten atemberaubend schön im samtigen Licht der untergehenden Sonne gestrahlt. Überall hatte es köstlich geduftet, die Natur herrlich unverbraucht gewirkt. Die Menschen, die sie am Campingplatz willkommen geheißen hatten, schienen aufrichtig freundlich – trotz ihrer eigenen Genervtheit.

Ela war unglaublich müde gewesen, gereizt und völlig erschöpft; dennoch hatte sie sich sehr auf die bevorstehenden Wochen in dieser wunderschönen Gegend gefreut. Als sie am frühen Morgen des nächsten Tages erwacht war, hatte sie als Erstes, dies ihr so verhasste Trommelgeräusch vernommen, das Regen auf Autodächern verursacht.

„Mit der Ankunft des von Athos geflohenen Mönches Athanasios, im Jahr 1334, begann der Aufstieg des Klosterlebens in der Region. Athanasios stellte die in Metéora geltenden Regeln auf, nach seinem Tod wurde er als Athanasios Meteorites seliggesprochen. Die Legenden berichten, dass er zum Standort des heutigen Klosters von einem Engel oder Adler emporgetragen wurde.“

Ela mochte keine geführten Touribesichtigungen, aber nach 48 Stunden Dauerregen machte sie gern eine Ausnahme.

„Im Verlauf des 14. Jahrhunderts wurden weitere Bauten errichtet, sodass die Anlage schließlich aus 24 Klöstern und Eremitagen bestand; wovon heute nur mehr wenige bewohnt sind.“

Die Gruppe stand noch immer auf dem kleinen Vorplatz des Klosters Megálo Metéoro – im Regen.

„Die Klöster sind aus Stein erbaut, haben rote Ziegeldächer und hölzerne Galerien, welche sich über tiefen, Schwindel erregenden Schluchten befinden.“

„Exakt!“, zischte Ela Lisa zu. *„Sie haben Dächer! Wann will der endlich reingehen? Kann dem mal wer sagen, dass es schüttet!“* Es tropfte ihr von der Schirmmütze in den Kragen. Elas Laune näherte sich dem Nullpunkt.

„In den Klöstern findet man mehrere enge Zellen für die Mönche sowie eine Kirche und ein Refektorium für die gemeinsamen Mahlzeiten. Die Bauten waren einst ausschließlich für Männer bestimmt, erst viel später entstanden erste Nonnenklöster. Heute sind nur mehr wenige der Klosterbauten ansehnlich erhalten, nur mehr fünf werden von Mönchen oder Nonnen bewohnt."

Er tat einen Schritt in Richtung Eingang des Klosters, Ela drängte hoffnungsvoll nach. Dann blieb er jedoch unmittelbar vor der Pforte stehen und fuhr fort: *„Doúpiani, das erste Kloster, das in Metéora gegründet wurde, ist nicht mehr erhalten. Die an dieser Stelle errichtete Kapelle aus dem frühen 13. Jahrhundert wird heute noch genutzt und gepflegt. In der Kirche Johannes des Täufers, im heute noch bewohnten Kloster Agios Nikólaos Anapavsás, befinden sich etliche Schädel, von Mönchen, die früher dort lebten."*

Und bald kommt noch einer hinzu!, dachte Ela bei sich.

„Megálo Metéoro, auch bekannt als Metamórphosis, das Kloster, vor welchem wir hier stehen, ist das größte der Metéoraklöster. Bis zum Jahr 1923 war es einzig über Strickleitern, beziehungsweise einer Seilwinde mit Netz, zu erreichen. Heute führen eine Steintreppe mit 143 Stufen sowie ein Tunnel in den Gebäudekomplex. In seiner Hauptkirche sind Fresken aus dem Jahr 1552 erhalten geblieben und als besonders sehenswert gilt die Einsiedlerhöhle Athanasius, gleich hier am Klostereingang." Er wandte sich um, deutete verheißungsvoll in die Dunkelheit der offen stehenden Tür, machte jedoch keinerlei Anstalten hineinzugehen.

In Ela brodelte es.

In einschläferndem Tonfall fuhr er fort: *„Die meisten anderen Klöster sind gar nicht, oder nur mehr schlecht erhalten, wie beispielsweise Agion Pnévma, das direkt aus dem Felsen gemeißelte Kloster des Heiligen Geistes. Nur zwei Zisternen, ein Sarkophag, einige Zellen und der aus dem Stein gehauene Altar, zeugen noch von der Anlage. Bei der ebenso direkt aus dem Stein gehauenen Felshöhle Filakaé Monakón, handelt es sich den Überlieferungen nach um das Mönchsgefängnis. Mönche, die gegen die strengen Klosterregeln verstoßen hatten, wurden angeblich hierhin zur Buße geschickt."*

Ihr Führer hatte sich mittlerweile so platziert, dass nur mehr seine vor ihm stehende Gruppe im Regen stand. Ela verachtete ihn. In ihren Augen spiegelte sich in seinem Gesicht Hochmut und Gehässigkeit.

„Leider hat der Tourismusboom des 20. Jahrhunderts die Meteoraklöster mehr und mehr zu einem Freilichtmuseum degradiert."

Das war endgültig zu viel! Ela packte Lisa am Arm und zog sie mit sich. Sie zerrte sie fluchend aus der Menge und schob sie vor sich her – zu den Treppen.

Lisa sah das Feuer in Elas Augen, sie protestierte nicht. Wortlos marschierten sie durch den Regen zurück zum Campingplatz. Dort angekommen verkündigte Ela: *„Wir sind zum Klettern hergekommen und genau das werden wir jetzt auch tun!"*

Lisa starrte ihre Freundin ungläubig an; sie verdrehte die Augen zum Himmel, noch immer strömte unablässig der Regen. *Selbst wenn es augenblicklich aufhören würde, sogleich die Sonne durch die Wolken brechen würde und ein warmer starker Wind über die Felsen wehen würde, bräuchten die Wände sicher Stunden, um ausreichend abzutrocknen,* ging es ihr durch den Kopf. Ela schien dies nicht zu kümmern. Sie stand da, nass bis auf die Knochen, blickte Lisa herausfordernd an. Ihre Körpersprache ließ keinen Zweifel an ihrer Entschlossenheit. Lisa zögerte einen Moment, dann zog sie die Schultern hoch und meinte: *„Gut, gehen wir klettern.“*

Sie wechselten ihre nassen Sachen, griffen sich die Rucksäcke und zogen los. Ela zwinkerte ihrer Freundin zu, lächelte sie an.

„Du spinnst!“, meinte Lisa, lächelte aber ebenso.

Rund zwei Stunden liefen sie kreuz und quer zwischen den Felsen umher. Nirgends fanden sie eine ausreichend überhängende Wand, die nach den tagelangen Regenfällen trocken geblieben wäre. Insgeheim waren sich beide darüber bewusst, dass sie eine solche gar nicht finden konnten, da es steile, weit überhängende Felsen in Meteora nicht gab. Die stundenlange erfolglose Wanderschaft machte ihnen jedoch nichts aus, ganz im Gegenteil, ihre Laune besserte sich mit jeder Minute. Endlich gab es etwas zu tun; etwas Sinnloses vielleicht, aber immer noch besser als nur herumzusitzen und darauf zu warten, dass es endlich aufhörte zu regen.

Selbst unter diesen ungastlichen Verhältnissen vermochte die Gegend zu bezaubern. Dieses einzigartige Tal, mit all den bizarren Konglomerattürmen in allen Größen und Formen, wundersam eingebettet in einer herrlichen Pflanzenwelt, war wahrlich eine Wohltat für die Seele.

Ela hatte eine hervorragende Saison gehabt und mit den Wettkämpfen gutes Geld verdient. Als sie jetzt so darüber nachdachte, konnte sie kaum glauben, dass dies erst ihre zweite Wettkampfsaison gewesen war. Ihr kam es eher so vor, als wäre sie schon Jahrzehnte dabei. Ihr erstes Jahr war so hektisch und ereignisreich verlaufen, dass es nur so verflogen war. Und im Zweiten war alles schon so von Routine geprägt gewesen, dass Ela kaum mehr darüber nachgedacht hatte. An dessen Ende hatte sie erneut den Titel der deutschen Meisterin errungen, hatte die Weltcupserie auf Rang drei beendet und sowohl bei der Europameisterschaft als auch bei der Weltmeisterschaft Platz zwei belegt.

Lisa war bei fast allen Turnieren an ihrer Seite gewesen. Sie war ebenfalls ins Wettkampfgeschäft eingestiegen, hatte ebenso einige gute Ergebnisse erzielt. Sie kletterte zwar nicht annähernd Elas Niveau, aber auf nationalem Terrain war stets mit ihr zu rechnen. Ela war Lisa dankbar, für alles, was sie für sie getan hatte. Zum Saisonfinale hatte sie ihr kurzerhand diese Reise vorgeschlagen, sie wollte alle Kosten tragen, als kleines Dankeschön für ihre Freundschaft.

Beide waren sie seit Wochen nicht mehr zum Klettern an *richtigen* Felsen gekommen, somit brannten sie darauf, endlich wieder einmal in der Natur zu klettern. Meteora galt sicher nicht als Topgebiet, aber nach all der Hektik der vergangenen Wochen schien es perfekt.

Herrliche gemäßigte Genussklettcrei in wundervoller, bezaubernder Atmosphäre, hatten Freunde geschwärmt. Und gerade weil hier keine Spitzentouren zu finden sind, war die Wahrscheinlichkeit eher gering, dass sie hier auf andere Wettkampfkletterer trafen; somit war es ein perfekter Ort, diesem ganzen Rummel einige Zeit zu entfliehen.

Nach einer weiteren Stunde, es war mittlerweile bereits nach 3 Uhr nachmittags, hatten sie dic Region der erschlossenen Felsen längst hinter sich gelassen, erreichten sie zunehmend flacheres Terrain. Nur noch vereinzelt standen einige eher kleinere Felsformationen zwischen dem immer dichter werdenden Buschwerk, immer öfter mussten sie umkehren, wenn sich die schmalen, unwegsamen Pfade im Gestrüpp verloren.

In einiger Entfernung zeigte sich jedoch noch ein beträchtlicher Felsturm, der, von zwei kleineren flankiert, ihre Aufmerksamkeit erregt hatte; da er aus der Ferne betrachtet, beinahe wie eine kleine Kathedrale aussah. Und da sie nun schon so weit gelaufen waren, kamen sie überein, diese aus der Nähe zu begutachten.

Nach einer weiteren halben Stunde, in welcher sie sich nahezu weglos durch widerspenstiges Gestrüpp gekämpft hatten, gelangten sie urplötzlich an ein Hindernis ganz anderer Art.

Vor ihnen tat sich unverhofft eine etwa 2 Meter breite Lichtung auf, in deren Mitte ein gut 3 Meter hoher Maschendrahtzaun aufragte. Der Zaun wirkte brandneu; mit seiner stacheldrahtbewehrten Krone vermittelte er unmissverständlich ein unbedingtes Fernbleiben. Das Vorfeld zu beiden Seiten war erst vor kurzem penibelst gerodet worden, nicht das kleinste Pflänzchen zeigte sich auf der frisch gewalzten Erde. Bereits nach wenigen Metern entlang dieses Zaunes, kam man unweigerlich zu dem Schluss, dass dieser sicher keine Lücken aufwies, ganz gleich, wie lange man daran entlang laufen würde.

Ela blickte zurück, in die Richtung, aus der sie gekommen waren. Sie war pitschnass, ihre Hände waren zerschunden und auf ihrer Wange brannte ein langer dünner Kratzer. Abenteuerlaune keimte in ihr auf. Sie verspürte keine Lust, auf demselben beschwerlichen Weg zurückzugehen, nicht nachdem sie schon so weit gelaufen waren.

„Lass uns die Tür suchen", sagte Tony, *„ich hab 'nen Plan."*

Samuels Augen gewöhnten sich allmählich an die Finsternis; er sah nun nicht mehr nur Schwarz, unklar konnte er dunkelgraue Schemen ausmachen.

Es dauerte nicht all zu lange, bis sie alle Wände abgetastet hatten und die Tür entdeckten. Darüber hinaus gab es nur ein fest verschlossenes Fenster – oder Ähnliches – an der der Tür gegenüberliegenden Wand, ansonsten schien der Raum keine weiteren Fluchtmöglichkeiten zu bieten. Die Tür war wie erwartet verschlossen, beziehungsweise gab es auf ihrer Seite nur einen Knauf, welcher sich nicht drehen ließ.

Samuel konnte mehr erahnen denn sehen, wie Tony sich tastend vor der Tür ausrichtete und dann etwa 3 Meter bis zur Mitte des Raumes davon zurücktrat.

„Du machst jetzt ordentlich Radau da vorn, und wenn jemand kommt, renn' ich den über'n Haufen."

Schweigen.

„Das ist dein Plan?", fragte Samuel schließlich ungläubig.

„Hast du 'nen besseren?"

Wieder Ruhe.

„Dachte ich's mir doch. Na dann leg los!"

Samuel zögerte nur mehr kurz, dann schlug er mit Händen und Füßen gegen die Tür und schrie: *„Fire! Fire!"* Beinahe sofort vernahmen sie sich nähernde Schritte und im nächsten Moment drehte sich ein Schlüssel im Schloss. Die Tür schlug auf und gleißendes Licht schnitt in den Raum. Geblendet hörte Samuel Tony animalisch brüllend von hinten heranstürmen. Noch in letzter Sekunde konnte er sich zur Seite werfen, ehe der gewaltige, vornüber gebeugte Körper seines Freundes durch die Tür raste.

Einmal in Fahrt gekommen konnte dieser geballten Masse aus Fleisch und Wut kaum mehr etwas standhalten. Mit voller Wucht rammte Tony Kopf voraus einen beinahe ebenso großen Mann. Ein kurzer erstickter Schrei presste sich aus dessen Lungen, als er von den Füssen gerissen wurde. 340 Pfund katapultierten ihn gegen die Rückwand des Ganges und mit zerstörerischer Macht folgte Tonys Schädel nur einen Sekundenbruchteil später. Rippen knackten und der Kopf des Mannes schlug dumpf gegen den Stein.

Samuel kam blinzelnd hinzu, als Tony sich eben mühevoll aufrappelte. Er wirkte benommen, taumelte; der andere rührte sich überhaupt nicht mehr.

Herbst, 2007.

Mit Makujato hatte Jessica genau den richtigen Mann gefunden. Er war ein Genie, er hatte Probleme und er war gierig. Wenn sie alles von ihm bekommen hatte, was sie benötigte, wird es ihr ein ganz besonderes Vergnügen sein, sich seiner anzunehmen.

Makujato war Biologe, Molekularbiologe. Erst Mitte des 20. Jahrhunderts wurde die Molekularbiologie begründet, mittels biochemischen Forschungsmethoden untersucht sie die Lebenserscheinungen auf der Ebene der Moleküle; besonders im Bereich der Makromoleküle, wie etwa der DNS, RNS und der Proteine.

Makujato war ein Mann der ersten Stunde gewesen. In der Molekulargenetik – einem Teilgebiet der Molekularbiologie – hatte er als einer der Ersten die Strukturen und Funktionen der DNS erforscht.

So seltsam es auch klingen mag, Moleküle waren sein Leben. Solche chemischen Verbindungen, bestehend aus bis zu 1.000 zusammengehaltenen Atomen, vermochten es, ihn fortwährend zu begeistern. In einem einzigen Kubikzentimeter Luft können sich bis zu 27 Trillionen Moleküle tummeln, in einem Kubikzentimeter Wasser sogar 33.000 Trillionen. Diese Dimensionen hatten Makujato von je her fasziniert.

Dabei hatte er nur anfänglich die komplexen chemischen Verbindungen der Desoxyribonukleinsäuren – kurz DNS – erforscht; in deren Molekularstruktur sämtliche Erbinformationen aller lebender Organismen enthalten sind. Die über Wasserstoffbrücken verbundenen Leitersprossen der Doppelhelix, bestehend aus je zwei zusammengehörigen Basenpaaren – Adenin und Thymin, sowie Guanin und Cytosin – bilden mit der jeweiligen Abfolge dieser vier Basen, den Code für die Erbmerkmale aller Lebewesen. Durch anteilmäßiges Kopieren von Desoxyribonukleinsäure wird Ribonukleinsäure geformt – kurz RNS –, welches Gruppen von chemischen Stoffen sind, die ähnlich dem Eiweiß, aus sehr langen, kettenartig verknüpften Molekülen bestehen. Diese schraubenförmig gewundenen Kettenmoleküle dienen dann als Matrize für die Proteinsynthese in den Mitochondrien sowie in manchen Virusarten. Und genau hierin lag Makujatos Spezialgebiet – bei den RNS-Viren.

Diese äußerst großen nukleinsäurehaltigen Eiweißmoleküle – welchen nur bedingt die Eigenheiten urtümlichster Lebewesen zugesprochen werden kann – ähneln in ihrem chemischen Aufbau den Genen, lassen sich zum Teil als gleichmäßig kristallisierendes Eiweißsubstrat darstellen und haben dadurch eindeutig die Eigenschaften toter Materie. Erst bei der Kontaktaufnahme mit lebenden Wirtskörpern, welche ihnen spezifisch zusagen, entwickeln sie lebendige Eigenschaften, bauen sie das Eiweiß des Wirtskörpers zu Viruseiweiß um und beginnen mit ihrer zumeist zerstörerischen Vermehrung.

Viren sind annähernd ausnahmslos gefährliche Krankheitserreger; für den Menschen, Tiere sowie Pflanzen. Pocken, Masern, Tollwut, Kinderlähmung, Grippe, Aids,

Staupe, Maul- und Klauenseuche, Gelbfieber, Leberentzündung und Papageienkrankheit, sind nur einige, teils heute noch tödlich verlaufende Viruserkrankungen. Selbst bei der Krebsentstehung scheint den Viren eine besondere Funktion zuzufallen.

Ihre Bekämpfung gestaltet sich äußerst schwierig, da sie gegen Kälte und Hitze erstaunlich widerstandsfähig sind und gegen Desinfektionsmittel schnell resistent werden. Selbst Antibiotika und Chemotherapeutika erweisen sich nur in den wenigsten Fällen als hilfreich.

Eine Besonderheit stellt die Grippe dar. Der Begriff *Grippe* wird oft fälschlicherweise als Sammelbegriff für Erkrankungen der oberen Atemwege verwandt; wie beispielsweise einem Katarrh oder Schnupfen, welche nur selten von gefährlichen Nebenerscheinungen begleitet werden.

Die Influenza hingegen, die wahre Grippe, beginnt mit Schmerzen in allen Gliedern; besonders im Kreuz oder an Stellen, welche zuvor schon nicht ganz gesund waren, wie etwa den Zähnen, dem Blinddarm, aber auch an alten Narben. Ein bis zwei Tage danach tritt Fieber von bis zu über 40 °C auf, das dann nach zwei bis drei Tagen wieder abfällt, ohne dass dadurch Gesundung eintritt.

Der Grippevirus schädigt in großem Maße die körpereigene Abwehr, sodass meist bakterielle Krankheiten nachfolgen, wodurch nach einigen Tagen das Fieber wieder steigt. Durch Pneumokokken, wie etwa dem Streptococcus pneumoniae, steigt das Fieber plötzlich wieder rasch an; oftmals begleitet von starken Kopfschmerzen. Was dann folgt, ist eine Lungenentzündung, in deren weiterem Verlauf, oft Schmerzen durch eine Rippenfellentzündung ausgelöst werden und Komplikationen, wie etwa Lungenabszess oder Lungengangrän keine Seltenheit sind. Dieser Typus der Lungenentzündung stellt bei den Infektionskrankheiten in den Industrienationen noch heute die häufigste Todesursache dar.

Einer Veröffentlichung des Magazins *Science* aus dem Jahre 2001 zufolge, gelang es US-amerikanischen Forschern unter der Führung des Institute of Genomic Research –kurz TIGR –, das Erbgut des Streptococcus pneumoniae zu entschlüsseln. Die Wissenschaft hoffte durch das entschlüsselte Erbgut neue Impfstoffe sowie wirksamere Behandlungsmethoden gegen diese Bakterie entwickeln zu können, da die sich zunehmend gegen Penicillin resistent zeigte.

Makujato war einer dieser Wissenschaftler gewesen. In der Tat hatten er und einige seiner damaligen Kollegen das Erbgut des Streptococcus pneumoniae nahezu vollständig entschlüsselt – aber eben nur nahezu.

Makujato verließ TIGR 2002; unmittelbar nachdem *er* den letzten noch fehlenden Code geknackt hatte.

TIGR entlohnte seine Spitzenkräfte fürstlich, aber Makujato wollte mehr. Er witterte seine große Chance. Er behielt seinen Erfolg für sich und beseitigte alle Spuren seiner jüngsten Forschungen, welche er vertragsgemäß, bei Ausscheidung aus dem

Institut hätte offen legen müssen.

Fünf Jahre arbeitete er im Verborgenen, doch es wollten sich keine vermarktbare Erfolge einstellen. Seine Forschungen verschlangen sein komplettes Privatvermögen, und mit dem Ende des fünften Jahres, war er so hoch verschuldet, dass er an keine weiteren Mittel mehr gelangte, um damit fortfahren zu können.

Während der ganzen Zeit verfolgte er aufmerksam die Fachpresse, insbesondere TIGR. Die hatten in den letzten Monaten erschreckende Fortschritte erzielt, standen laut eigenen Angaben kurz vor einem entscheidenden Durchbruch.

Makujato bekam kalte Füße. Er ging seine Optionen durch und kam letztlich zu dem Schluss, dass er sich und sein Wissen an den Meistbietenden verkaufen musste. TIGR schied hierbei natürlich aus und so war es ein koreanisches Unternehmen, welches ihm letztlich das lukrativste Angebot unterbreitete.

Makujato hatte aus seiner Zeit bei TIGR noch immer einen hervorragenden Namen und die Koreaner boten ihm ein beträchtliches Gehalt, samt weit reichender Entscheidungsfreiheit. Kurz vor Vertragsschluss erreichte ihn jedoch eine verhängnisvolle Email, deren Inhalt detailliert Makujatos letzte Jahre – inklusive des vertragswidrigen Ausscheidens bei TIGR – schilderte.

Jemand hatte von Anfang an davon gewusst, hatte ihn all die Jahre beobachtet und war jetzt dazu bereit, alles aufzudecken, es sei denn, er wäre an Verhandlungen, also einem Treffen interessiert.

16 Der Zaun

Ela nahm den Rucksack von ihrem Rücken und zerrte den Seilsack mit dem darin befindlichen Siebzigmeterseil hervor. Sie öffnete den eng zusammengeschnürten, platzsparend gepackten Seilsack und lockerte die säuberlich drapierten Seilschlaufen. Dann verschnürte sie den Sack wieder so, dass er eine möglichst große Grundfläche aufwies. Lisa sah ihr wortlos dabei zu.

„Wenn ich hoch genug bin, reichst du mir den Sack“, wies Ela ihre Freundin an. Und noch ehe Lisa etwas hätte erwidern können, erklomm sie spielerisch den Zaun.

„Jetzt gib her!“

Lisa reichte ihr den Seilsack. Ela kletterte damit bis ganz nach oben und warf dann das lose Paket gekonnt über den Stacheldraht.

„Warum kannst du so was? Wie kommst du auf solche Ideen?“, fragte Lisa erstaunt.

Ela grinste breit: *„Brad Pitt. Fight Club!“*

Sie legte sich bäuchlings über den schützenden Seilsack, griff mit ihrer Rechten in die Maschen von der anderen Seite her und ließ sich kopfüber über die Zaunkrone kippen.

Drüben angekommen, fing sie sich gekonnt mit beiden Füßen ab und meinte: *„Komm schon, reich die Sachen hoch."*

Lisa schüttelte ungläubig den Kopf, stieg jedoch sogleich auf den Zaun.

Auf dem Boden der anderen Seite angekommen verstauten sie rasch den halbseitig perforierten Seilsack und marschierten weiter. Die Vegetation auf dieser Seite des Zaunes erwies sich als weit weniger dicht, somit kamen sie gut voran.

Nach knapp 20 Minuten lichtete sich das Buschwerk nahezu komplett und der Felsfuß der eigenwilligen Formation kam in Sicht. Unmittelbar davor befanden sich einige provisorisch errichtete Baracken. Das nähere Vorfeld, etwa 150 bis 200 Meter, glich dem des Zaunes. In der spärlichen Deckung der letzten Büsche blieben sie stehen.

„Was denkst du, was das hier ist?", fragte Ela.

„Ich hab keine Ahnung", erwiderte Lisa, *„und eigentlich möchte ich es auch gar nicht so genau wissen. Lass uns lieber schnell kehrt machen."*

Ela spähte zu den Baracken hinüber. Sie zählte vier einzelne Holzbauten, eine davon direkt an die Felsen gebaut. Nirgends war eine Menschenseele zu sehen, von nirgendwo her erklangen Geräusche, die auf die Anwesenheit von jemandem hätten schließen lassen.

„Na dann lass uns mal nachseh'n", sagte sie forsch.

Lisa wollte protestieren, doch Ela stürmte sogleich los. Schnurstracks lief sie zu den Hütten hinüber. Lisa blickte kurz über beide Schultern, stieß ein leises *„Fuck!"* aus, dann folgte sie ihr.

Bei der ersten Baracke hatte sie ihre Freundin eingeholt. Ela trat ohne zu zögern an diese heran und spähte durch eines der Fenster. Im Inneren war nichts zu erkennen, sie schien leer zu sein.

„Leer", sagte Ela, ihre Stimme klang enttäuscht. Sie umrundete die Baracke und untersuchte die nächste.

„Auch leer."

Auch die dritte Hütte war, abgesehen von einigen schlichten Pritschen, leer gewesen, und Ela machte sich bereits auf den Weg zur letzten, der direkt an den Felsen gebauten.

Diese hatte jedoch keine Fenster, durch welche sie ins Innere hätte spähen können, und der einzige Zugang schien solide verriegelt. Die Hütte unterschied sich deutlich von den anderen; glich mehr einem Verschlag, denn einer Baracke. Sie war mehr als doppelt so hoch – Ela schätzte gut 8, vielleicht sogar 10 Meter – und schmiegte sich eng an die Felskontur. Die Hütte war weder sonders breit noch tief und bot durch ihre eigenwillige Form sicher keinen vernünftigen Stauraum. Nach eingehender Betrachtung gelangte Ela zu dem Schluss, dass es sich um eine Art Verbarrikadierung einer Höhle oder Felsnische handeln musste.

Lisa drängte darauf zu gehen: *„Wir haben es sicher schon weit nach fünf und ich* *hab echt keinen Bock im Dunkeln zurückzugehen!"*

Ela beäugte weiterhin den Holzverschlag, ihre Neugierde war längst noch nicht gestillt. *„Siehst du die Lücke da?"*, sie zeigte auf einen Punkt hoch oben, wo das Dach mit der Felswand zusammentraf. *„Da pass ich durch."*

„Spinnst du?!", entfuhr es Lisa. Sie blickte zu der Stelle, tatsächlich klaffte dort ein etwa 20 Zentimeter breiter Spalt. Jetzt protestierte Lisa aufs Schärfste, aber Ela kramte bereits in ihrem Rucksack. Sie zog ihre Kletterschuhe und ein Magnesiasäckchen hervor, dann inspizierte sie den Fels.

Die Wand war nahezu senkrecht und das Gestein wirkte nicht sonderlich solide. Die angrenzende Holzwand war längs verschalt, bot somit kaum Halt. Bis in etwa zwei Drittel der Höhe waren die Dielen präzise angepasst worden, wiesen sie konstant eine Distanz von maximal einem Zentimeter zum Felsen hin auf. Das mit Abstand Schlimmste war jedoch die Tatsache, dass alles triefend nass war. Zwar hatte es bereits vor einer guten halben Stunde endlich aufgehört zu regnen, aber noch immer fielen gelegentlich ein paar Tropfen und die Felsen waren kein bisschen abgetrocknet.

Ela band sich ihr Chalkbag um und tunkte ihre Hände ausgiebig in das weiße Puder. Dann machte sie sich an den Aufstieg.

„Du wirst dir den Hals brechen!", warnte Lisa.

Ela grinste: *„Ich hab dir doch gesagt, dass wir heute noch klettern."*

„Also gut", erwiderte Lisa resigniert, *„dann zieh gefälligst den Gurt an und nimm das Seil mit! Oder willst du die Wasserrutsche nachher wieder abklettern?"*

Ela machte ein nachdenkliches Gesicht. *„Da is' was dran"*, sagte sie kleinlaut.

In ihrem Tatendrang hatte sie noch gar nicht über den Rückweg nachgedacht. Sie war sich sicher, dass sie an der Innenkonstruktion des Verschlages problemlos hinunter und später auch wieder hinaufklettern konnte; aber der Abstieg über die nasse Felswand wäre mit hoher Wahrscheinlichkeit schief gegangen.

Etwas verlegen dreinblickend zog sie ihren Gurt aus dem Rucksack und schlüpfte hinein. Sie hängte einige Karabiner samt Abseilachter an dessen Materialschlaufen und band sich ins bereitgelegte Seil ein. Dann zog sie noch zwei längere Bandschlingen aus ihrem Rucksack und schlang sich diese über den Kopf und den linken Arm. Zuletzt öffnete sie den Reißverschluss der Deckeltasche und nahm eine Stirnlampe heraus. *„Na wenigstens bin ich lernfähig"*, meinte sie mit gespieltem Ernst und stieg los.

Zunächst kletterte sie ausschließlich an den runden eingebackenen Kieseln des Gesteins. Schnell wuchs die Befürchtung in ihr, dass das ständige Zuschrauben der zangenartigen Griffe, welches wegen deren Nässe und Glattheit zwingend notwendig war, ihre Kraftressourcen auf den knapp 10 Metern deutlich überfordern würde. Bereits nach gut 3 Metern spürte sie ihre unaufgewärmte Unterarmmuskulatur.

Ela besann sich auf die Grundlagen des Kletterns: *Bring so viel Gewicht wie irgend möglich auf deine Beine.* Behutsam spreizte sie zur Bretterwand hin aus. Die Kanten der Verschalung verliefen senkrecht, waren abgeschrägt und nass. Aber im richtigen Winkel und mit entsprechendem Gegendruck sollte es dennoch gehen.

Wende nur soviel Fingerkraft an, wie zwingend notwendig ist. Noch immer presste sie die schlüpfrigen Kiesel mit aller Gewalt zusammen. Zaghaft blickte sie nach unten. Drei Meter waren an sich noch keine allzu große Höhe, aber ein unkontrollierter Sturz, durch das plötzliche Abrutschen eines Fußes, konnte auf diesem steinigen Untergrund durchaus ernsthafte Verletzungen zur Folge haben.

Vorsichtig, ganz langsam lockerte sie ihren Griff. Der Druck unter ihren Füßen nahm in demselben Maße zu, wie sie den Kraftaufwand ihrer Hände verringerte. Zwei, drei Augenblicke später stand sie mit ihrem vollen Gewicht auf den ausgespreizten Beinen. Ihre Hände hielten lediglich ihr Gleichgewicht in der Waage, ansonsten waren sie belastungsfrei.

Die nächsten Meter wurden zur Nervenprobe. An und für sich ist solch eine Verschneidungskletterei eher einfach und kraftschonend; wäre da nicht diese anhaltende Unsicherheit. Kritisch war jeweils das Abheben und neue Setzten der Füße. Um weitgehend kraftsparend Höhe zu erlangen, platziert man einen Fuß möglichst zentral unter dem Körperschwerpunkt, aber für eine stabile Standposition, ist ein weites Ausspreizen von Vorteil. Somit gestaltet sich das Verschneidungsklettern als ständiger Wechsel dieser beiden Positionen. Weit ausgespreizte, stabile Position für das Weitergreifen der Hände, dann wieder einen Fuß in die Mitte, um mittels deutlich größerer Beinkraft an Höhe zu gewinnen. So einfach war das, wären da nicht diese glitschigen nassen Holzbretter auf der einen und die ebenfalls triefend nassen und obendrein auch noch bröselig-instabilen Kiesel auf der andern Seite gewesen.

Immer wieder ertappte sich Ela, dass sie sich mit viel zu hohem Kraftaufwand festkrallte, immer wieder musste sie sich ermahnen, dies zu unterlassen, um ihre noch notwendigen Kraftreserven nicht vorzeitig zu vergeuden. Mittlerweile befand sie sich in gut 7 Meter Höhe und ein Absturz hätte nun ganz sicher schlimme Folgen. Allein ein ordentlich verstauchter Knöchel, oder gar ein Bänderriss, wäre an einem solch abgeschiedenen Ort ein ernstzunehmendes Problem.

Lisa hielt das am Boden befindliche Seilstück fest in beiden Händen. Natürlich war sie sich darüber bewusst, dass dies ohne entsprechende Zwischensicherungen überhaupt keinen Sinn machte, aber so konnte sie wenigstens sicherstellen, dass sich das Seil nirgends verhedderte und abgesehen davon gab es ihr ein besseres Gefühl, wenn sie wenigstens irgendetwas tat.

Drei Kletterzüge weiter war es dann fürs Erste geschafft. Ab hier öffnete sich der Spalt zwischen Fels und Holz so weit, dass Ela ihre gesamte Hand dahinter klemmen konnte. Von jetzt an wäre ein plötzliches Abrutschen der Füße keine Gefahr mehr. Ela atmete kräftig durch, entspannte sich innerlich ein wenig. Auch Lisa fiel ein Stein vom Herzen, denn sie wusste, dass Ela problemlos ihr eigenes Körpergewicht – was ja ohnehin nicht sehr viel war – mit einer Hand halten konnte.

Jetzt standen nur mehr die bangen Fragen offen, ob der weiter oben befindliche Durchschlupf breit genug war und was noch wichtiger war, ob es dort ausreichende Befestigungsmöglichkeiten gab, um anschließend wieder sicher zum Boden zu gelangen.

Ela stieg rasch die letzten Meter bis ganz nach oben und schlüpfte mühelos durch den Spalt. Für einige Minuten blieb sie verschwunden; und als Lisa eben schon nach ihr rufen wollte, lugte sie wieder hinter der Bretterwand hervor.

„Okay, das Seil is' fix! Schnapp dir 'ne Steigklemme und komm rauf."

Lisa zögerte, ehe sie antwortete: *„Nee, lass mal! Ich bleib lieber hier unten. Schau dich kurz um und dann sieh zu, dass du da schnell wieder heil rauskommst!"*

„Okay", kam es einsilbig von oben und Ela war erneut verschwunden.

Von außen konnte Lisa hören, wie ihre Freundin rasch an der Innenseite des Verschlages abkletterte. Ganz wie Ela angenommen hatte, stellte sie dies vor keine ernsthaften Probleme.

War es oben, im Bereich des Daches und in der Nähe des Spaltes noch einigermaßen hell gewesen, so wurde es mit jedem Meter, der sie nach unten führte, dunkler. Am Boden angekommen war es beinahe vollständig finster und im Vergleich zu den draußen vorherrschenden Temperaturen – trotz des tagelang anhaltenden Regens war es noch immer angenehm warm –, war es hier unten spürbar kühler.

„Es ist kalt hier drin!", rief sie nach draußen.

„Was siehst du?", kam es zurück.

Ela knipste ihre Stirnlampe an, die drei zu einer Lampe zusammengefassten Leuchtdioden entfachten sogleich eine beträchtliche Helligkeit.

„Hier drin ist tatsächlich der Eingang zu einer Höhle! Ich geh mal ein Stück rein."

„Sei bloß vorsichtig! Dieser Bröselhaufen macht mir nicht gerade den stabilsten Eindruck!"

„Schon gut, das sieht hier drinnen ganz anders aus."

17 Influenza

Makujato erinnerte sich noch gut an jenes erste Treffen. Er wurde an einen öffentlichen Ort bestellt und dort von einer Frau in Empfang genommen, die gleichermaßen atemberaubend, als auch Furcht einflößend war. Er hatte seinerzeit rasch begriffen, dass diese Frau nicht nur ein Lockvogel oder Zwischenhändler war, sondern dass ihm, mit diesem göttlich-gefährlichen Geschöpf, Kopf, Finanzier und Exekutive, vereint gegenüberstand. Sogleich war sie zum Punkt gekommen. Als sie geendet hatte, benötigte Makujato einige Sekunden, ehe er verstand.

„Sprechen Sie da etwa von einer Biowaffe?", hatte er über den Tisch hinweg geflüstert. Sie hatten an einem abseits gelegenen Tisch eines kaum besetzten Cafés geses-

sen, sicherlich außerhalb jedweder unerwünschter Hörweite, aber dieses Thema beängstigte ihn.

Natürlich war auch er im Verlauf seiner bisherigen Karriere damit in Berührung gekommen. Es war die Kehrseite der Medaille, die dunkle Seite der Forschung. Alles hatte stets eine zweite Seite. Die Atomenergie – die Atombombe. Das Internet – die Internetkriminalität. Und auch die medizinischen Heilmittel konnten genauso gut gegen den Menschen zum Einsatz gebracht werden.

Sie hatte lediglich da gesessen, ihn schweigend angesehen. Ihre Ausführungen waren klar und unmissverständlich gewesen.

„Ich glaube Sie wissen nicht wovon Sie da reden“, hatte er nach einer Weile gesagt. *„Niemand, absolut niemand verfügt über das finanzielle Potenzial, die wissenschaftlichen Kapazitäten oder die technische Infrastruktur, um Biowaffen im Sinne einer Massenvernichtungswaffe herzustellen!“*

Abwartend hatte er sie angesehen. Sie zeigte keinerlei Reaktion.

„Sicher, es gab bereits einzelne Fälle; wie etwa die Giftgasattacke auf die Tokioter U-Bahn im Jahre 1995, aber nur in äußerst begrenztem Rahmen.“

Die Frau zeigte sich unbeeindruckt.

„Und damit meine ich nicht nur den wissenschaftlichen Aufwand, der zur Herstellung einer begrenzt wirksamen und in ihrer Auswirkung kontrollierbaren, biologischen Waffe, wie etwa Ebola oder Anthrax, von Nöten wäre. Allein das Produzieren und Ausbringen der enorm großen, notwendigen Mengen stellt ein nahezu unlösbares logistisches Problem dar.“ Seine sachliche Rede hatte ihn erschreckt. Führte die ihm doch nur allzu deutlich vor Augen, dass er sich bereits eingehend damit auseinandergesetzt hatte. Er wusste genau, worauf sie abzielte und dass sein eigenes Gerede, nur das sprichwörtliche Schleichen um den heißen Brei darstellte. Sie hatte gewusst, woran er arbeitete, sie kannte den exakten Stand seiner Forschung.

Bereits 1957 forderte die berüchtigte *Asiatische Grippe* Millionen Menschenleben. Auch die Encephalitis lethargica – die sogenannte *Kopfgrippe* – kostete während des Ersten Weltkrieges und in den Jahren danach etlichen Menschen das Leben. Zwischen 1917 und 1920 waren weltweit etwa 500 Millionen Menschen infiziert, letztendlich tötete sie mehr als 20 Millionen. Die Krankheit führte zumeist zu einer Enzephalitis – einer Gehirnentzündung – und schädigte im weiteren Verlauf besonders das Nervensystem. Im akuten Stadium war sie häufig von Schlafsucht begleitet, wodurch die Encephalitis epidemica auch den Beinamen Lethargica erhielt.

Falls sie nicht unmittelbar zum Tode führte, erzeugte sie im Anschluss oftmals eine Paralysis agitans – eine Schüttellähmung oder Parkinsonkrankheit. In manchen Fällen ging das Krankheitsbild erst nach jahrelangem, fast symptomfreiem Intervall in den Parkinsonismus über, wobei die Stammganglien des Extrapyramidalsystems befallen und langsam zerstört werden.

Influenza hätte somit als Waffe eine enorme Massenwirkung. Eine frühe Gegenwehr würde allein schon deswegen ausbleiben, weil das Erkrankungsbild zunächst dem einer simplen Erkältung gleicht, eine ärztliche Behandlung in der Regel hierbei nicht erfolgt und somit die Gefahr lange nicht erkannt werden würde. Harmlose Erkältungskrankheiten sind weltweit verbreitet, die Betroffenen erkranken daran oft mehrmals im Jahr. Bei gezieltem, zeitlich abgestimmtem Einsatz würde die Ernsthaftigkeit verkannt werden und eine Gegenbehandlung lange Zeit unterbleiben.

Ein großes Problem war jedoch die enorme Gefahr einer Pandemie, welche sich letztlich gegen den Verursacher selbst richten könnte. Die sporadische Massenerkrankung von Tieren, die Epizootie, ist oftmals die Ursache für eine die Menschen befallende Epidemie. Überzieht eine solche Epidemie dann ganze Erdteile, spricht man von einer Pandemie.

Epidemien können immer dort entstehen, wo keine Immunität dagegen erworben wurde. Meist genügen schon kleinste Erbänderungen des Erregers, um ihn zur Infektion einer bisher immunen Bevölkerung zu befähigen.

Die Bekämpfung einer bereits ausgebrochenen Epidemie gestaltet sich meist äußerst schwierig und hängt weitgehend vom Entwicklungsstand der vorhandenen Impfstoffe ab. Es wäre ein Leichtes einen tödlichen Erreger zu erzeugen, wenn man so wie Makujato, den medizinischen Forschungsstand der Impfstoffe nahezu vollständig durchschaut.

Makujato hatte sich bei dem damaligen Gespräch dabei ertappt, wie er gedanklich bereits an Lösungsansätzen hierzu arbeitete. Es hatte ihn geschaudert.

Seine prekäre Situation – aber auch Neugierde – hatten ihn letztlich zustimmen lassen. Es lag ohnehin an ihm, wie weit er damit gehen würde; zunächst einmal benötigte er Zeit. Er war der festen Meinung, alle Fäden in seiner Hand zu halten, er glaubte tatsächlich, ihm oblag die alleinige Entscheidung.

Seit dieser ersten Zusammenkunft hatten sie sich in regelmäßigen Abständen getroffen. Er musste über alle Fortschritte – oder Rückschläge – persönlich Rechenschaft ablegen. Alles wurde ausschließlich mündlich besprochen, lediglich die Treffen selbst wurden per Email verabredet.

18 Flucht

Hinter ihren Schläfen pochte es. Das Verlangen potenzierte sich jetzt beinahe täglich. Ihre Hände begannen leicht zu zittern, einem Junkie gleich rieb sie sich die schweißig gewordenen Finger. Es war eine Sucht, ja, sie war süchtig. Süchtig nach dem Leid anderer. Sie verzehrte sich nach einem Schuss, nach dem Rausch der Angst.

Sie vermochte kaum mehr klar zu denken, das Verlangen beraubte sie schier ihres Verstandes.

Jessica war dies ein vertrauter Zustand, es wird sogar noch weit schlimmer werden. Sie musste etwas unternehmen – gleich jetzt.

Tony rieb sich den Nacken. *„Sieh nach ob der Penner Schlüssel bei sich hat!"*, wies er Samuel an. Samuel deutete stumm auf die Tür, im Schloss steckte ein Schlüssel, an dem ein ganzer Bund mit weiteren baumelte. Trotzdem machte er sich sogleich daran die Taschen des Bewusstlosen zu durchsuchen.

Der Mann trug eine dunkle Securityuniform und ein schwarzes Käppi mit den Initialen NY. An seinem Gürtel war ein Sprechfunkgerät befestigt, aber er trug keine Waffe. Noch während Samuel seine Taschen durchwühlte, begann das Gerät plötzlich zu knacken. Eine Stimme erklang: *„Lu, die Hexe kommt gleich runter! Sieh dich vor, die scheint mir heut' ganz besonders mies gelaunt."*

Gemeinsam zerrten sie den regungslosen Körper des Mannes in die Zelle. Tony schlug die Tür zu, verriegelte sie und brach den Schlüssel im Schloss ab.

Der Gang führte in zwei Richtungen. Aus einer drang leise Musik – vielleicht von einem Radio –, sie wählten diese.

Sie kamen in einen spärlich möblierten Raum, in welchem sich nur ein massiver Schreibtisch mit einem Stuhl dahinter befand. Auf einem Sims stand in der Tat ein eingeschaltetes Radio. Auf dem Tisch lagen einige Dinge verstreut und neben dem Stuhl lehnte ein schwarzer armlanger Schlagstock an der Wand. Tony griff danach und bemerkte neben einer halb vollen Kaffeetasse ein kleines Porzellanschälchen, in welchem ein kleines silbernes Schlüsselpaar lag. Er nahm es heraus und sagte: *„Deine Hände, los!"*

Samuel begriff. Die Schlüssel passten.

Im nächsten Augenblick vernahmen sie ein Geräusch. Schnell positionierten sie sich auf der Angelseite der gegenüberliegenden Tür und warteten.

Schritte kamen näher, jemand griff nach der Klinke, öffnete die Tür und trat ein. Tony schlug zu.

Der Knüppel sauste herunter und traf mit voller Wucht. Ein Mensch sackte zusammen, vor ihnen lag nun der reglose Körper einer Frau. Das dumpfe Geräusch – das der Schlagstock bei seinem Aufprall verursachte – war von einem widerlichen Knacken begleitet worden. Die Frau lag auf dem Bauch – das Gesicht zu der ihnen abgewandten Seite gedreht – und auf dem Boden breitete sich eine rasch anwachsende, rote Lache aus.

„Du hast sie umgebracht!", stammelte Samuel.

Tony stieß ihn zur Seite und stieg über die Frau. *„Na wenn schon, was glaubst du, was die mit uns vorhatten!?"* Er verschwand durch die Tür, durch die sie gekommen war; Samuel folgte ihm.

Die vermeintliche Höhle erwies sich als Tunnel. Ela schätzte, dass sie bereits 10 Minuten unterwegs war; Lisa machte sich sicher bereits Sorgen.

Der Tunnel hatte ein leichtes Gefälle, deutlich spürte sie, dass sie beständig bergab ging. Er war hoch genug, sodass sie aufrecht gehen konnte und im Ganzen wirkte er nahezu quadratisch. Die Seitenwände – ebenso Decke und Boden – schienen exakt parallel zu verlaufen und waren garantiert nicht auf natürliche Weise entstanden. Das Gestein, das sie umgab, wirkte massiv und äußerst kompakt. Ganz sicher handelte es sich dabei nicht um dasselbe Konglomeratgestein wie der Fels darüber. Die gesamte Oberfläche war mit irgendeinem Bewuchs überzogen, vermischt mit dem Staub und dem Dreck von Jahrzehnten.

Der Eingang hingegen wirkte keineswegs alt; links und rechts waren unlängst abgeplatzte Konglomeratgesteinsplatten zur Seite geräumt worden, die frischen Spuren waren überdeutlich. Der dadurch sichtbar gewordene Tunnel wirkte beinahe wie betoniert. Einhundert Prozent rechtwinklig, quadratisch und exakt ausgerichtet verlief er schnurstracks mit konstantem Gefälle in die Tiefe.

Mit der Zeit ließ der Bewuchs nach, mit zunehmender Tiefe wurde die Oberflächenstruktur des Gesteins deutlicher. Ela tastete über die Wände. Sie kannte dieses Gestein, doch es schien ihr völlig unmöglich, dass es sie hier umgab. Es handelte sich zweifelsfrei um Granit. Oft genug war sie an Granitfelsen geklettert, sie wusste, wie er aussah, wie er sich anfühlte.

Ela legte den Kopf schräg und ihre Stirnlampe erhellte den Übergang zwischen Seitenwand und Decke. Eine messerscharfe Kante zog sich dort entlang, kein Spalt, keine Fuge war zu erkennen. Sie schwenkte den Lichtkegel zur anderen Seite und danach nach unten. Überall dasselbe Bild. Der Tunnel erschien ihr wie aus einem Guss – *aber das war ja wohl kaum möglich*. Ela beschloss weiter zu gehen.

Weitere 10 Minuten verstrichen, als ihr plötzlich etwas auffiel, das sie schon seit geraumer Zeit im linken Augenwinkel wahrgenommen hatte, aber erst jetzt in ihr Bewusstsein drang. Etwa auf Brusthöhe zeigte sich deutlich eine breite Linie. Erneut blieb sie stehen.

Die Gesteinsoberfläche war nun kaum mehr bewachsen, aber auch hier von einer durchgehenden Staubschicht bedeckt. Nur dieses etwa 15 Zentimeter breite Band, welches sich in konstanter Höhe an der Wand entlang erstreckte, war davon frei. Ela strich mit ihren Fingern darüber, es waren Vertiefungen. Einige Augenblicke betrachtete sie das Band. Es war ein Muster. Ein Muster von Vertiefungen, wie man sie beispielsweise mit Hammer und Meißel erzeugen könnte. Abermals strich sie mit den Fingern darüber. Etwas Geheimnisvolles ging von diesen seltsamen Kerben aus. Sie sahen aus wie eine Zeichenfolge, vielleicht sogar wie eine Schrift. Ja, je länger sie das Muster betrachtete, desto sicherer wurde sie sich. Es handelte sich eindeutig um eine Inschrift.

Jetzt entdeckte sie sogar einzelne Buchstaben, ein C, ein A und ein E. Die Buchstaben waren unverkennbar, auch wenn sie einige eigenartige Ergänzungen und Schnörkel aufwiesen.

Ela starrte die Einkerbungen lange an und ihre Gedanken begannen zu wandern. Die Schrift wirkte fremdartig – irgendwie geheimnisvoll. Bilder von abenteuerlichen Expeditionen und von verborgenen Schätzen schlichen sich in ihren Geist. Plötzlich wurden die Umrisse undeutlich, begannen vor ihren Augen zu tanzen, zu verschwimmen. Mehr und mehr wurden sie zu einem gräulichen Brei.

Ela benötigte einige Augenblicke, ehe sie begriff, dass ihre Stirnlampe allmählich erlosch.

„Oh nein. Bitte nicht."

Eine Sekunde später war es stockfinster.

„Scheiße!"

Sie nahm die Lampe vom Kopf und schüttelte sie.

Nichts.

Sie klopfte gegen das Gehäuse, betätigte mehrmals den Schalter.

Nichts.

Es umgab sie eine solch absolute Schwärze, dass sie sich unweigerlich fragte, ob sie das Wort Dunkelheit bisher jemals zu Recht gebraucht hatte. Ela hielt sich die Hände dicht vors Gesicht, und obgleich sie die winzigen, feinen Härchen ihrer Wangen bereits spürte, sah sie nichts.

Plötzlich erschreckte sie ein Gedanke. Hektisch tastete sie nach dem Muster an der Wand und fand es.

Es war links von mir, ganz sicher! Also links, als ich in den Tunnel rein bin. Aber hab ich mich vielleicht umgedreht? Steh ich jetzt mit dem Gesicht zum Eingang – oder doch anders herum? Ihre Gedanken begannen zu rasen, Panik drohte sich ihrer zu bemächtigen.

Aber das is' ja egal! Ist die Schrift links – geh ich rein; ist sie rechts – komm ich raus. Klar! Das is' ja der Trick bei der Sache. Weiß man, auf welcher Seite die Markierung ist, findet man auch wieder raus. Ihre Gedanken überschlugen sich nun regelrecht, sie musste sich beruhigen.

Okay. Die Schrift war links – also taste ich sie mit rechts, komm ich raus! Aber war sie wirklich links?

Ja!

Ela richtete sich aus, dann ging sie los. Jetzt kam ihr eine Idee: *Ich hab ungefähr 20 Minuten bis hierher gebraucht. Bei normalem Jogging legt man etwa 7 Kilometer pro Stunde zurück. 20 Minuten – das heißt 60 durch 3 – also gut 2 Kilometer. Aber ich war ja langsamer – also eher eineinhalb, maximal zwei. Heißt im Umkehrschluss – wenn ich in 10, maximal 12 Minuten nicht draußen bin, muss ich umkehren.*

Ela lief weiter, ihr Tempo steigerte sich beständig. Der Gedanke, vielleicht mehr als 2 Kilometer in einem Berg zu stecken, machte ihr plötzlich Angst, trieb sie an. Schneller und schneller lief sie.

Waren das jetzt zwei Minuten oder eher drei? Oder gar vier?

Mit den Fingern ihrer rechten Hand versuchte sie fortwährend Kontakt mit dem Musterband zu halten. Es gestaltete sich schwierig, in absoluter Dunkelheit schnell zu laufen, aber der Boden war ein Glück gänzlich hindernisfrei, somit kam sie gut voran. In Gedanken versuchte sie die Sekunden zu zählen, doch es fiel ihr schwer sich zu konzentrieren.

Du bist bergab gelaufen, schoss es ihr plötzlich in den Kopf. Aber die Dunkelheit und ihre zunehmende Beklemmung, ließen sie zu keinem genaueren Schluss kommen, ob sie denn nun bergauf lief oder doch eher bergab.

Scheiße! Sie hatte aufgehört zu zählen. *Wo war ich? Vielleicht bei 5 Minuten, oder weniger? Mehr?* Ihr wurde bewusst, dass sie bestimmt schon weit länger als eine halbe Stunde im Tunnel war; Lisa war sicher schon ganz krank vor Sorge. Ela lief noch schneller. Allmählich war sie sich nicht einmal mehr sicher, wie lange sie schon hier drin war. Ihr kam es beinahe schon wie Stunden vor.

Plötzlich sah sie Licht. *Ist das der Ausgang? Aber das wäre zu früh, ich bin nie und nimmer schon 10 Minuten gelaufen.*

Das Licht wurde heller, hüpfte auf und ab.

„Ela, bist du das?“

„Lisa!“, schrie Ela erleichtert, ihre Stimme überschlug sich beinahe.

20 Dannthe

„Ihr seid Dannthe – nicht war? Ihr habt die erste Wahl entschieden, warum seid Ihr zurückgekehrt?“

Mc Gorley blieb gelassen; lange hatte ihn niemand mehr bei diesem Namen genannt.

„Ihr seid zurückgekommen und habt Losthard an Eurer statt gehen lassen“, fuhr Rahula in ruhigem Ton fort.

„Losthard ist rechtschaffen, er steht auf der richtigen Seite, er wird mich gut vertreten.“

Eine längere Pause entstand.

„Aber warum seid Ihr zurückgekehrt?“

„Es ist die letzte Wahl. Ich bin an Losthards Stelle getreten, um sicher zu stellen, dass Ihr sie für Euch entscheidet.“

„Dann herrscht also Gleichstand“, stellte Rahula fest.

„Ja, die letzte Wahl entscheidet alles.“

Juni, 2008.

Professor Lupp und dessen junge Assistentin wurden in einen Konferenzraum geleitet und dort allein gelassen.

Warten Sie hier, man wird sich gleich Ihrer annehmen!, hatte der Soldat gesagt, der sie vom Parkplatz hierher geleitet hatte. Er hatte es mehr gebrüllt, als dass er es sagte, deutlich stand ihm ins Gesicht geschrieben, dass er Zivilisten verachtete. Professor Lupp hatte Annika vielsagend zugezwinkert.

Annika Portman mochte den Professor sehr. Sie war Dolmetscherin und seit ungefähr 7 Monaten seine Assistentin. Annika war 26 Jahre alt, sie hatte zuvor in Mason City, in Iowa gelebt. Schon immer hatte sie von Europa geträumt und als ihr eine Agentur dann diese Stelle vermittelt hatte, war sie sehr glücklich darüber gewesen.

Professor Lupp war Religionswissenschaftler und leidenschaftlicher Historiker. Er war 78 Jahre alt, rüstig und etwas verschroben. Er galt als Kapazität seines Faches, hegte allerdings auch so manche eigenwillige Theorie, für welche er – vor allem in seiner Vergangenheit – von vielen seiner Kollegen scharfe Kritik geerntet hatte.

„Professor, wie kommen Sie darauf, dass da Vinci homosexuell war?", griff Annika ihr vorheriges Thema wieder auf. Auf der Fahrt vom Flughafen hier her, hatte Lupp ihr von Leonardo da Vinci erzählt und bei ihrer Ankunft mit dem Satz geendet: *Der Gute war schwul.*

Lupp grinste und strich sich durchs schüttere ergraute Haar. *„Leonardo der Maler. Leonardo der Bildhauer, der Ingenieur und Erfinder"*, schwärmte der Professor. *„Er gilt als Inbegriff des kreativen und multitalentierten Menschen schlechthin. Da Vinci war so begnadet von der Natur, dass die Ergebnisse – wohin er seine Gedanken und Sinne auch wandte – stets inspiriert und vollkommen waren. So schrieb einst Giorgio Vasari, Da Vincis erster Biograf.*

1452 in Vinci in der Toskana als unehelicher Sohn eines Anwalts geboren. 1470 in die Lehre zu dem Künstler Andrea del Verrocchio nach Florenz geschickt. Verrocchio schwor – als er sein eigenes Können in den Schatten gestellt sah – nie wieder zu malen.

Innerhalb weniger Jahre rissen sich die Fürsten um Leonardos Werke. 18 Jahre verbrachte er in Mailand, im Dienst des Herzogs Ludovico Sforza. Für ihn entwarf Leonardo die kolossale Bronzestatue eines Pferdes – zu Ehren des Vaters, des Herzogs; das Projekt wurde jedoch aufgegeben, weil das Metall für Rüstungen benötigt wurde.

Leonardos künstlerisches Meisterwerk aus seiner Mailänder Zeit, ist jedoch das Fresko des Abendmahls, das er im Kloster Santa Maria delle Grazie, von 1495 bis 1498 an die Wand des Refektoriums malte." Der Professor machte eine kleine Pause, in welcher er träumerisch seine Augen schloss, ehe er weiter sprach.

„In einer Reihe bemerkenswerter Notizbücher notiert er all seine wissenschaftlichen Ideen. Darunter sind detaillierte Studien der Hydraulik, der Optik, Astronomie und Anatomie. Leonardo schrieb in Spiegelschrift, sodass die Fruchtbarkeit vieler seiner Ideen erst Jahrhunderte später gewürdigt wurde, als man feststellte, dass seine Aufzeichnungen so manche spätere Entdeckung und Erfindung vorwegnahmen.

Nach dem Sturz der Sforza kehrte er nach Florenz zurück. Dort nahm er eine Stelle als Architekt und Konstrukteur bei Cesare Borgia an, dem Herzog der Romagna. Zu dieser Zeit erschuf er die unvergleichliche Mona Lisa.“

Annika lauschte gespannt Lupp's Ausführungen. Der Professor war ein wahrhaft begnadeter Redner. Seine Stimme war so vielseitig, so ausdrucksstark, dass selbst Kochrezepte aus seinem Munde zu fantastischen Geschichten wurden.

„Blickt man genau auf die Grube ihrer Kehle, man könnte schwören, der Puls schlüge! So schrieb einst Vasari. Das Gemälde wurde lange als unvergleichliches Beispiel dafür betrachtet, wie die Kunst die Natur imitieren kann. Angeblich hatte Leonardo eigens Musiker angestellt, um sein Modell während der Arbeit zu unterhalten – was ja vielleicht ihr legendäres Lächeln erklärt.“

Die Stimme des Professors wandelte sich nun, nahm einen geheimnisvollen, etwas anrüchigen Klang an: *„Von seinem Privatleben ist wenig bezeugt.“* Er machte eine Pause, in welcher er sich verschwörerisch zu beiden Seiten hin umsah. Dann fuhr er im Flüsterton fort: *„Er hat nie geheiratet. In seiner Jugend stand er mehrmals vor Gericht.“* Plötzlich schwoll seine Stimme wieder an: *„Unzucht lautete die Anklage! Aber es konnte ihm nie etwas bewiesen werden.“*

Annika erschrak, als eine Tür aufschlug und drei Männer in den Raum traten. Ein groß gewachsener, stattlich wirkender Typ im dunklen Anzug, flankiert von zwei Soldaten – wovon einer der freundliche Geselle von vorhin war. Der Mann im Anzug schüttelte Professor Lupp die Hand, stellte sich als Agent Harley vor und begrüßte Annika lediglich mit einem kurzen Kopfnicken.

Er erklärte ihnen, dass dies eine staatlich-militärisch übergreifende Operation sei, und dass alles der höchsten Sicherheitsstufe unterlag. Professor Lupp blickte ihn mit dem Gesichtsausdruck eines friedlebenden Schafes freundlich an. Die Augen des Agents wechselten hektisch zwischen Lupp und Annika, er wirkte verwirrt. *„Haben Sie das verstanden?“*, fragte er nach einiger Zeit an unbestimmte Adresse.

„Wir haben Sie verstanden“, antwortete der Lupp sanft, *„fahren Sie ruhig fort.“*

Die Augen des Mannes funkelten nun bedrohlich; Annika wandte sich ab, ihr Schmunzeln zu verbergen.

Vor einigen Tagen hatte der Professor einen Brief erhalten, in welchem seine Hilfe erbeten wurde. Das Schreiben stammte von der nordamerikanischen Regierung und war gezeichnet von der CIA. Ein gewisser Agent Harley hatte die Leitung, er bat den

Professor umgehend in die Staaten zu kommen. Über das *Warum* oder *Wozu* war den Zeilen nichts zu entnehmen gewesen, es wurde jedoch deutlich gemacht, dass es sehr dringlich sei.

Annika sprach Deutsch, Spanisch, Italienisch, Französisch und natürlich auch Englisch. Seit 7 Monaten reiste sie mit dem deutschstämmigen Professor durch ganz Europa, aber dass sie so bald schon wieder in ihr Heimatland fliegen sollte, hatte sie nicht gedacht. Professor Lupp war des Englischen wohl mächtig, trotzdem wollte er sie dabei haben. Er war ein geselliger Mensch, er verabscheute es allein zu reisen, somit hatte er es kurzerhand zur Bedingung für seine Einwilligung gemacht. Die CIA akzeptierte, bereitwillig übernahm sie die Mehrkosten.

Der Agent erläuterte ihnen, dass begründeter Verdacht bestünde, dass ein groß angelegter Terroranschlag in Kürze zu befürchten sei. Nach dem Stand der Ermittlungen hätte das Ganze wahrscheinlich einen religiös-fanatischen Hintergrund, deswegen benötigte man des Professors Hilfe. Lupp merkte an, dass Terroranschlägen zumeist religiöser oder politischer Fanatismus zugrunde liegt, dass dies beinahe schon die Regel sei, also nichts Außergewöhnliches. Harley versicherte ihm, dass die Sache sehr wohl außergewöhnlich war und keines Falls der Regel entsprach.

„Ich möchte Ihnen etwas zeigen“, sagte der Agent. Er führte sie in einen angeschlossenen Raum und bat sie sich zu setzten. *„Gehen Sie zu Morgan“*, wies er einen Soldaten an, *„sagen Sie ihm, dass ich ihn in 20 Minuten hier erwarte.“* Dann schloss er die Tür.

Der Raum sah aus wie ein klassisches Verhörzimmer. Ein großer Tisch, zwei Stühle auf der einen Seite, ein einzelner auf der anderen, und hinter diesem ein riesiger Spiegel, welcher beinahe die gesamte Wand bedeckte. Auf der Tischplatte lagen einige Stapel Papier, wovon das oberste Blatt eines jeden weiß war. Der Agent setzte sich mit dem Rücken zum Spiegel, nahm einen der Papierstapel und reichte ihn dem Professor.

„Haben Sie so etwas schon einmal gesehen?“, fragte er schließlich.

Lupp wendete das oberste Blatt und betrachtete es. Es zeigte eine lange Folge eigentümlicher Zeichen.

ÄÁÈÅÇÂ;ÄÁÈÃÄÁ¨Â˘ğÄÁÈÃÄÁ;ÄÁÇÊÊÊ¨Ã˘ğÄÁÇÊÊÊ;ÄÁÇÈÇÉ¨Ä˘ğÄÁÇÈÇÉ;ÄÁÇÆÄÈ¨Å˘ğÄÁÇÆÄÈ;ÄÁÇÄÁÇ¨Æ˘ğÄÁÇÄÁÇ;ÄÁÇÁÈÆ¨Ç˘ğÄÁÇÁÈÆ;ÄÁÆÉÅÅ¨È˘ğÄÁÆÉÅÅ;ÄÁÆÇÂÄ¨É˘ğÄÁÆÇÂÄ;ÄÁÆÄÉÃ¨Ê˘ğÄÁÆÄÉÃ;ÄÁÆÂÆÂ¨ÂÁ˘ğÄÁÆÂÆÂ;ÄÁÅÊÃÁ¨ÂÂ˘ğÄÁÅÊÃÁ;ÄÁÅÇÉÊ¨Â˘đÄÁÅÇÉÊ;ÄÁÅÅÆÉ¨Ã˘đÄÁÅÅÆÉ;ÄÁÅÃÃÈ¨Ä˘đÄÁÅÃÃÈ;ÄÁÄÊÊÇ¨Å˘đÄÁÄÊÊÇ;ÄÁÄÈÇÆ¨Æ˘đÄÁÄÈÇÆ;ÄÁÄÆÄÅ¨Ç˘đÄÁÄÆÄÅ;ÄÁÄÄÁÄ¨È˘đÄÁÄÄÁÄ;ÄÁÄÁÈÃ¨É˘đÄÁÄÁÈÃ;ÄÁÃÉÅÂ¨˘ÊđÄÁÃÉÅÂ;ÄÁÃÇÂÁ¨ÂÁ˘đÄÁÃÇÂÁ;ÄÁÃÄÈÊ¨ÂÂ˘đ

Hinter der Tür lag ein schmaler Gang, an welchen sich eine kurze steile Treppe anschloss. Samuel rannte hinter Tony die Stufen hinauf. Oben angekommen hatten sie erneut die Wahl zwischen zwei Richtungen. Ein langer Flur erstreckte sich nach links und rechts, etliche Türen zeigten sich zu beiden Seiten. Tony zögerte kurz, dann wandte er sich nach links und rannte weiter. Samuel folgte ihm.

Sie stürmten an etwa acht oder zehn Türen vorüber, dann machte der Flur einen Knick nach links und war nach wenigen Schritten zu Ende. Eine Sackgasse. Tony machte sogleich kehrt, rannte zurück, an ihrem Ausgangspunkt vorüber und darüber hinaus, in die andere Richtung. Nach etwa derselben Strecke führte der Flur auch hier nach links, nur standen sie diesmal unmittelbar vor der geschlossenen Tür eines Aufzuges.

„Was jetzt?“, keuchte Samuel. Tony stand vornüber gebeugt da, die Hände auf die Knie gestützt und japste: *„Keine Ahnung!“* Er richtete sich mühevoll auf, hielt sich die Seite. *Wir können da jetzt reingehen“*, schnaufte er, *„hoch oder runterfahren und schauen, was uns erwartet. Oder wir versuchen's mit einer der Türen.“*

Jessica schlug die Augen auf. Sofort wusste sie, dass ihr Schädelknochen einige Frakturen erlitten hatte. Außerdem hatte sie viel Blut verloren, sie musste sich um beides kümmern. Später.

Sie stand auf und wischte das Blut aus ihrem Gesicht. Auch ihr linkes Auge hatte etwas abbekommen – vermutlich beim Aufprall auf den harten Steinboden –, ihr Sehvermögen war leicht getrübt.

Samuel wog noch immer das Für und Wider ab, als er plötzlich ein Geräusch vernahm. Auch Tony musste es gehört haben, denn er fuhr erschrocken herum. Das Geräusch wurde lauter – es waren unverkennbar Schritte, die sich näherten.

„Drück den Knopf“, stieß Samuel hervor, *„schnell!“*

Tony drückte und ein gelbes, auf dem Kopf stehendes Dreieck flammte über der Tür auf. Die sich nähernden Schritte wurden zunehmend lauter; sie wagten es nicht, um die Ecke in den Flur zu blicken, beide starrten sie wie gebannt auf das Zeichen, welches das Nahen der Kabine ankündigte.

Die Sekunden zogen sich zu einer kleinen Ewigkeit, bis endlich – nach einem lauten *Bing* – die Fahrstuhltüren gemächlich auseinander glitten. Das Geräusch der Schritte war plötzlich verstummt; doch schon in der nächsten Sekunde war es wieder da, deutlicher, lauter, und in viel schnellerem Intervall. Tony stieß Samuel in die Kabine, stürmte hinterdrein und schlug mit der flachen Hand auf die Knopfleiste darin.

Gebannt starrten sie auf die schleppend zusammengleitende Tür; quälend langsam verschmälerte sich der Spalt.

Die Schritte waren bereits ganz nah, mussten sie nun jeden Augenblick erreichen; da endlich schloss sich die Tür. Im allerletzten Moment sah Samuel eine Gestalt um die Ecke stürmen. Sie war blutüberströmt – es war die Frau, die Tony zuvor erschlagen hatte. Krachend prallte sie gegen die geschlossene Kabinentür, instinktiv wichen die beiden zurück. Die Tür blieb geschlossen und schon im nächsten Augenblick setzte sich die Kabine in Bewegung; es ging aufwärts.

„*Verdammt!*“, schrie Tony. „*Die sollte tot sein! Niemand, dem ich so ’n Ding verpasst hab, steht wieder auf!*“ Samuel starrte mit weit aufgerissenen Augen die Kabinentür an. „*Das war die Schönheit*“, flüsterte er.

„*Was? Welche Schönheit? Was quatscht du da für ’ne Scheiße?*“, Tony war außer sich.

„*Die Schönheit*“, wiederholte Samuel tonlos. „*Die Schönheitskönigin aus dem Café. Die – die ich observiert hab.*“

Er hatte Recht. Allmählich dämmerte es auch Tony. Er wollte eben etwas dazu sagen, als es plötzlich in seiner Hose knackte. Er zog das Funkgerät des Security Guards heraus und im nächsten Augenblick ertönte die Stimme einer Frau: „*An alle. Hier spricht Del Toro. Die Gefangenen sind flüchtig. Sie befinden sich derzeit im Fahrstuhl – sie kommen nach oben.*“

Die beiden starrten auf das Gerät in Tonys Hand. Es knackte nochmals, ansonsten blieb es stumm. Samuel löste seinen Blick davon und sah zur Anzeige über der Tür; die zeigte: U2.

Dann U1.

Dann F. Die Kabine stockte kurz und Samuels Herz drohte zum Stillstand zu kommen. Doch die Türen blieben geschlossen, der Fahrstuhl hob sich weiter.

Auch Tony fixierte jetzt die Anzeige.

01, 02, 03, 04, …

„*Was hast du gedrückt?*“, fragte Samuel mit zitternder Stimme.

„*Ich hab keine Ahnung!*“

Die Sekunden verstrichen und bei 10, stockte die Fahrt erneut, ging aber weiter.

11, 12, 13, 14, …

Plötzlich trat Tony vor, schlug auf einen Knopf, und mit einem Ruck kam die Kabine zum Stehen; über der Tür flackerte nun abwechselnd eine grüne 14 oder 15.

„*Wir wissen nicht, wo das Ding hält*, sagte er, „*aber ich wette, die wissen das ganz genau!*“ Tony hatte den roten Notknopf gedrückt.

„*Mach Platz!*“, brummte er und drängte sich an Samuel vorbei. Er quetschte seine dicken Finger in den Türspalt und machte sich daran diesen auseinanderzuziehen. Ein kurzes Knarren, gefolgt von einigen dumpfen Klackgeräuschen, und tatsächlich – der Spalt vergrößerte sich zunehmend. Samuel war beeindruckt; dieser Unhold musste wirklich über Bärenkräfte verfügen.

Tony presste seine Schulter in den Spalt, nun konnte er sein gesamtes Köpergewicht einsetzten. Der Schließmechanismus widersetzte sich nur mehr wenige Sekunden; ein erneutes kurzes Knarren und die Tür glitt mühelos auf. Etwa auf Bauchhöhe zeigte sich die Zwischendecke der Geschosse; darunter und darüber die Rückseiten der geschlossenen Schachttüren.

„Rauf oder runter?“, fragte Tony kurz.

Samuel deutete spontan nach unten.

Tony ging in die Knie und begann das Prozedere von neuem. Diesmal gelang es ihm sogar noch schneller, und als die Tür nachgab, befahl er: *„Raus mit dir!“*

Samuel schlüpfte durch den Spalt und sprang ins untere Geschoss. Der Aufprall war härter als erwartet, Samuel stieß gar einen kurzen Schmerzensschrei aus. Er war zur Seite gekippt und hatte sich den Kopf an der Wand gestoßen, aber es schien alles okay – war wohl mehr der Schreck.

Tonys Beine erschienen jetzt im Spalt, unbeholfen arbeitete er sich heraus. Bäuchlings hing er aus der Kabine und seine Schuhsohlen befanden sich gut 2 Meter über dem Boden, als er plötzlich den Halt verlor.

Der Aufprall war gewaltig. Samuel war der festen Überzeugung, dass der Krach noch drei Stock tiefer zu hören war. Ebenso glaubte er, dass sich Tony sicher beide Beine gebrochen hatte und er ihn jetzt hier raus schleppen durfte.

Offensichtlich unverletzt rappelte der sich jedoch sogleich auf, schaute verdutzt nach oben und meinte: *„Jesses, war das hoch.“*

23 Der Entomologe

Jessica erwartete Makujato in den nächsten Minuten; das war im Moment wichtiger als die beiden Störenfriede, die überließ sie dem Wachpersonal.

Die Schwere ihrer Kopfverletzung dämpfte das Verlangen, aber Unruhe quälte sie noch immer. Sie säuberte ihr Gesicht, wechselte die vom Blut besudelten Kleider und begab sich zurück in ihr Büro. Wenn alles zu ihrer Zufriedenheit verlaufen würde, konnte sie noch heute auf Makujato verzichten; dann könnte sie sich endlich seiner annehmen und sich an ihm befriedigen.

Vor ihrem Büro wartete bereits Dr. Nelson. Sie wies ihm einen Platz an und setzte sich neben ihn.

Makujato hoffte die Sache noch heute zu Ende zu bringen. Er hatte Del Toro in aller Ausführlichkeit darüber in Kenntnis gesetzt, dass er Streptococcus pneumoniae in Verbindung mit einem anderen, noch weitgehend unerforschten Pneumokokken zu einer hochinfektiösen Milchsäurebakterie kombiniert habe.

Dieser neuartige Erreger führt in einhundert Prozent aller Fälle zu einer schweren Enzephalitis; er befällt und schädigt nicht nur das Extrapyramidalsystem, sondern zerstört innerhalb von nur wenigen Stunden das komplette vegetative Nervensystem. Der unausweichliche Tod tritt nach spätestens drei Tagen durch Ersticken oder Herzstillstand ein. Heilungschancen bestehen bei derzeitigem Wissenschaftsstand keine. Darüber hinaus habe er die Basenpaare der Desoxyribonukleinsäuren von Encephalitis lethargica derart modifiziert, sodass er eine Immunität gegen dieses neue Virus, auf Jahrzehnte hinaus für absolut ausgeschlossen hält.

Er hatte ihr nicht verschwiegen, dass er weiterhin keine brauchbare Lösung für die Verbreitung gefunden hatte. Dennoch schien sie sehr zufrieden, also hatte er ihr eröffnet, dass er es für an der Zeit hielt, nun endlich eine erste angemessene Entlohnung für seine Dienste zu erhalten. Er nannte ihr eine zweistellige Zahl mit sieben Nullen – und tatsächlich willigte sie ein. Sie hatte ihn angewiesen binnen 2 Stunden mit allen relevanten Unterlagen bei ihr zu erscheinen, dort bekäme er sein Geld.

Makujato war sich durchaus darüber bewusst, dass er ihr damit eine 100 Prozent tödliche Waffe aushändigte, er sich womöglich am Tod unzähliger Menschen mitschuldig machte. Letzten Endes unterzeichnete er damit – im Falle einer Pandemie – vielleicht sogar sein eigenes Todesurteil.

Aber genau daran glaubte Makujato nicht. Er glaubte nicht einmal, dass es zu einer größeren Epidemie kommen könnte, da Del Toro über kein entsprechendes Träger- oder Verteilersystem verfügte. Er selbst dachte nicht im Traum daran ihr ein solches zu verschaffen, abgesehen davon wusste er wirklich nicht wie. Sobald er die Millionen in Händen, beziehungsweise auf seinem Konto hatte, würde er sich auf Nimmerwiedersehen aus dem Staub machen. Er wusch seine Hände in Unschuld.

Auf die Minute pünktlich trat Makujato in Jessicas Büro. Er trug einen verschlossenen Aktenkoffer bei sich, er wirkte äußerst nervös. Jessica wies ihm einen Platz ihr gegenüber an und kam wie gewohnt ohne Umschweife zum Punkt: *„Dr. Makujato, was wissen Sie über Insecta Hexapoda?“*

Makujato wirkte verunsichert.

„Was wissen Sie über Kerbtiere – über Insekten?“ Makujato wollte eben zu einer Antwort ansetzen, aber Jessica gab ihm mit einer knappen Handbewegung zu verstehen, dass dies eine rein rhetorische Frage war.

„Darf ich Sie mit Dr. Nelson bekannt machen, seines Zeichens Entomologe.“ Der Mann, der neben Del Toro saß, sah sie ungeduldig an.

„Dr. Nelson“, sagte Jessica und erteilte ihm damit das Wort. Nelson wandte sich umgehend an Makujato und begann: *„Die vielgestaltige Klasse der Insekten ist mit weit über 800.000 bekannten Arten die gewaltigste im gesamten Tierreich. Wir gehen allerdings davon aus, dass es mindestens ebenso viele unbekannte Arten gibt.“* Seine Stimme glich der eines Radiomoderators, sicher hörte er sich selbst gern sprechen.

„Insekten sind über unseren gesamten Planeten verbreitet, sie besiedeln nahezu alle Lebensräume. Einige Arten halten sich bevorzugt im Wasser auf, während andere

wiederum lediglich an Land überleben. Die meisten Insektenarten beherbergen die tropischen Wälder, man findet sie allerdings selbst in polaren Gebieten.“ Dr. Nelsons Ausführungen waren angefüllt mit dessen Begeisterung für diese Sache.

„In ihrem Aussehen und ihrer Lebensweise unterscheiden sich die einzelnen Arten sehr stark voneinander, ihre Körper sind jedoch bis hin zu den Einzelheiten bei allen recht ähnlich aufgebaut.“

Jessica bedachte Nelson mit einem ungeduldigen Seitenblick.

„Die Atmung beispielsweise – findet durch sogenannte Stigmen der Abdomen statt. Durch diese Stigmen wird Sauerstoff aus der Luft in ein Tracheensystem geleitet, welches den Blutkreislauf versorgt. Lange hatten wir angenommen, dass diese Tracheenatmung ausnahmslos passiv geschieht, durch Diffusion, aber neuere Untersuchungen deuten darauf hin, dass bestimmte Arten von Käfern, Grillen und Ameisen, ihre Tracheen in regelmäßigen Abständen – ähnlich der Lungenatmung bei Wirbeltieren – zusammenziehen und dehnen und dadurch den Gasaustausch aktiv beschleunigen.“

„Doktor Nelson!“, sagte Jessica streng.

Nelson schien sie nicht wahrzunehmen, er war jetzt richtig in Fahrt gekommen. *„Die Fortpflanzung von Insekten verläuft je nach Art ganz unterschiedlich. Bei einigen Arten ist Parthenogenese – also Jungfernzeugung die Regel; hierbei entwickeln sich die Insekten aus unbefruchteten Eiern. Auch Paedogenese – also Eiablage in einem unausgereiften Entwicklungsstadium – ist nicht selten. Andere Insektenarten wiederum sind lebend gebärend.“*

Jessicas Augen begannen bedrohlich zu funkeln.

„Eine weitere Besonderheit vieler Insekten ist, dass sie mehrere Entwicklungsstadien durchleben – Metamorphose genannt. Im Allgemeinen unterscheidet man zwei Arten. Die Holometabolie – die vollständige Verwandlung, und die Hemimetabolie – die unvollständige Verwandlung. Bei der Hemimetabolie unterscheiden sich Nymphe und Imago weit weniger als bei der Holometabolie, dennoch spricht man auch bei dieser Veränderung von einer Metamo…“

„Doktor Nelson!“, schrie Jessica. *„Kommen Sie zum Punkt!“*

Nelson zuckte zusammen. Verwirrt, dann enttäuscht, blickte er zunächst Jessica, dann wieder Makujato an. Sichtlich verunsichert fuhr er fort: *„Eine weitere Gemeinsamkeit aller Arten ist ihr Exoskelett – das Außenskelett. Es entsteht durch die Verhärtung von Eiweiß zu Chitin und ebenso wie beispielsweise für den Bau der Zellwände von Pilzen, ist Chitin der Grundstoff für die panzerartige Körperhülle aller Insekten und eignet sich obendrein …“*, er schaute Makujato verheißungsvoll an, *„hervorragend als Wirt für Viren und Bakterien.“*

Blatt für Blatt betrachtete Professor Lupp die Zeichen; etliche Seiten waren damit bedruckt. Zeile für Zeile füllten sie die Blätter. Er studierte jede einzelne Seite eingehend, ehe er sie an Annika weiterreichte.

Nach einer Weile öffnete sich die Tür.

„Morgan ist hier, soll er…“

„Schicken Sie ihn rein“, unterbrach Agent Harley den Soldaten, *„und bringen Sie einen weiteren Stuhl.“*

Der Soldat machte kehrt und wenig später betrat ein leger gekleideter Mann von etwa 45 Jahren den Raum. Er trug einen Stuhl mit sich, stellte den ohne zu zögern neben Harley und setzte sich; dann grinste er breit in die Runde.

„Professor Lupp, das ist Mr. Morgan. Morgan, das sind Professor Lupp und seine Assistentin“, stellte sie der Agent einander vor. Er reichte Morgan einen anderen Stapel und machte eine auffordernde Handbewegung. Morgan verteilte die Blätter auf dem Tisch, es handelte sich um Fotos vom Fundort der Zeichen.

„Diese Aufnahmen wurden in einer Höhle in Thessalien in Zentralgriechenland gemacht“, begann Morgan. *„Das Tunnelsystem erstreckt sich über eine Länge von exakt 11 Kilometern. Genau genommen ist der Begriff Tunnelsystem hier nicht ganz korrekt, da es sich nur um einen einzelnen Gang handelt, welcher eben nach exakt 11 Kilometern in eine kleine Halle mündet.“* Er deutete auf verschiedene Abbildungen, die dies veranschaulichten.

„Ich selbst habe in den letzten 12 Jahren weltweit mehr als 3.000 Höhlen untersucht. Darunter waren riesige tropfsteingeschmückte mehrstöckige Hallen sowie kaum passierbare lehmverschmierte Gänge. Ich habe ganze Seelandschaften da unten entdeckt, aber etwas Vergleichbares ist mir bisher noch nicht untergekommen.“ Er machte eine Pause, um seinen Worten mehr Wirkung zu verleihen, dabei sah er den Professor abwartend an.

Als dieser jedoch keinerlei Anstalten zu einem Kommentar machte, fuhr er fort: *„Die ganze Gegend da besteht aus Agglomerat, Konglomerat und Puddingstein – einem mehr oder weniger fest verkittetes Sedimentgestein aus verfestigtem Schotter von gerundeten und eckigen Gesteinskomponenten. Aber der Tunnel selbst, also seine unmittelbare Hülle – und nebenbei bemerkt auch die der daran angeschlossenen Kammer –, setzt sich aus Quarz, Glimmer und Feldspalt zusammen – also aus Granit. Magmatisches, extrem hartes Tiefengestein inmitten einer geologischen Kiesgrube.“* Er lachte ausgiebig über seine spitzfindige Anmerkung.

Da aber niemand sein Amüsement teile, fuhr er fort: *„Das allein ist ja schon unfassbar – aber längst noch nicht alles.“* Er machte erneut eine Pause und ließ dabei seine Augenbrauen verheißungsvoll auf und ab zucken.

„Ich habe den Tunnel eigenhändig laservermessen. Also Länge, Richtungsabwei-

chung und Gefälle. Und ich meine damit keinen Heimwerkerbaumarktlaser, den sie sich bei Obi holen können. Mein molekularer Lichtverstärker erzeugt einen derart extrem scharf gebündelten Lichtstrahl, der von so außerordentlicher spektraler Reinheit ist, dass die Intensität und Bündelung seines Strahls von nur einem einzigen Millimeter Durchmesser, selbst auf dem Mond eine deutlich erkennbare Fläche, von gerade mal einem Quadratmeter beleuchten würde." Seine Augen strahlten wie die eines Mannes, der mit seinem eben erst vom Händler abgeholten Neuwagen bei den Nachbarn vorfuhr. Und – er machte eine ausgiebige Pause.

„Dieses Baby erreicht mit seiner massiven Lichtstärke pro Flächeneinheit die derzeit größte Leistungsdichte auf kleinen Flächen und ist sowohl in der Industrie und Medizin, als auch bei der Nachrichten- und Vermessungstechnik, allererste Wahl."

Pause.

„Zum Einsatz brachten wir ein sogenanntes Zweistrahlinterferometer. Dabei wird der Laserstrahl in zwei Teilstrahlen aufgeteilt, die jeweils an einem Spiegel parallel versetzt reflektieren und sich an einem Strahlteiler wieder überlagern. Der Unterschied der zurückgelegten Wege der Teilstrahlen erzeugt dort ein Interferenzmuster, aus dem dann die Länge der zu bestimmenden Strecke ermittelt wird. Und was soll ich Ihnen sagen ..." Pause.

„Elftausend Meter vom Eingang bis zur Kammer und nicht ein einziger Millimeter weniger." Er blickte mit weit aufgerissen Augen und blöde mit dem Kopf nickend in die Runde. Er schien wirklich sehr mit sich zufrieden.

„Hab ich eigentlich schon erwähnt, dass der Tunnelquerschnitt quadratisch ist? Exakt einen Meter vierundneunzig Kantenlänge und das auf die gesamte Strecke. Der Tunnel ist nicht annähernd quadratisch ..." Pause. Pause. Pause.

„Er ist es zu einhundert Prozent!" Pause.

„Wir haben Messungen in allen vier Ecken vorgenommen und vom Eingang bis zur Kammer, also über eine Strecke von 11 Kilometern, beträgt die Abweichung exakt null Komma nix! Null Komma Garnix – um genau zu sein."

Der Professor war begeistert von Morgan. Dieser Mann war wirklich ganz unglaublich. Er konnte sich nicht erinnern, jemals einem selbstverliebteren Mann gegenübergesessen zu haben.

„Die Entstehung dieses Tunnels ist mir ein Rätsel", setzte Morgan nach einer klitzekleinen Pause wieder an. *„Nehmen Sie einen rot glühenden Metallwürfel und legen Sie diesen unter Laborbedingungen auf einen Eisblock. Wenn der sich dann durchgefressen hat und die dadurch entstandene Aushöhlung hernach wie von Geisterhand mit Gold überzogen ist, dann haben Sie in etwa eine Vorstellung von dem, mit was wir es hier zu tun haben."*

Professor Lupp ergriff erstmals das Wort: *„Meines Wissens nach ist die speläologische Definition des Begriffs Höhle: Ein natürlicher unterirdischer Hohlraum, welcher länger als 3 Meter ist, sowie groß genug, sodass er von Menschen betreten wer-*

den kann.“

„Das ist korrekt“, bestätigte ihm Morgan sogleich. *„Höhlen sind ausschließlich natürliche Hohlräume. Die Definition der Speläologie unterscheidet sich hier deutlich vom umgangssprachlichen Gebrauch.“* Er betonte das Wort *Speläologie* so, als spräche er von etwas so Geheimnisvollem, wie etwa der Alchemie.

„Höhlenwohnungen und andere künstlich geschaffene Hohlräume – wie etwa Bergwerke – sind genau genommen gar keine Höhlen. In letzter Zeit wird hierfür immer häufiger der Begriff Subterranea gebraucht.“ Pause.

„Unser Tunnel – ***ist*** *ein für den Menschen begehbarer unterirdischer Hohlraum, und er ist* ***definitiv*** *länger als 3 Meter. Aber dass er auf natürliche Weise entstand, das scheint mir doch sehr fraglich.“*

„Wie darf ich das verstehen?“, bemerkte Lupp.

„Sehen Sie“, fuhr Morgan in geradezu mitleidigem Ton fort, *„Höhlen entstehen durch geologische Prozesse, wie etwa Verwitterung oder Erosion, Auswaschung, chemische Auflösung, Tektonik und so weiter. Dadurch wird Gesteinsmaterial gelöst und abtransportiert und dadurch entstehen Hohlräume – also Höhlen.“* Päuschen.

„Es gibt aber auch Höhlen, die bereits mit dem Gestein selbst entstanden, sodass keine spätere Aushöhlung und kein Abtransport mehr stattfinden. Man unterscheidet deshalb Primärhöhlen – die bereits mit dem Gestein entstanden, von Sekundärhöhlen – die erst später entstehen. Unsere Höhle – wenn es denn eine ist ...“ Pause, und besonders dumm dreinschauen.

*„****Kann*** *keine Primärhöhle sein; zumindest ist mir kein geologischer Prozess bekannt, bei dem so etwas entsteht. Eine sekundäre Entstehung, wie beispielsweise durch Wasser- oder Winderosion, würde niemals eine so akkurate Form hervorbringen und dabei haben wir die unwirkliche Gesteinszusammensetzung noch gar nicht mit einbezogen.“* Pauuuuuuuse.

„Es gib in der Tat eine enorme Vielfalt von Höhlen. Die eben schon erwähnten Winderosionshöhlen, Brandungshöhlen, Quellungshöhlen, Karst- und Laugungshöhlen, es gibt Eishöhlen, Lavahöhlen oder Flusshöhlen – wie beispielsweise die Krizna Jama in Jugoslawien, die ganze 8 Kilometer lang ist, 22 Seen hat und 2 untereinanderliegende Wassersysteme.“ Pause.

„Die Natur hat in der Tat die aberwitzigsten Kuriositäten hervorgebracht. Aber dieser Tunnel ist wirklich einzigartig. Absolut quadratisch und auf 11 exakt ausgerichteten Kilometern nicht eine einzige Abzweigung oder auch nur ein winziger Spalt!“

Er stülpte seine Lippen nach vorn und blickte erneut mit dem Kopf nickend in die Runde. Und nach einer winzig kleinen Pause sprach er mit altkluger Stimme weiter: *„Einzig bei Schachthöhlen findet man annähernd geometrische Formen. Aber deren Gangsystem verläuft vorwiegend senkrecht – wie beispielsweise das der Aven Jean Nouveau, das fast 800 Meter in die Tiefe fällt. Unser Tunnel ist aber ein klassisches – ein horizontales System. Und da sind die natürlichen Formen nun einmal vorwiegend* *ausgerundet oder keilförmig, ganz sicher aber nicht quadratisch.“*

„Dann handelt es sich hierbei also um einen künstlich geschaffenen Tunnel“, schlussfolgerte der Professor.

„Ja, wenn das so einfach wäre!“, schaltete sich Agent Harley ein. Er reichte dem Professor einen weiteren Stapel, auf dessen Blättern jede Menge Daten, Grafiken und Tabellen zu finden waren.

„Untersuchungen haben gezeigt, dass sich vor Ort weit und breit kein vergleichbares Gestein befindet. Einzig der Tunnel und die Kammer sind mit etwa einem Meter Granit ummantelt. Die technischen Herausforderungen um so etwas zu bewerkstelligen sind geradezu undenkbar. Es bedürfte einer jahrelangen Bauphase, die als solche sicher nicht unbemerkt geblieben wäre. Zigtausend Tonnen Granit hätten herangeschafft werden müssen und abgesehen davon weist der Tunnel nicht eine einzige Trennungsfuge auf. Die gesamten 11 Kilometer, inklusive der daran angeschlossenen Kammer, bestehen aus einem einzigen homogenen Stück. Und das ist definitiv nicht von Menschenhand geschaffen worden.“

„Dieser gottverdammte Tunnel ist wie ein elftausend Meter langer Speer, der von Geisterhand in die Erde getrieben wurde!“, kommentierte Morgan die letzten Worte Harleys.

25 Wieder da

Eine Woche war seit dem Abenteuer im Tunnel verstrichen. Ela war Lisa unter Tränen um den Hals gefallen; nie zuvor war sie glücklicher gewesen, sie wieder zu sehen.

Eilends hatten sie den Tunnel verlassen, waren an der Innenkonstruktion emporgeklettert und hatten sich über die Außenseite abgeseilt; bei ihrem fluchtartigen Rückzug hatten sie eine Bandschlinge und einen Schraubkarabiner zurückgelassen.

Das abgesperrte Gelände hatten sie über ein weiter nördlich im Zaun befindliches Gatter verlassen, von dort hatte sie ein befestigter Weg zu einer geteerten Straße geführt. Dieser waren sie zurück in Richtung Kalampaka gefolgt und waren letztlich – trotz deutlichem Umweg – schneller wieder am Campingplatz angelangt, als auf dem direkten Weg durch die widerspenstige Botanik.

Ela hatte ihrer Freundin von allem detailliert berichtet, da Lisa – vor lauter Sorge – nur auf den unmittelbaren Boden unter ihrem jeweils nächsten Schritt geachtet hatte. Ela war heilfroh gewesen, als sie endlich wieder offenen Himmel über sich gesehen hatte. Aber bereits während ihres Rückmarsches war der Entschluss in ihr gereift, noch einmal dorthin zurückzukehren. Das Ganze war viel zu geheimnisvoll und faszinierend, um es einfach so auf sich beruhen zu lassen. Sie vermochte es sich selbst nicht recht zu erklären, aber dieser Ort, diese geheimnisvolle Schrift, zog sie geradezu magnetisch an. Irgendetwas daran kitzelte an Erinnerungen, welche sich ihr jedoch noch nicht offenbarten. Noch nicht.

Der Regen war von diesem Abend an ausgeblieben. Es war mit jedem Tag sonniger geworden und sie hatten viele herrliche Stunden mit Klettern und Wandern in diesem wunderschönen Tal zugebracht. Irgendwie schien Ela jedoch nie ganz bei der Sache zu sein. Sie hatten es in stiller Übereinkunft vermieden, allzu weit in die Richtung des Felsens mit dem Tunnel zu gehen, dennoch hing dieser über allem wie ein riesiger Schatten.

In ihrer zweiten Urlaubswoche nahm Ela schließlich das zurückgelassene Sicherungsmaterial zum Anlass, um ein erneutes Aufsuchen des Tunnels vorzuschlagen. Lisa war klar, dass dies nur ein Vorwand war – obendrein ein ziemlich dürftiger. Sie ahnte jedoch, dass Ela keine Ruhe geben würde, solange sie nicht einwilligte.

Auf dem Weg zu den Baracken gestand ihr Ela, dass sich ihre Gedanken in den letzten Tagen beinahe ausschließlich um diesen Tunnel gedreht hatten. Irgendetwas daran oder darin ließ sie nicht mehr los. Bis in ihre Träume hatte sie das kürzlich Erlebte verfolgt und sie war sich sicher, dass sie ihren Seelenfrieden erst dann wieder zurück bekommen würde, wenn sie ein zweites Mal im Tunnel gewesen war.

Lisa hatte sich ein wenig über sie lustig gemacht – ihr aber geglaubt. In gewisser Hinsicht verspürte sie selbst große Lust dazu, diesem Geheimnis auf den Grund zu gehen. Auf der restlichen Wegstrecke entwickelten sie abwechselnd skurrile Theorien über den Sinn und Zweck des Tunnels. Beide ließen sie sich zu wilden Spekulationen hinreißen. Die letzte Idee, die Lisa auftischte, war ein verwunschener Gang zu einem unterirdischen Schloss eines einsamen Prinzen.

„Vielleicht bist ja gerade du dazu auserkoren, die geheimnisvolle Inschrift zu entziffern und den armen gefangenen Prinzen aus seinem dunklen muffigen Verlies zu befreien.“

Plötzlich wurde Ela langsamer. Lisa lachte über ihr Hirngespinst und fragte: *„Was is' los? Fürchtest du dich etwa vor dem Erlöserkuss?“* Sie wandte sich zu Ela um – die ein wenig zurückgefallen war – und blieb, als sie deren blass gewordenes Gesicht sah, abrupt stehen. *„Was ist mit dir, du siehst aus als hättest du einen Geist gesehen.“*

Ela stand stumm da, ihre Augen starrten durch Lisa hindurch. Vielleicht durch den letzten Satz ihrer Freundin, erhellten sich plötzlich ihre verdunkelten, verdrängten Erinnerungen. Einer Eingebung gleich hatte sie plötzlich wieder alles vor Augen. Sie stand still da, jegliche Farbe war aus ihrem Gesicht gewichen.

„Ela, was hast du? Du machst mir Angst!“ Lisa berührte ihre Freundin vorsichtig an der Schulter – aber die reagierte nicht.

Plötzlich war alles wieder da. War *er* wieder da.

„Rahula“, sagte Ela tonlos.

„Das war 'ne reife Leistung", veralberte Samuel Tony, *„bist echt 'n sportlicher Typ. Solltest dich zur nächsten Olympiade melden!"*

„Die Spiele des Altertums? Jo, da kann ich dir was zu erzählen."

Samuel konnte nicht fassen, dass der jetzt mit so was anfing.

„Die gab's schon 776 vor Christus. Fanden dann bis 394 danach im griechischen Olympia statt, ehe sie vom ach so christlichen Kaiser Theodosius, als heidnisches Fest gecancelt wurden.

Einzige Disziplin war ehemals der Fünfkampf. Laufen, Speer- und Diskuswerfen, Ringen, Weitsprung mit Gewichten und natürlich – die geliebten Wagenrennen. Die Wettkämpfer traten allesamt splitterfasernackt an. ***Das*** *sollten die heut wieder einführen, da gäb's was zu gucken, das steigert Einschaltquoten! Nur waren das damals ausschließlich Männer gewesen, ganz sicher alles Schwuchteln – aber gut gebaut."* Tony hatte sich offensichtlich wieder gefangen. Er hetzte mit Samuel den Gang hinunter, ohne dabei seinen Vortrag zu unterbrechen.

„Der Franzacke Pierre de Coubertin setzte sich Mitte 1890 – wahrscheinlich inspiriert durch damals stattfindende Ausgrabungen in Olympia – für die Wiederaufnahme der Wettkämpfe ein. 1894 wurde das Internationale Olympische Komitee gegründet und beschlossen, dass die Spiele nun wieder alle 4 Jahre – ganz nach griechischem Vorbild – stattfinden und jede Nation zur Teilnahme aufgefordert werden sollte. Schlappe 12 Nationen ließen sich 1896 bei den ersten modernen Spielen blicken; selbstverständlich fanden die in Athen statt."

Am Ende des Flurs stieß Tony eine Stahltür auf, dahinter lag das Treppenhaus. Sie wollten eben nach unten laufen, als sie von dort eilige Schritte vernahmen. Also rannten sie nach oben.

„Die Spiele von 1900 wurden in Paris ausgetragen und dauerten geschlagene 5 Monate. 1904 in St. Louis war die Kacke dann ein erstes Mal am Dampfen. Der Sieger des Marathonlaufs war eben mal lockere 16 Kilometer mit 'm Auto gefahren."

Samuel war es ein Rätsel, wo dieser Fleischberg die Luft hernahm. Sie waren bereits drei Stockwerke nach oben gestürmt und der plapperte noch immer.

„1916, 40 und 44 gab's wegen der Kriege keine Spiele und 36 missbrauchte Sir Arsch Hitler die Veranstaltung für seine nationalistische Propaganda. Seitdem kam es immer wieder zu so 'ner Scheiße. Aber is' schon klar, wo immer eine an und für sich gute Sache viel Aufmerksamkeit erregt, lassen politische Trittbrettfahrer nicht lange auf sich warten." Allmählich wurde Tony wohl doch der Atem knapp, denn die Pausen zwischen seinen Sätzen wurden zunehmend länger.

„Ich sag's dir, wie die Kinder! Wenn die kommen – kommen wir nicht. Und wenn ihr diesmal nicht zu uns kommt – kommen wir nächstes Mal nicht zu euch."

Die Schritte von unten holten eindeutig auf. Samuels Beunruhigung wuchs.

„Wo rennen wir eigentlich hin?", rief er.

„Ich hab' keinen Blassen!", erwiderte Tony keuchend. *„Is' aber auch egal, ich geb' eh gleich 'n Besteckkasten ab!"*

Er blieb stehen und spähte durchs Treppenauge nach unten, dann nach oben. Ihre Verfolger – er erkannte wenigstens drei – waren nur mehr zwei Stockwerke unter ihnen und in der anderen Richtung schien es noch mindestens 10 Treppen nach oben zu gehen. Er packte Samuel am Arm und zerrte ihn zum nächsthöheren Treppenabsatz. Dort angekommen riss er die Stahltür auf und brüllte ins Treppenhaus: *„Wir trennen uns besser! Versuch du hier dein Glück – ich probier's weiter oben!"* Er ließ die Tür wieder ins Schloss fallen und schubste Samuel weiter die Treppe hinauf.

Samuel begriff – bezweifelte jedoch, dass ihnen diese Finte einen entscheidenden Vorteil verschaffen würde.

Einen Treppenabsatz weiter bedeutete ihm Tony, er solle weiter laufen, während er selbst zurückblieb. Samuel folgte der Anweisung und vernahm, wie sich unter ihnen eine Tür öffnete und wieder schloss. Wenige Augenblicke später hörte Samuel ein zweites Mal an diesem Tag Tonys markerschütternden Kampfschrei. Er blieb stehen, blickte nach unten. Er erkannte gerade noch, wie Tonys mächtiger Körper ein Stockwerk tiefer beinahe elegant übers Geländer segelte.

Der Mann hatte keine Chance. Ein einzelner Mann war ihnen gefolgt, und der wurde soeben von 340 heranfliegenden Pfunden begraben. Samuel glotzte ungläubig durchs Treppenauge nach unten. Stimmen erklangen hinter der Stahltür und Tony reagierte sofort. Unglaublich Behände rappelte er sich auf und stürmte noch im selben Augenblick einen Treppenlauf tiefer. Die Tür flog auf und ein schwarz gekleideter Mann trat mit vorgehaltener Waffe aus dem Gang; in der gleichen Sekunde krachte Tony aus vollem Lauf gegen das Türblatt.

Der Mann stieß einen entsetzlichen Schrei aus, der Zusammenstoß brach ihm sicher mehrere Knochen. Er brach zusammen, rührte sich nicht mehr. Ein weiterer bewaffneter Mann sprang über ihn hinweg, bemerkte jedoch Tony – der ebenfalls zu Boden gegangen war – zu spät. Tony riss ihm die Beine weg und rammte ihm seinen mächtigen Ellbogen ins Gesicht.

Samuel hoffte inständig, dass er seinen Kumpel nie zum Feind haben würde. In weniger als 30 Sekunden hatte dieser drei ausgebildete Security Guards ausgeschaltet.

Tony sammelte die Pistolen der beiden ein und griff sich auch die des dritten Mannes, als er zu Samuel hinauf lief.

„Du bist echt unglaublich!", empfing ihn Samuel.

„Jojo – und jetzt mach, dass du weiter kommst!"

27 *Lhasa*

„Als Ihr seinerzeit zu mir nach Lhasa kamt, wart Ihr der Einzige, der von mir wusste. Ihr hattet bereits einiges begriffen, aber doch längst nicht alles“, hob Dannthe an.

„Ich weiß, Ihr habt mir für manches die Augen geöffnet, dafür bin ich Euch dankbar“, erwiderte Rahula.

Er erinnerte sich: Dannthe war Ngawang Lobsang Gyatso – die Inkarnation des Bodhisattva Avalokiteshvara. Religiöser Führer des Gelugpa Ordens und weltlicher Herrscher Tibets – der Fünfte Dalai Lama.

1642 wurde er vom Mongolen Gushri Khan zum Herrscher über ganz Tibet ernannt, nachdem er sich mit dessen militärischer Unterstützung gegen all die anderen Orden hatte durchsetzen können. Erstmals seit dem großen tibetischen Reich – im achten und neunten Jahrtausend – war das Land wieder unter einer Regierung vereint worden.

1645 befahl er den Bau des Potala, auf dem Platz des alten Königspalastes und als Rahula zu ihm stieß, inszenierte Dannthe gerade seinen Tod. Nach seinem Verschwinden wurde sein unerwartetes Verscheiden noch für weitere 15 Jahre von der Obrigkeit geheim gehalten, so lange, bis der Winterpalast 1695 vollendet war. Zu diesem Zeitpunkt hatten Rahula und Dannthe bereits einige Jahre in der Einsamkeit des Himalajas zugebracht. Dannthe klärte ihn über die Zyklen seines Daseins auf und unterwies ihn in der Kunst des gesammelten Geistes.

1546 war Rahula in seinem vorletzten Zyklus mit dem Wissen erwacht, dass er nicht mehr allein war. Beinahe 100 Jahre hatte das Kennenlernen in Anspruch genommen. Er war um den halben Globus gezogen und hatte 11 andere gefunden – manche davon auch ihn. Dannthe war der Letzte gewesen, mit ihm verbrachte er die Zeit bis zu seiner letzten Reinkarnation.

28 *Irrsinn*

„Chitin ist das am zweithäufigsten vorkommende Polysacharid, gleich nach Zellulose. Es besteht im Wesentlichen aus dem Aminozucker N-Acetylglucosamin, der teilweise auch deacetyliert vorliegen kann. Die weitgehend deacelierte Form des Chitins wird als ...“

„Wollen Sie damit sagen“, unterbrach Makujato Dr. Nelson, *„sie planen Insekten mit einem todbringenden Virus zu versehen?!“*

„Ja“, grinste Nelson, *„so könnte man es ausdrücken.“*

„Sind sie wahnsinnig?!“, schrie Makujato, jetzt an Jessica gerichtet. *„Eine Pandemie wäre unausweichlich! Das könnte das Ende der gesamten Menschheit bedeu-*

ten!" Makujato traute seinen Augen nicht, ein zufriedenes Lächeln breitete sich auf Del Toros Gesicht aus; diese Frau schien in der Tat komplett verrückt zu sein. Dr. Nelson wirkte nun doch leicht irritiert.

„Nicht mit mir!", kreischte Makujato, er hob abwehrend seine Hände. Jessicas Augen fixierten nun die Aktentasche, die neben ihm auf einem Stuhl lag. Als Makujato dies bemerkte, starrte auch er auf die Tasche. Er wollte danach greifen, doch Jessica schnellte von ihrem Stuhl hoch – der krachend hinter ihr auf den Boden schlug – und noch ehe Makujatos Finger das Leder der Tasche erreichten, traf ihn Jessicas Faust mitten ins Gesicht.

Laut knackend brach seine Nase und er kippte samt Stuhl nach hinten. Makujato schrie auf, Blut schoss im aus den Nasenlöchern und seine Augen füllten sich sogleich mit Tränen. Eine Tür flog auf und ein Wachmann stürmte in den Raum. *„Ist alles in Ordnung, Miss Del Toro?"*, erkundigte er sich pflichtbewusst.

„Helfen Sie dem Mann auf und holen Sie ihm etwas für sein Gesicht", entgegnete Jessica sachlich. Sie griff sich die Aktentasche und setzte sich wieder. Der Wachmann stellte Makujato auf die Beine, der schwankte leicht, betastete vorsichtig seine Nase.

„Setzen Sie sich Dr. Makujato! Seien Sie kein Narr", hörte er Del Toro sagen, doch der Schmerz ließ ihn kaum klar denken.

„Dachten Sie ernsthaft, Sie hätten die Wahl?"

Er hörte ihre Worte, konnte aber nicht glauben, was mit ihm geschah.

„Was ..., was ist mit meinem ..., mit meinem Geld?", stammelte er beinahe schon weinerlich. Jessica lachte laut: *„Wenn Sie sich kooperativ zeigen, behalten Sie bestenfalls Ihr Leben."*

Makujato sackte zurück auf seinen Stuhl, dieser Satz traf ihn wie ein zweiter Faustschlag. *War er wirklich so naiv gewesen? Wie konnte er nur so dumm sein? Seine Gier hatte ihn offenbar vollkommen blind gemacht.*

Dr. Nelson beobachtete dies alles mit den leuchtenden Augen eines Kindes zur Weihnachtsbescherung. Makujato sah ihn an – er erahnte auch dessen Schicksal.

Der Schmerz hinter seiner Stirn ließ allmählich nach. *Du musst nachdenken! In erster Linie brauchst du Zeit!,* dachte er bei sich.

„Dr. Nelson – fahren Sie fort!", befahl Jessica.

Nelson wirkte überrascht, fing sich jedoch schnell. *„Das Ausmaß einer Epidemie ließe sich sehr wohl begrenzen"*, hob er an. *„Regulierende Faktoren wären die Inkubationszeit, die Wahl der Träger und nicht zuletzt ..."*, er zögerte, etwas verlegen dreinschauend, *„na ja, wie soll ich sagen? Eben die Zeitspanne, wie schnell das Virus tötet."*

Es war unfassbar! Dieser Idiot saß da und freute sich. Makujato konnte nicht glauben, was geschah. *Du brauchst Zeit!* Er nickte und sagte tonlos: *„Ja, ich verstehe."*

„Für die Modifizierung des Virus sind Sie zuständig, die passenden Tierchen habe ich bereits parat."

Es klopfte. Der Wachmann von eben trat ein, reichte Makujato kommentarlos ein weißes Taschentuch und war sogleich wieder verschwunden.

„Wie ich bereits eingangs erwähnt habe, ist die Artenvielfalt nahezu unerschöpflich. Hieraus die Geeignete herauszufiltern bedarf es eines fundierten Wissens und ich habe ...“ Jessica räusperte sich geräuschvoll, was Nelson zusammenfahren ließ.

„Habe ..., habe ich ..., also ich habe ...“, stotterte er. *„Kurz gesagt, Lepisma saccharina, Scolopendridaes und Anopheles maculipennis ausgewählt.“* Jetzt strahlte er wieder.

„Lepisma saccharina – wohl weitläufiger bekannt unter dem Namen Silberfischchen – sind über den gesamten Globus verbreitet. Sie bevorzugen eine feuchtwarme Umgebung und finden sich häufig in unseren Küchen und Badezimmern.

Silberfischchen ernähren sich vornehmlich von Mehl und Zucker, fressen aber auch Stoffe und Papier. Ihre Jungen schlüpfen bereits weit entwickelt, sie besitzen schon alle Körpersegmente, häuten sich zwar mehrmals, machen aber keine echte Metamorphose durch.

Lepisma saccharina ist ein Apterygota – ein Urinsekt. Im Gegensatz zu anderen Urinsekten besitzen Silberfischchen jedoch Komplexaugen und auch ihre Mundwerkzeuge sind bestens ausgebildet. Urinsekten sind generell nur wenig entwickelte, unspezialisierte Insektenarten, die keine Flügel besitzen und in ihrer Entwicklungsstufe irgendwo zwischen den Tausendfüßern und den Fluginsekten stehen – was uns ***direkt****“*, er blickte del Toro beschwichtigend an, *„zu Scolopendridaes bringt.“*

Jessica musterte in scharf, eilig sprach er weiter: *„Es gibt mehr als 10.000 verschiedene Arten von Tausendfüßern. Diese lichtscheuen Tiere, die sich tagsüber in Höhlen oder unter Steinen verkriechen, bilden eine autonome Klasse länglicher Gliederfüßer mit gleichförmigen Körpersegmenten. Tausendfüßer erreichen eine Körperlänge von bis zu 30 Zentimeter. Die Anzahl der Beinpaare variiert zwischen 9 und über 300 – Arten mit 1.000 Füßen gibt es allerdings nicht.*

Die meisten Arten fressen Laub oder Pflanzenteile, einige Tausendfüßer leben aber auch räuberisch. In tropischen Gebieten gibt es große Arten, deren Giftbiss sogar für den Menschen gefährlich ist.“

Wahnsinn! Absoluter Irrsinn!, war alles, was Makujato denken konnte.

„Skolopender gehören zur Familie Chilopoda – den Hundertfüßern; eine Unterklasse der Tausendfüßer. Je nach Art werden sie bis zu 25 Zentimeter lang, besitzen 21 Hinterleibssegmente, welche mit jeweils einem Beinpaar versehen sind. Somit gehören sie zu den schnellen Tausendfüßern, nicht zu den eher langsamen Doppelfüßern.

Skolopender ernähren sich vornehmlich räuberisch und einige Skolopenderarten reagieren bei Gefahr äußerst aggressiv, können einem Störenfried durchaus schmerzhafte Bisswunden zufügen.“ Dr. Nelson wagte eine kurze Unterbrechung, in welcher er die beiden abwechselnd bedeutungsvoll ansah. Er freute sich so sehr.

„Mir ist es gelungen, Lepisma saccharina mit Scolopendridaes zu kreuzen!“ Jetzt

quiekte er fast vor Glück. *„Silberfischchen sind von Natur aus weder räuberisch noch angriffslustig, aber durch ihre einfache Struktur und ihre enorme Anpassungsfähigkeit, war es mir ein Leichtes, sie zu perfekten Trägern zu modifizieren. In entsprechender Umgebung vermehren sie sich geradezu explosionsartig und ich kann Ihnen versichern – **meine** Tierchen sind **sehr** genügsam.*

Was ihnen jetzt noch fehlte, war lediglich die notwendige Aggressivität. Gerade weibliche Skolopender einer westafrikanischen Art zeigen sich während der Brutzeit extrem angriffslustig. Während der Eiablage schrecken diese Tiere vor keinem potenziellen Feind zurück. Sie greifen bedingungslos alles und jeden an, der sich ihnen nähert.

Meine Züchtung pflanzt sich per Parthenogenese fort. Diese unisexuellen, eingeschlechtlichen Organismen leben gerade einmal so lange, bis ihre unbefruchteten Eier ausreichend entwickelt sind, sodass die Nachkommenschaft schlüpfen kann. Man könnte unisexuell auch mit Muttertier gleichsetzten und zusammengefasst heißt das, wegen ihrer kurzen Lebensdauer und dank der Skolopendergene, ist die ganze Sippschaft ein beständig brodelnder Aggressionsherd. Sie können sich das sicher nicht vorstellen, aber diese Biester weichen vor nichts zurück, ganz gleich, wie groß es ist."

Makujato war fassungslos. Er hatte geahnt, dass dieser Nelson ein Wahnsinniger sein musste, aber er hatte nicht geglaubt, dass es so schlimm werden würde. Und es wurde sogar *noch* schlimmer.

„Anopheles maculipennis schließlich, gehören zur Familie der Culicidae – den Moskitos. Anopheles maculipennis ist eine Fiebermücke. Während die Männchen sich von Nektar ernähren, sind weibliche Fiebermücken vornehmlich Blut saugend. Besonders in den Tropen ist die Fiebermücke als Überträger von Seuchen von jeher gefürchtet. An Anopheles maculipennis musste ich nicht sonders herumdoktern, die sind ohnehin eine Plage. Ich habe lediglich deren Trägertauglichkeit optimiert."

29 Die Kammer

„Was befindet sich in der Kammer?", fragte Professor Lupp an Harley gerichtet.

„Die Kammer ist ebenfalls quadratisch, gut 10 Meter Kantenlänge, und auf der dem Gang gegenüberliegenden Seite prangt eine wandfüllende Swastika", antwortete dieser kurz.

„Sie meinen ein Hakenkreuz!?", meldete sich Annika erstmals zu Wort.

„Ja, ein Kreuz mit vier gleich langen nach rechts gerichteten, rechtwinklig angesetzten Balken", bestätigte ihr der Agent.

„Das heilbringende Zeichen", sagte Lupp. *„Es symbolisierte in vielen vergangenen Kulturen zumeist Glück und Wohlstand. Hakenkreuze oder Swastika finden sich in der frühen christlichen und byzantinischen Kunst, in Süd- und Mittelamerika und in*

Indien, bei Hindus und Buddhisten. Bereits in Mesopotamien benutzte man sie als dekoratives Motiv", führte er aus.

„Swastika", hob Harley an, *„sind weltweit anzutreffen. Sie gelten als uraltes Sonnen- und Lebenszeichen. Es gibt Vermutungen, sie sollen das Sonnenrad darstellen."*

Er nahm ein Blatt zur Hand und las vor: *„In Europa seit dem 4. vorchristlichen Jahrhundert nachgewiesen, tauchten sie in abgewandelten Formen auch in asiatischen, seltener in afrikanischen und mittelamerikanischen Kulturen auf.*

Verwendet im 19. Jahrhundert von deutschtümelnden Kreisen um den Turnvater Jahn, wurde es Ende des 19. Jahrhunderts zum Zeichen des Deutschen Turnerbundes. Wenig später erhielt das Hakenkreuz einen eindeutig völkischen, antisemitischen Charakter. 1920 dann wurde es offizielles Symbol der NSDAP, 1933 Abzeichen des nationalsozialistischen Staates und 1935 erklärte man die Hakenkreuzflagge zur alleinigen Reichsflagge."

„Bereits 1910 trat der deutsche Schriftsteller Guido von List – der es fälschlicherweise für ein arisches Symbol hielt – dafür ein, das Hakenkreuz zum Emblem aller antisemitistischen Organisationen zu machen", ergänzte Lupp.

„Die Swastika", Harley reichte dem Professor ein Foto, *„ist ebenso wie die sich im Tunnel befindlichen Zeichen als Relief in die Wand eingearbeitet, nur deutlich tiefer, etwa 40 Zentimeter. Ihre Geometrie ist exakt und genauso akribisch ausgearbeitet wie alles andere. Bei erstmaligem Betreten der Kammer ist sie – ihrer Dimension wegen – kaum wahrnehmbar. Die Konturen des Kreuzes sind mit einer Art Muster versehen und in seiner Nabe befinden sich 11 Einträge, wovon einer offenkundig unvollständig erscheint.*

Links und rechts finden sich je fünf mannshohe Einbuchtungen in den Seitenwänden, die an ägyptische Sarkophagnischen erinnern. Die Nischen scheinen ursprünglich verschlossen gewesen zu sein, denn entsprechende, teils zerstörte Steinplatten liegen anbei." Harley deckte weitere Fotos auf.

„Wir gehen davon aus, dass sie geplündert wurden", fiel Morgan ein, *„denn sowohl die einzelnen Nischen, als auch die Kammer als solche, ist ansonsten restlos leer."*

Der Professor betrachtete jedes Bild sehr sorgfältig, ehe er es an Annika weitergab. Dann herrschte Schweigen.

Nach einer längeren Weile unterbrach Morgan die Stille: *„Nehmen wir einmal an, irgendwer hat diesen Tunnel und die Kammer gebaut."*

Agent Harley rollte die Augen.

„Nur mal angenommen", fuhr Morgen unbeirrt fort. *„Er hat die 11 Kilometer lange Borte gemeißelt, die Swastika geschaffen und die 10 Nischen herausgeklopft. Nehmen wir einmal an, irgendwer hat all das geschafft, ohne dass jemand davon Wind bekommen hat."* Morgan machte eine Pau…

„Falls dies tatsächlich zuträfe", er erhob den Zeigefinger, *„steht doch wohl außer Frage, dass es dazu eines gewissen technischen Standards bedarf. Und genau hieraus ergibt sich ein weiteres, noch schwerer wiegendes Problem."* Eine lange Pause.

„Sowohl der Tunnel, als auch die Kammer, weisen eindeutig ein Alter von mehr als 300.000 Jahren auf. Die Datierung wurde mehrfach von unabhängigen Einrichtungen bestätigt, es bestehen keinerlei berechtigte Zweifel."

Agent Harley beobachtete Lupp. Der hielt seit geraumer Zeit den Kopf gesenkt und seine Augen geschlossen. Es schien fast, als sei er eingenickt.

Dann blickte er jedoch unverhofft auf. *„Ich denke"*, sagte er, *„ich weiß nun, warum ich hier bin."*

Der Agent und Morgan blickten zufrieden, Annika zeigte sich verwirrt.

„Sie bringen das hier in Zusammenhang mit meinen Forschungen über die Vorkulturen der Azteken."

30 Träume

Lisa war bekannt, dass es in Elas Kindheit eine schlimme Phase gegeben hatte. Ela hatte ihr einige Male davon erzählt, jedoch nie Genaueres. Sie wusste lediglich, dass Ela bis zu ihrem zehnten Lebensjahr oft kränklich war und von immer wiederkehrenden Träumen geplagt worden war.

Ela konnte – oder wollte – sich nicht recht daran erinnern und somit hatten sie dieses Thema niemals weiter vertieft. Lisa glaubte jedoch, dass auch früher schon – es lag bereits einige Jahre zurück – der Name Rahula gefallen war.

„Es geht schon wieder", versicherte ihr Ela. Sie hatte sich auf die Erde gesetzt, allmählich bekam sie wieder Farbe. Lisa wusste nicht recht, was sie sagen oder tun sollte, also stützte sie ihrer Freundin den Rücken und strich ihr eine Strähne aus dem Gesicht.

„Ich habe ihn gesehen", sagte Ela leise, mehr zu sich selbst, als an ihre Freundin gerichtet. *„Ich hatte ihn noch nie zuvor gesehen."*

„Wen hast du gesehen?", wollte Lisa wissen.

„Rahula. Ich habe Rahula gesehen."

„Rahula? Wie meinst du das – du hast ihn gesehen?"

Ela schwieg einen Augenblick, ehe sie weitersprach: *„Da war noch ein anderer Mann – und bei dem ..."*, sie stockte, *„stand Mutter."* Dann sagte sie direkt an Lisa gewandt und ihr Blick war jetzt wieder vollkommen klar: *„Ich muss nach Hause, sofort! Ich* ***muss*** *mit Mutter reden."*

Knapp zwei Stunden später saßen sie im Auto. Schnellen Schrittes waren sie zurück zum Campingplatz gelaufen, hatten eilends alles zusammengepackt, ausgecheckt und die Gebühren bezahlt. Während alledem erzählte Ela unaufhörlich von dem, was ihr jetzt so klar vor Augen stand.

Als sie am frühen Abend am Fährhafen ankamen, endete Ela mit den Worten: *„Der Schlüssel liegt bei Mutter. Sie* ***muss*** *wissen, was das alles zu bedeuten hat."*

Lisa blieb im Wagen, während Ela sich nach einer Überfahrt nach Italien erkundigte. Lisas Gedanken rasten, als sie vergeblich versuchte, all die Neuigkeiten in ihrem Kopf zu ordnen. Die frühesten Erinnerungen datierte Ela etwa auf ihr fünftes oder sechstes Lebensjahr. Sie hatte schon damals mit ihrer Mutter zusammen in deren jetzigem Haus gelebt, zu dieser Zeit waren die Träume sehr häufig gewesen.

Lange hatte sie ihrer Mutter nichts davon gesagt. Die Träume selbst waren nie schlimm gewesen – keine Albträume im eigentlichen Sinn. Das Furchtbare und Schreckliche daran, waren die Gefühle, die sie in Ela auslöst hatten, welche dann meist für Tage schwer auf ihr gelastet hatten.

Die Träume waren stets ähnlich verlaufen. Sie war eine erwachsene Frau, sie traf die Liebe ihres Lebens – wahrscheinlich diesen Rahula – und eigentlich sollte alles bestens sein. Aber irgendwie war da immer noch eine zweite Person, jemand im Hintergrund. Sie wusste nicht warum, aber dieses scheinbare Glück trog. Und als sie hernach erwacht war, hatte sie sich jedes Mal unsäglich beunruhigt und hilflos gefühlt. Sie hatte deutlich gespürt, dass dieses Zusammentreffen etwas Schreckliches mit sich bringen würde. Und genauso deutlich hatte sie gespürt, dass es unausweichlich war.

Diese Träume hatten es geschafft, ein kleines ansonsten fröhliches Mädchen tief zu verängstigen. Ein Kind von noch nicht einmal 10 Jahren sollte keine Zukunftsängste kennen, aber genau davor hatte sich die kleine Ela gefürchtet, wie vor nichts anderem. Ela wollte nicht erwachsen werden. Sie hatte ihre Geburtstage gehasst, war mit den Jahren dermaßen depressiv geworden, wie dies kein Kind sein sollte.

Von ihrem 10. Lebensjahr an waren die Träume dann aus unerfindlichen Gründen von einem auf den anderen Tag ausgeblieben. Ela hatte rasch ins Leben zurückgefunden und binnen weniger Wochen war sie so fröhlich wie zuvor gewesen, ehe der Spuk begonnen hatte. Sie hatte sich so rasant erholt, dass die schlimmen Jahre alsbald schon in Vergessenheit geraten waren und niemand mehr nach dem Warum gefragt hatte.

Heute hatte Ela nach über 20 Jahren der Ruhe wieder einen solchen Traum gehabt. Ja, es war wieder genau wie damals; nur eben eine Art Tagtraum. Genau wie früher löste er dieselben Gefühle und Ängste in ihr aus. Und mit einem Mal war alles wieder da. Über 20 Jahre des Friedens – weggewischt in einer einzigen Minute.

Der Traum war jedoch nur zu Beginn der gleiche wie damals gewesen, dann hatte sie mehr gesehen. Früher hatte Rahula kein Gesicht und jene zweite Person war nicht mehr als eine leise Vermutung. Heute hatte sie Rahula deutlich vor sich gesehen und am Ende war da noch ein Mann gewesen, und bei dem hatte zweifelsfrei ihre Mutter gestanden.

Mehr war auch dieses Mal nicht passiert, aber Ela *wusste* nun, dass dieser Traum real werden würde. Sie fühlte – wie auch früher schon – eine starke Zuneigung zu diesem Rahula. Und noch stärker als früher spürte sie, das unaussprechlich Furchtbare, das damit einherging. Ela war davon überzeugt, dass ihre Mutter ihr etwas verschwieg. Ihre Mutter tauchte nicht einfach nur so plötzlich in diesem Traum auf, sie musste etwas darüber wissen, und Ela würde nicht eher nachgeben, bevor sie es ihr erzählte.

Auch früher wollte ihre Mutter nie über die Bedeutung ihrer Träume sprechen. *Du hast nur Alp geträumt Kind,* war ihr Kommentar meist gewesen. Später dann schleppte sie Ela zu Ärzten und Psychologen und stopfte das Kind oft monatelang mit allerlei Medikamenten voll.

Ela hatte auch als Kind schon so eine Ahnung gehabt, dass die Träume irgendwie mit ihrer Mutter zu tun haben mussten, aber sie hatte sich nie getraut dies auszusprechen. Auch eine andere Vermutung schwelte schon damals dumpf in ihr, und heute war auch diese lauter geworden: Der zweite Mann in ihrem Traum, der, der neben ihrer Mutter gestanden hatte. Ihre Mutter hatte stets behauptet, Elas Vater hätte sie schon vor ihrer Geburt verlassen. Er habe sich aus der Verantwortung gestohlen, sie hätte ihn niemals wieder gesehen. Ela fühlte heute auch eine enge Verbundenheit mit diesem Mann aus ihrem Traum. Konnte er ihr Vater sein?

„Verdammte Scheiße!“, fluchte Ela, als sie zum Auto zurückkehrte. *„Wir kriegen vor Donnerstag keinen Platz. Das sind volle 3 Tage, ich kann unmöglich so lange warten! Verdammte Scheiße, ich muss hier weg!“*

Lisa hatte Ela schon einige Male wütend erlebt, aber so wie sie jetzt brüllte, das war eine neue Dimension.

„Lisa“, Ela sah ihrer Freundin direkt in die Augen, *„ ich weiß das ist unverschämt, aber würdest du bitte den Fiorino nach Hause fahren, dann nehm’ ich ’nen Flieger. Ich kann unmöglich so lange warten!“* Ela starrte Lisa an, jeder Muskel in ihrem Gesicht war gespannt.

Lisa beschlich das Gefühl, dass dies nicht wirklich eine Frage war, dass Elas Entschluss längst schon feststand.

Unangenehmes Schweigen trat ein.

Dann nickte Lisa stumm und sie senkte ihren Blick. Ela schloss ihre Freundin ungestüm in ihre Arme und drückte sie so sehr, dass ihr schier die Luft wegblieb.

Irgendwo in Midtown, Mitte Juni 2008.

„Verdammt, da ist doch noch eine."

„Ahhh, bist du sicher?"

„Ja, leider."

„Fuck!" Philip schlug seine Bettdecke beiseite und stand auf. Zum vierten Mal in den letzten 20 Minuten ging er die drei Schritte zur Tür und betätigte den Schalter. Die nackte Glühbirne, die von der Decke baumelte, flammte auf und flutete das spärlich möblierte Schlafzimmer mit grellem Licht. Reflexartig schloss Philip seine Augen.

Er blinzelte, nur allmählich schärften sich die verschwommenen Konturen des Raumes. In der Unterhose stand er neben dem Bett und glotzte aus schlaftrunkenen, halb zugekniffenen Augen an die blendend weiße Decke.

„Da – da drüben im Eck."

Philip war zu müde zum Sprechen. Er drehte träge seinen Kopf zuerst zu Simone und dann – nachdem er aus deren Blick die Richtung erahnt hatte, welche sie wohl meinte – in die Ecke, rechts des Fensters. Und tatsächlich – da saß noch eine.

Philip hatte die letzten Nächte nicht sonderlich gut oder viel geschlafen. Dazu hatte er mehr als sonst gearbeitet und wenn er spät abends ins Bett gekrochen war, war er hundemüde gewesen.

Hinter ihm raschelte Simone im Bett. Er zog einen Stuhl in die Ecke, aus dem Augenwinkel erkannte er, dass sie ihm ein Papiertaschentuch hinhielt – wieder. Er ignorierte sie, stieg auf den Stuhl und matschte die Mücke mit der flachen Hand an die Decke. Ein erstaunlich großer roter Fleck zeigte sich, als er seine Hand zurückzog. Er wischte sie an seinem Hintern ab, dann glotzte er den Fleck einige Sekunden lang verdutzt an.

Philip stieg vom Stuhl und stakste zurück zur Tür. Kurz bevor er das Licht löschte, traf ihn der Blick seiner Frau. Giftpfeile schossen in seine Richtung.

„Noch mal steh ich nicht auf", sagte er, als er wieder unter seine Bettdecke kroch.

„Dich stechen die Scheißviecher ja nicht", keifte Simone. *„Ich hatte letzte Nacht bestimmt 6 oder 7 Stiche, ich fühl mich schon ganz elend."*

„Jetzt mach aber mal halblang, an Mückenstichen ist noch keiner gestorben. Und jetzt lass mich endlich schlafen!"

Simone erwiderte nichts mehr. Philip war selbst überrascht, welch aggressiver Unterton in seinen letzten Worten mitgeschwungen hatte. Das war vielleicht etwas zu viel des Guten, aber wenigstens würde er jetzt endlich schlafen können. Gleich morgen früh würde er sich dafür entschuldigen, es schon irgendwie wieder gut machen.

Schon verwunderlich, dass ich so selten gestochen werde und Simone andauernd. Irgendwo hatte er gelesen oder gehört, das habe mit den Fettsäuren auf der Haut zu tun

– oder so ähnlich. Dies waren die letzten Gedankenfetzen, bevor Philip endlich in Schlaf versank.

Als er am nächsten Morgen erwachte, galt sein erster Gedanke Simone. Er hatte sie gestern Nacht wirklich zu hart angegangen, aber er war eben sehr müde gewesen. Er würde es wieder gut machen, gleich jetzt.

Behutsam schlüpfte er zu ihr unter die Decke. Augenblicklich wurde ihm klar, dass etwas nicht stimmte. Seine Frau war fiebrig heiß und nass geschwitzt. Sie zitterte am ganzen Leib und ihre Atmung schien ihm auffallend flach.

„Schatz, was ist mit dir?“

Keine Antwort.

„Schatz, geht's dir nicht gut?“

Keine Reaktion. Beinahe schon grob packte er sie an der Schulter und drehte sie zu sich um. Der Anblick, der sich ihm bot, ließ ihn laut aufschreien. Das Gesicht seiner Frau war gelbgrau und ihre glasigen, weit aufgerissenen Augen starrten ins Leere. Ihre Pupillen waren extrem geweitet, sodass ihre Augen aussahen wie schwarze unheimliche Löcher. Sie sah entsetzlich aus. Hätte ihr Körper nicht geglüht und gezittert, er wäre davon überzeugt gewesen, er blicke in das Gesicht einer Toten.

Philip erkannte seine eigene Frau kaum wieder. Erneut schrie er auf, schlug sich die Hand vor den Mund und presste sie gegen seine bebenden Lippen. Seine Gedanken rasten und jetzt zitterte auch er. Wie gebannt starte er in das entsetzlich entstellte Gesicht seiner Frau.

Nur mit Mühe schaffte er es seinen Blick von ihr zu lösen, der dann, ohne sein willentliches Zutun, zum Fenster, zur Ecke, zur Decke wanderte.

Der rote Fleck! Der Fleck war noch immer da. Irgendwie wirkte er jetzt bedrohlich auf Philip. Er hob sich die Hand – mit welcher er diesen verursacht hatte – vors Gesicht; nahezu exakt in der Mitte seines Handtellers erkannte er eine gerötete Stelle, die noch in derselben Sekunde, in der er sie entdeckte, zu jucken begann. Er kratzte daran und seine Augen fixierten nun wieder das leichenähnliche Antlitz seiner Frau. Nur einen einzigen Gedanken später prallte er von ihr zurück. Sein Gehirn erkannte Verbindungen und zog Schlüsse, scheinbar ohne jedwedes Zutun seiner selbst.

Ich fühl mich schon ganz elend, echote es in seinem Kopf. Apathisch kratze er die Innenseite seiner Hand, bis sie blutete. Als er es bemerkte, sprang er aus dem Bett und stürmte ins Bad. Er riss die Aliberttür auf und kramte hastig ein Fläschchen Mercucrom hervor. Er betupfte seine Hand mit Klopapier und kippte dann Unmengen des Desinfektionsmittels darüber.

Als er die Tür des Spiegelschränkchens wieder schloss, betrachtete er sein Gesicht. Es wirkte ein wenig blass, ansonsten schien ihm jedoch alles okay zu sein. Allmählich beruhigte er sich ein wenig.

Philip sank auf den Badewannenrand, verbarg vornübergebeugt sein Gesicht in den Händen und zwang sich zum Denken. *Was war jetzt zu tun?*

„Simone!“, sagte er laut. Er sprang auf, zog sich an und ging zurück ins Schlafzimmer. Von der Tür aus erschien ihm die Situation unverändert; er zögerte.

Dann gab er sich einen Ruck und ging zu ihr. Er wickelte sie in eine der Decken und trug sie aus dem Haus. Die Treppe hinunter stöhnte sie einmal leise, ansonsten schien sie völlig weggetreten. Immer wieder sprach er sie an, versuchte er ihr zuzureden, aber Simone zeigte keinerlei Reaktion.

Als er sie ins Auto hievte und den Gurt um sie schloss, bemerkte er, dass ihr ein dünnes Rinnsal wässriges Blut aus der Nase lief. Tränen sammelten sich in seinen Augen, er ermahnte sich zur Eile.

Er startete den Wagen und schoss mit aufheulendem Motor rückwärts aus der Einfahrt, auf die Straße. Er bemerkte die Frau, die dort über einen Mann und ein Kind gebeugt kniete, zu spät. Es krachte und er hörte einen einzelnen kurzen Schrei. Mit aller Macht stieg Philip auf die Bremse und der Wagen kam quietschend zum Stehen. Kreideweiß vor Entsetzen riss er die Fahrertür auf und stürmte hinaus.

Weder vor noch hinter dem Auto war etwas zu erkennen. Für einen Augenblick gab er sich der unberechtigten Hoffnung hin, er hätte sich getäuscht. Doch dann bemerkte er die scheußliche rote Lache, die sich rasch unter seinem Wagen ausbreitete. In seinen Ohren begann es zu rauschen und sein Blickfeld wurde eigenartig schmal. Plötzlich kam es ihm so vor, als blicke er von außen auf die Geschehnisse. Teilnahmslos kniete er nieder und sah unter das Auto.

Ein bizarres Knäuel aus blutverschmierten Gliedmaßen bot sich ihm dar. In dem grotesken Durcheinander von menschlichen Körpern erkannte er ein lebloses Gesicht, das dem seiner Frau beängstigend ähnlich war.

Das Rauschen in seinen Ohren verstärkte sich zu einem Dröhnen. Ein warmes erstickendes Gefühl überwältigte ihn, und noch ehe Philip mit dem Kopf auf den Asphalt schlug, war er besinnungslos.

32 Gefecht

Als Jessica erkannte, dass ihr Makujato in seinem derzeitigen Zustand keine große Hilfe mehr sein konnte, wies sie das Wachpersonal an, ihn für unbestimmte Dauer in Gewahrsam zu nehmen. Sie übergab Nelson Makujatos Aktentasche, er sollte umgehend prüfen, inwieweit Makujato überhaupt noch von Nöten war.

Ihr selbst stand heute noch ein weiteres entscheidendes Treffen bevor.

Samuel und Tony waren wieder nach unten geeilt, doch bereits wenige Treppen tiefer vernahmen sie erneut Schritte und Stimmen. Sie verließen das Treppehaus möglichst geräuschlos durch die nächstbeste Tür und hofften, dass die Männer sie noch nicht bemerkt hatten. Hinter dieser Tür lag ein kurzer Gang mit nur drei Türen.

„Was jetzt?" fragte Samuel.

„Ich glaub zwar nicht, dass die uns gehört haben, aber sobald sie die Typen oben finden, geht's wieder los", entgegnete Tony. Er lauschte an der ersten Tür, dann öffnete er sie. Dahinter zeigte sich ein weiterer Gang mit etlichen Türen. Er schüttelte den Kopf und schloss sie leise. Die nächste Tür, die er versuchte, war verschlossen und hinter der dritten befand sich eine zweite schmale Treppe, die allerdings nur nach oben führte.

Die Laute aus dem Treppenhaus ließen jetzt darauf schließen, dass ihre Verfolger nun unmittelbar vor ihrer Tür sein mussten. Tony drängte Samuel zur schmalen Treppe, folgte ihm und zog sachte die Tür hinter sich zu. Sie lauschten.

Schritte und Stimmen kamen näher – dann entfernten sie sich wieder.

„Was sollen wir jetzt machen?", fragte Samuel. *„Sollen wir zurückgehen und schauen, ob wir unbemerkt nach unten kommen?"*

Tony antwortete nicht sofort, er schien angestrengt nachzudenken. Nach einer Weile sagte er: *„Okay, lass es uns versuchen."* Er wollte eben die Tür öffnen, als ein weiteres Mal Knackgeräusche aus dem Funksprechgerät drangen, das er noch immer bei sich trug. *An alle. Gefangene noch immer flüchtig. Code 7! Wahrscheinlich im Besitz von Schusswaffen! Ich wiederhole: Code 7! Sofort feuern!*

„Scheiße!", zischte Tony. Er hielt das Funkgerät noch in seiner Hand und lehnte gegen die Wand. Samuel betrachtete ihn im Halbdunkel des unzureichend beleuchteten kleinen Raumes. In Tonys Jeans steckten drei schwarze Pistolen und sein nass geschwitztes T-Shirt spannte prall über seiner mächtigen Brust. In diesem Zwielicht wurde Samuel nach langer Zeit wieder einmal Tonys furchteinflößender Schlächtervisage gewahr. Sein gewaltiger Nacken war gespannt und eine pochende, beängstigend hervorgetretene Ader kräuselte sich daran empor, bis zu seiner linken Schläfe.

„Na gut!", fauchte Tony. *„Wenn ihr es so haben wollt."* Er zog eine der Pistolen aus seiner Hose, entsicherte sie und reichte sie Samuel. Der nahm sie unbeholfen in die Hand und starrte verdutzt darauf. Tony griff sich eine der verbliebenen Waffen und im Hinausgehen keifte er über die Schulter: *„Ziel in die Mitte, dann triffst du am ehesten. Das bringt die Penner zwar nicht gleich um, tut aber saumäßig weh. Das sollte bei denen reichen, so hart sind die nicht."*

Samuel packte Tony an der Schulter. *„Ich will das nicht! Lass uns hier warten, vielleicht gehen sie ja vorbei."* Tony wirbelte herum, schlug Samuels Arm wie eine lästige Fliege beiseite und packte ihn am Kragen.

„Wenn die doch hier reinkommen", sagte Samuel schnell, *„können wir immer noch auf sie schießen."* Tony schien nachzudenken. Er ließ Samuel los und eilte durch die Tür. Er ging jedoch nicht hinaus ins Treppenhaus, sondern prüfte ein zweites Mal die andere – die verschlossene Tür. Er drückte die Klinke herunter und rüttelte sachte

daran, dann kam er zurück. Samuel glotzte ihn fragend an.

„Die hat kaum Spiel und die hier geht zu uns auf.“ Samuel begriff noch immer nicht. Tony bedeutete ihm leise zu sein, lauschte, dann brachte er sich in Position. *„Sorry Kleiner, hab wohl kurz die Nerven verloren“*, flüsterte er, ohne seinen Freund anzusehen. Samuel wollte etwas erwidern, aber Tony hob warnend die Hand.

Schritte.

Die Tür zum Treppenhaus wurde geöffnet.

Stimmen. Mindestens zwei Männer standen jetzt unmittelbar vor ihrer Tür; Tony stemmte sich dagegen.

„Hier geht's zu den Lagerräumen“, sagte eine der Stimmen. *„Die hier ist zu, was ist mit der da?“*, eine Zweite.

Tony spannte seine Muskeln. Samuel sah, wie die Klinke nach unten wanderte und er hörte: *„Die ist auch zu, lass uns die Lagerräume checken.“*

Stimmen und Schritte entfernten sich erneut und waren alsbald verklungen. Tony entspannte sich, Samuel stieß hörbar die Luft aus. Eine halbe Minute warteten sie noch, dann schlichen sie vorsichtig zum Treppenhaus. Dort angekommen eilten sie schnell, aber möglichst geräuscharm hinunter. Auf jedem zweiten Treppenabsatz zeigte sich ein schmales Fenster. *„Noch vier, maximal fünf Stockwerke“*, flüsterte Tony, *„und wir sind unten.“*

Unten angekommen blieben sie lauschend vor der einzigen, sich dort befindlichen Stahltür stehen. Samuel blickte Tony fragend an, der erwiderte dessen Blick und nickte. Er öffnete die Tür, vor ihnen lag einmal mehr ein langer Gang mit etlichen Türen. Niemand war zu sehen.

Als sie etwa zu einem Drittel hineingegangen waren, entdeckte Samuel tanzende Schatten an der Wand am anderen Ende. Erst jetzt bemerkte er, dass sie hier auf Teppich liefen und Schritte somit kaum zu hören waren. Der Gang machte offensichtlich eine Biegung nach rechts, und um diese kamen eben drei Männer.

Samuel blieb wie angewurzelt stehen. Ein Schuss krachte und gleich darauf ein zweiter. Schreie – dann weitere Schüsse. Samuel warf sich zu Boden, am anderen Ende des Gangs brachen drei Männer zusammen; sie hatten keine Chance, offenbar hatten sie nicht damit gerechnet.

Über Samuel stand Tony. In beiden Händen hielt er eine Pistole, und aus dem Lauf der einen stieg tatsächlich dünner Rauch. Samuel erschien die Situation wie die Szene eines Filmes. Während er sich seltsam benommen aufrappelte, stürmte Tony bereits zu den Männern hinüber. Einer von ihnen schien in der Tat tot zu sein. Er war am Kopf getroffen worden, er lag in einer riesigen Lache aus Blut. Als Samuel zu ihm aufschloss, riss Tony einen andern Mann auf die Beine, schüttelte ihn und schrie: *„Wo zum Teufel kommen wir hier raus?“*

Der Mann röchelte jedoch nur mehr, sein Kopf baumelte haltlos von der einen zur anderen Seite. Der dritte Mann lag mit dem Gesicht nach unten auf dem Boden und irgendwie wollte der so gar nicht zu den beiden anderen passen.

Plötzlich schlug hinter ihnen die Treppenhaustür auf und augenblicklich knallte es. Samuel sprang reflexartig in den Seitengang und auch Tony reagierte geistesgegenwärtig. Mit einer akrobatischen Rolle rettete er sich um die Ecke und riss dabei den am Boden liegenden dritten Mann mit sich. Ein wahrer Kugelhagel krachte in die Wand, den Boden und die Decke.

„Ihr seid ja wahre Meisterschützen!", schrie Tony. Noch auf dem Boden liegend streckte er beide Hände um die Ecke, feuerte blindlings auf die Angreifer, was sogleich Wirkung zeigte. Ein Schrei – dann schlugen Türen. Der Kugelhagel verstummte jedoch nur für einige Augenblicke. Tony sprang auf und packte den Mann. Wieder krachten Kugeln in die Wand und den Boden.

„Ja, ballert ihr nur! Hier vor traut ihr euch ja doch nicht!", rief er spöttisch. Er zerrte den Mann mit sich den Gang entlang, Samuel folgte ihm. Achtlos warf Tony die Waffe – die er eben noch in seiner Rechten gehalten hatte – zu Boden,. die andere hatte er bereits an der Ecke zurückgelassen. *„Gib mir deine, die hier is' alle!"*, befahl er Samuel. *„Du trägst sie ja eh nur spazieren."* Samuel tat wie ihm geheißen, insgeheim war er froh darüber, dass er das Ding los war.

Als sie um eine weitere Biegung kamen, endete der Gang nach wenigen Schritten vor einer großen Glastür. Durch die Scheibe erkannten sie eine Art Empfangshalle, in welcher sich – so weit sie das von dort erkennen konnten – nur ein einzelner Mann befand. Der stand an der Eingangstür, telefonierte, und redete gleichzeitig auf eine Menschenmenge ein, welche sich davor versammelt hatte. Während er offensichtlich vergeblich versuchte die Leute davon zu überzeugen, dass das, was sie gehört hatten, keine Schüsse waren, hielt er sich mit seiner linken Hand ein Handy ans Ohr, während seine Rechte hinter seinem Rücken den Griff einer Pistole umklammerte.

Tony stieß die Tür auf und schoss ihm ohne zu zögern zweimal in den Rücken. Die Menschenansammlung begann augenblicklich zu kreischen und stürmte panisch auseinander. Tony jagte auf die Straße hinaus und feuerte noch zweimal in die Luft. Menschen rannten schreiend in alle Richtungen, eine Frau versuchte hektisch ihren direkt vor dem Eingang geparkten Wagen zu starten. Tony riss die Beifahrertür auf und war mit einem Satz neben ihr.

„Verpiss dich, du Fotze!", schrie er sie an und drückte ihr buchstäblich die Knarre aufs Auge. Die Frau stürzte sich aus dem Wagen, taumelte kreischend davon. Nur eine einzige Sekunde später stand Tony wieder neben Samuel. *„Schwing deinen nutzlosen Arsch auf den Beifahrersitz!"*, befahl er. Er packte den noch immer regungslosen Mann auf die Rückbank, schlug die Tür zu und war mit einem einzigen mächtigen Satz neben der Motorhaube. Einem Stuntman gleich rollte er sich über die Haube zur anderen Seite. Fassungslos starrte Samuel durch die Windschutzscheibe, er konnte kaum glauben, was um ihn herum geschah.

Als Tony sich einen Augenblick später auf den Fahrersitz warf, schwankte der ganze Wagen. Er drehte den Zündschlüssel um, riss den Automatikhebel von P auf D und rammte seinen Fuß aufs Gaspedal. Mit einem mächtigen Satz und kurzem Pfeifen schoss der Wagen los. Tony steuerte ihn rasant um die nächste Straßenecke, verringerte dort jedoch sogleich rapide das Tempo und parkte dann sogar am Randstein.

„Runter!“, schrie er und warf sich auf Samuel. Der Mittelklassewagen bot kaum genug Platz für dieses Manöver. Tonys massiger Körper quetsche Samuel in den Fußraum der Beifahrerseite. Erst jetzt vernahm Samuel die heranstürmenden Sirenen.

Schwer lastete sein zentnerschwerer Kumpel auf ihm, drohte ihn schier zu ersticken. Als die Streifenwagen vorüber waren, verharrte Tony noch einige – Samuel endlos lang erscheinende – Sekunden in ihrer beengten Position. Samuel spürte, wie ihm die Beine taub wurden, und mit jeder weiteren Sekunde verstärkte sich die klaustrophobische Panik, die ihn ergriffen hatte.

Als Tony ihn endlich wieder frei gab, befürchtete Samuel, er hätte sich ernsthafte Verletzungen bei dieser Aktion zugezogen. Er fühlte sich wie von der sprichwörtlichen Walze überfahren. Tony blickte sich hektisch um, dann fuhr er in zügiger, aber unauffälliger Fahrt davon. Samuel fand seine schlimmsten Befürchtungen nicht bestätigt. Abgesehen von ein paar ordentlichen blauen Flecken, hatte er wohl keine ernsthaften Folgen zu erwarten.

Auf der Rückbank stöhnte ihr Gefangener, allmählich kam er zu sich.

33 Prophezeiung

„Es war nicht sonders schwer Euch zu finden“, sagte Rahula. *„Ihr hattet mir ja prophezeit, dass wir uns in Mitteleuropa wieder sehen würden, und Eure Aura scheint mir heute weit mächtiger als damals.“*

„Ja“, erwiderte Dannthe, *„und erinnert Ihr Euch auch an das andere, was ich Euch vorhergesagt habe?“*

„Ich habe es nicht vergessen.“

„Die Zeit ist nun reif, Ihr werdet sie bald schon treffen.“

„Wie könnt Ihr Euch da sicher sein?“, fragte Rahula.

„Es steht geschrieben, so wie alles geschrieben steht“, antwortete ihm Dannthe. *„Ihr wisst es. Und wenn Ihr mir keinen Glauben schenken wollt, dann erinnert Euch.“* Rahula sah Dannthe durchdringend an, verwundert über dessen Aufforderung. Dannthe selbst hatte ihn über die *vorwärtsgerichtete Erinnerung* aufgeklärt. Sie war eine der Gaben, und ebenso ein Fluch.

Wenn er es wollte, konnte er sich in die Zukunft *erinnern.* Jeder von ihnen hatte diese Gabe, der eine mehr – andere weniger. Wenn er seinen Geist konzentriert auf das Schicksal einer beliebigen Person richtete, konnte er deren Zukunft sehen. Nicht im Detail und nicht alles umfassend, aber doch gut genug für das Wesentliche. Auch sein eigenes Schicksal lag ihm auf diese Weise offen und nicht nur einmal hatte er hiervon Gebrauch gemacht.

Die ersten Male waren eher zufällig passiert, aus Grübeleien über sein wundersames Dasein. Mit der Zeit jedoch begriff er die Bedeutung, erkannte er die Methode. Es gab Übungen den Geist hierauf zu schulen. Dazu bedurfte es unumstößlicher Geduld und sehr viel Zeit. An Letzterem mangelte es ihm wahrlich nicht, und mit Geduld – dies hatte er früh schon erkannt – war nahezu alles erreichbar.

Er hatte Jahrzehnte darauf verwandt, und mit den Jahren wurden aus vagen Zukunftsahnungen unumstößliche Tatsachen. Hatte er anfangs nur ungefähre Tendenzen auf große Zeiträume erahnt, so konnte er zuletzt oft einzelne Ereignisse beinahe auf die Stunde genau vorhersagen.

Je gewichtiger ein zukünftiges Ereignis jedoch ist, desto schwieriger ist es zu entschleiern. Nur die Allermächtigsten unter ihnen hatten eine vage Ahnung vom Verlauf der letzten Wahl und nicht einer von ihnen war stark genug, deren Ausgang vorherzusehen.

Alles steht geschrieben. Alles wird genau so geschehen, wie es bestimmt ist. Und da alles bereits fest steht, kann es auch vorhergesagt werden. Genau hierin liegt der Fluch. Was nützt einem Wissen um Zukünftiges, wenn sich daran nichts ändern lässt. Offenbart sich einem in einer solchen Vision ein unschönes Ereignis, so wird auch die gesamte Zeit bis zu dessen Eintreten zur Qual. Und selbst wenn der Blick in die Zukunft zur eigenen Zufriedenheit ausfällt, ist dies wenig erbauend, da jegliche Energie, die trotz des Wissens, dennoch aufgewandt werden muss, sinnlos erscheint, und letztlich selbst das Eintreffen des ohnehin Erwarteten bedeutungslos bleibt.

Dannthe hatte ihn seinerzeit auch hierüber aufgeklärt und davor gewarnt. *Es ist wenig ratsam sich über Dinge zu ereifern, die außerhalb unseres Einflusses liegen,* hatte er gesagt. Warum also wies er ihn jetzt darauf hin?

Dannthe schien Rahulas Gedanken zu erahnen, denn er sprach nun schneller als gewohnt: *„Habt nur mehr ein wenig Geduld, und Ihr werdet sehen."*

„Daran soll es nicht scheitern", bemerkte Rahula, *„ich habe gelernt zu warten."*

„Das haben wir alle", sagte Dannthe, dann folgte eine lange Weile des Schweigens.

Rahula war es, der sie nach Minuten durchbrach: *„Ich habe auch Sadhvena gefunden, sie scheint mir um nichts an Stärke gewonnen zu haben."*

„Täuscht Euch nicht. Auch ich habe sie beobachtet, sie hat Tiefdunkles im Sinn. Ihre Vorkehrungen sind nahezu abgeschlossen, Sadhvena kann nun bald schon enorme Macht erlangen." Rahula wusste, dass Sadhvena die größte Gefahr darstellte. Dannthe hatte ihn bereits bei ihrer ersten Zusammenkunft mit Nachdruck darauf hingewiesen. Sadhvena war – nach den Worten Dannthes – der Inbegriff des Dunklen, die vollkommene Verkörperung des Bösen. Nur mit vereinten Kräften – hatte Dannthe ihn gewarnt – könnte verhindert werden, dass sie Einfluss im Rat erlangte.

Er hatte ihm prophezeit, dass **er** für den letzten freien Platz im Rat bestimmt war, und es somit seine Pflicht sei, sich ihr zu stellen. Auch hatte er ihm prophezeit, dass sie gemeinsam für das Halbblut verantwortlich waren; er habe seinen Teil bereits erfüllt, nun lag es an ihm, das Seine beizutragen; auf dass die Menschen vor dem ewigen Bösen bewahrt werden können. Rahula lag viel am Schicksal der Menschen, er hatte nicht vor, sich seiner Verantwortung zu entziehen.

„Seid auf der Hut", sagte Dannthe, *„lasst sie nun nicht mehr aus den Augen. Ich kümmere mich um das andere."* Rahula nickte stumm.

„Geht jetzt, wir werden uns bald schon wieder sehen."

34 Die Azteken

Professor Lupp wirkte mit einem Mal sehr müde. Er bat um eine Unterbrechung, er erklärte, dass er etwas Zeit benötige, um all die Informationen für sich zu ordnen. Agent Harley zeigte sich verständnisvoll, wenn auch offenkundig wenig erfreut. Er wies einen der Soldaten an, er solle den Professor und dessen Assistentin in einen ruhigen Raum geleiten, und alles besorgen, was der Professor verlangte.

„Nehmen Sie sich so viel Zeit wie Sie brauchen", sagte er, als sich der Professor mühsam erhob. *„Aber bedenken Sie, dass sie drängt. Wir haben über das Wichtigste noch gar nicht gesprochen."* Morgan schaute überrascht auf und Agent Harley stockte: *„Ich ..., mmh ..., wir werden uns dann später darüber unterhalten. Morgan, Sie können ebenfalls gehen."* Morgan zeigte unverhohlen seine Enttäuschung, er stand auf und verließ beleidigt den Raum.

Als der Soldat hinter sich die Tür des Raumes, in welchen er die beiden geführt hatte, zuzog, ließ sich Lupp mit einem langen schweren Seufzer in einen der Sessel fallen, die dort bereitstanden. Annika betrachtete ihn sorgenvoll. Der Professor schien ihr in den letzten Minuten um Jahre gealtert. Er hing kraftlos mit geschlossenen Augen im Sessel, sein ansonsten so gesund wirkendes Gesicht war schlaff und er stöhnte und schnaufte wie ein alter Mann.

Natürlich *war* er ein alter Mann, aber Annika hatte ihn bisher nur als lebenslustigen, energiegeladenen Menschen erlebt. *So* hatte sie ihn während der gesamten 7 Monate nicht erlebt. Allein der Weg hierher, vom Besprechungszimmer in diesen Raum, schien ihn alle Kraft gekostet zu haben, die er noch besessen hatte.

Annika trat zu ihm an den Sessel, berührte ihn sanft an der Schulter und fragte: *„Geht es Ihnen nicht gut? Kann ich irgendetwas für Sie tun, möchten Sie vielleicht ein Glas Wasser?"*

Der Professor öffnete unverhofft ein Auge. *„Ein Kognak wäre mir lieber"*, sagte er schelmisch.

Annika glotzte ihn verdutzt an. Lupp öffnete auch das zweite Auge, grinste breit und mit einem Mal schien er wieder ganz der Alte zu sein. Er sprang geradezu aus dem Sessel auf, klatschte in die Hände und rieb sie sich. „*Ha!*“, sagte er triumphierend, „*selbst du bist darauf hereingefallen!*“ Annika war fassungslos.

„*Solche Leute haben's immer so ungemein wichtig. Reicht man denen den kleinen Finger ..., na ja, du weißt schon.*“ Annika schüttelte ungläubig den Kopf, sie sah den Professor durchaus ein wenig vorwurfsvoll an.

„*Was?*“, fragte er mit gespielter Entrüstung. „*Ich habe eine Pause gebraucht – und so ging es am einfachsten. Alt zu sein, Annika, hat auch so seine Vorzüge. Nicht sonderlich viele – aber manchmal hilft's.*“ Jetzt musste auch Annika grinsen. Sie entdeckte immerzu neue Seiten am Professor, er schaffte es andauernd sie zu überraschen. „*Sie scheinen mir ja ein ganz schlimmes Schlitzohr zu sein*“, rügte sie ihn mit erhobenem Zeigefinger.

„*Ich bitte mir ein wenig mehr Respekt vor dem Alter aus, junge Dame*“, entgegnete Lupp fröhlich.

Annika wechselte das Thema: „*Was meinten Sie, als Sie vorhin von ihrer Forschung über die Vorkulturen der Azteken sprachen? Sie haben diese mir gegenüber noch nie erwähnt.*“

„*Das liegt lange zurück, Annika. Als Jungsporn suchte ich das Abenteuer. Ich studierte mit Vorliebe fremde, geheimnisumwobene Kulturen und bereiste gern ferne Länder. Die Azteken, die Inka oder die Maya waren da natürlich sehr verlockend.*“ Ein deutlich ernsterer, aber auch irgendwie träumerischer Ausdruck lag nun auf dem Gesicht des Professors.

„*Anfangs eignete ich mir all das Wissen an, wie dies schon viele vor mir getan hatten. Es war aufregend, es gaukelte mir vor, Neuland zu betreten. Und eines Tages dann – betrat ich wirklich welches.*“ Er lächelte.

Annika lauschte erwartungsvoll, aber nun schwieg Lupp lange. Er lächelte weiterhin, schien aber in Gedanken. Dann schüttelte er plötzlich den Kopf, rieb sich die Stirn und sagte: „*Mit wenigen Worten, ich entdeckte eine bis dahin unbekannte Kultur, verwandte fast 20 Jahre darauf sie zu studieren und am Ende wollte niemand etwas davon hören.*“ Annika glaubte ein wenig Trauer oder Enttäuschung in der Stimme des Professors zu hören. „*Erzählen Sie mir mehr davon*“, bat sie.

Lupp sah sie lange abschätzend an, ehe er meinte: „*Also gut, aber da muss ich ein wenig weiter ausholen.*“

„*Holen Sie Professor, ich liebe es, wenn sie das tun.*“

Lupp grinste: „*1519 betraten spanische Soldaten, angeführt von Hernán Cortés, Tenochtitlán – die Hauptstadt der Azteken. Die Azteken hatten das Zentrum ihres Reiches 1325 errichtet und eine Gesellschaft erschaffen, die kulturell hoch entwickelt und reich an Gold war. Sie hielten sich selbst für das auserwählte Volk, dazu bestimmt, über andere zu herrschen.*

Sie wurden zu einem ungemein kriegerischen Völkchen, da ihr Kriegsgott Huitzilopochtli dem Mythos nach ständig frische Blutopfer forderte. Den Kriegsgefangenen wurden bei lebendigem Leibe die Herzen herausgerissen; einmal wurden bei einer Zeremonie nicht weniger als 12.000 feindliche Soldaten hingerichtet.

Ein anderer Mythos – der um die Rückkehr des Gottes Quetzalcóatl – wurde ihnen letztlich zum Verhängnis. Einer Prophezeiung zufolge sollte Quetzalcóatl aus dem Osten zurückkehren, um seinen Thron zu beanspruchen. 1519 hielten sie den spanischen Eroberer Cortés für jenen Gott und hießen ihn – gefolgt von knapp 500 Soldaten – in Tenochtitlán willkommen. Ein Irrtum, der das Schicksal der Azteken besiegelte.

Cortés übernahm das Kommando und im Jahr 1521 wurde die Stadt mit der Unterstützung der mit den Azteken verfeindeten Tlaxcalteken vollständig zerstört." Lupp betrachtete Annika, sie hing gespannt an seinen Lippen.

„*Hernándo Cortés, spanischer Konquistador, der Eroberer Mexikos*", betonte Lupp sarkastisch. „*Cortés war bereits 1504 auf Haiti und 1511 beteiligte er sich an der Eroberung von Kuba. Zwischen 1519 und 1521 eroberte und zerstörte er das Reich der Azteken.*

Schon 1517 entdeckte der Spanier Francisco de Córdoba die bereits vom Dschungel überwucherten Ruinen, der einstigen Stadt Chichén Itzá. Die wenigen noch intakten Steingebäude, Marktplätze und Tempel, zeugten von der längst untergegangenen Kultur der Maya. Hier kamen die lieben Eroberer zu spät – aber es gab ja noch andere. Innerhalb von nur 50 Jahren waren die Inkas die zweite Hochkultur die die Spanier vernichteten.

Wusstest du, dass die Inkas mit ihrem 24.000 Kilometer langen Straßennetz selbst die Römer übertrafen?" Annika schüttelte den Kopf.

„*Die spanischen Eroberer steckten zuletzt die Grenzen für ein Reich ab, welches zweimal so groß wie Europa war. Und natürlich geschah dies alles mit dem vom Papst verbrieften Besitzanspruch auf alle entdeckten Länder.*" Die Gesichtszüge des Professors verhärteten sich.

„*Im Namen der Kirche wurden so viele Gräueltaten begangen ...*", hob er in scharfem Ton an, unterbrach sich jedoch sogleich, als er die Veränderung in Annikas Gesicht bemerkte. Zu Genüge hatte er ihr dies Thema bereits dargelegt. Annika war tolerant und offen, aber doch streng katholisch erzogen worden. Sie hatte den Professor nie wirklich kritisiert – wenn er ihr seinen Frust über die Verbrechen der Kirche offengelegt hatte –, aber es war offenkundig, dass ihr dieses Thema Unbehagen bereitete und sie seine Meinung diesbezüglich nicht immer teilte. Auch jetzt stand es ihr deutlich ins Gesicht geschrieben und der Professor reagierte.

„*Nach langer Wanderschaft erreichten die Azteken um 1.200 nach Christus das Hochtal von Mexiko; sie selbst nannten sich einige Zeit Mexika. Anfangs waren sie ein kleiner Jägerstamm gewesen und von den bereits im Hochtal siedelnden Kulturen, waren sie zunächst unterdrückt und mehrfach vertrieben worden. Schließlich waren sie auf die Inseln im Mexiko-See geflüchtet, wo sie ihre Hauptstadt Tenochtitlán 1370 gründeten, was dann wohl die Wende brachte. Unter der Führung einiger äußerst erfolgreicher Herrscher expandierten sie bis an den Golf von Mexiko – überall errichteten sie Stützpunkte.*

Sie pflegten die unterschiedlichsten Kulte und verehrten neben den eigenen Gottheiten, auch solche aus früheren Kulturen. Von den Tolteken übernahmen sie den Quetzalcoatl und erwarteten seine Wiederkehr aus dem Osten. Zu Ehren des Sonnen- und Kriegsgottes Huitzilopochtli brachten sie Menschenopfer dar und für den Gott der Fruchtbarkeit – Xipe Totec – wurden die Herzen der Opfer herausgerissen und ihnen die Haut abgezogen. So wurden aus den anfänglich friedlichen Jägern grausame Krieger.

Die Tolteken, Mixteken und Zapoteken gelten als deren Vorkulturen. Wobei die zuletzt genanten Zatopeken, die wahrscheinlich älteste Kultur war. Sie entwickelte sich im ersten Jahrtausend und hatte ihre Blütezeit etwa 500 bis 800 vor Christus.

Die wenig erforschten Schriftzeichen der Zapoteken sind älter als die der Maya, Mixteken und Azteken. Ähnlich wie die Mayas entwickelten sie eine bis heute nicht restlos entzifferte Bilderschrift sowie ein Rechensystem, mit der Zahl 20 als Grundzahl und der 0 als Rechenwert."

Annika lauschte gespannt, obgleich ihr der Kopf allmählich zu schwirren begann.

„Kannst du mir noch folgen?", fragte Lupp. Annika rollte die Augen, nickte aber.

„Nun gut. Das ist ***das****, was du in den Geschichtsbüchern nachlesen kannst."* Die Pupillen des Professors weiteten sich und Annika ahnte, dass jetzt das eigentlich Wichtige kam.

„Eingeritzt in Holz, Knochen und in Stein, fand man Aufzeichnungen über einen Mythos. So wie das Aztekenreich auf der Kriegsführung beruhte, war ihrer Mythologie nach auch der Schöpfungsakt von Konflikten geprägt gewesen. Mehrmals hatten die Götter eine Welt erschaffen und mehrmals hatten sie sie wieder zerstört bis letztlich unsere heutige Welt entstanden war."

35 Milo

Valleri Tomas stand am Terrasserand ihres Hauses und trank schwarzen Kaffee. Ihr Tag war hektisch gewesen, jetzt fühlte sie sich leer und erschöpft. Ihre Gedanken trieben haltlos umher, Kopfschmerzen kündigten sich an.

„Hallo Vall.“

Sie hatte diese Stimme seit einer Ewigkeit nicht mehr gehört, rund 30 Jahre musste es her sein, aber sie erkannte sie sofort. Ein eisiger Schauer zog sich ihren Rücken hinauf, nur zaghaft wandte sie sich um. Ihr Herz wusste es augenblicklich, doch ihr Verstand wollte es nicht wahrhaben, selbst als ihre Augen ihn sahen.

Milo stand vor ihr, lächelte sie an. Valleri's Knie wurden weich, drohten ihr den Dienst zu versagen. Das Herz schlug ihr bis in den Hals hinauf und ihre Kehle wurde staubtrocken. *„Hallo Milo“*, krächzte sie heiser.

„Wie geht es dir?“ fragte er sanft. Valleris Augen wurden glasig. Sie wollte eben antworten, als sich hinter ihrem Rücken jemand näherte. Milos Augen wichen von ihr ab, fixierten etwas dahinter. Hastig fuhr Valleri herum.

Ela traute ihren Augen nicht. Genau wie in ihrem Traum stand ihre Mutter bei diesem Mann. *„Wer ist das?“*, schrie sie beinahe hysterisch, schnellen Schrittes eilte sie heran.

Valleri wurde schwindlig, sie musste sich setzen.

36 Namenlos

Als Philip erwachte, fühlte er sich krank. Nicht nur dass sein Kopf höllisch weh tat, es kam ihm so vor, als steckte er mitten in einer richtig schlimmen Grippe. Sein gesamter Körper schmerzte und seine Gedanken krochen zäh hinter seiner pulsierenden Stirn. Der harte Untergrund – auf dem er lag – verwirrte ihn. Er glaubte Fieber zu haben und schien nass geschwitzt zu sein, denn sein Rücken fühlte sich feucht an.

Als er sich vorsichtig aufstützte, wurden auch seine Hände nass und er hob sie sich vors Gesicht. Nur mehr eine einzige Sekunde hielt seine gnädige Verwirrung, dann kehrte die grausame Erinnerung mit voller Wucht zurück.

Seine Hände waren dunkelrot, von dem Blut, in dem er lag. Entsetzt sprang er auf und sein geschwächter Körper bestrafte ihn sogleich mit einem heftigen Schwindelanfall. Taumelnd stürzte er gegen das Auto und er krallte sich an der Dachreling ein. Die Schwärze, die dumpf nach ihm griff, ließ einen Augenblick später bereits wieder nach – es wurde besser. Alles andere wurde mit jeder weiteren Sekunde schlimmer.

Durch die Seitenscheibe erkannte er seine Frau. Noch ein wenig wackelig zog er sich zu ihr in den Wagen. Hatte er zuvor geglaubt, sie sähe furchtbar aus, so musste für das, was er jetzt sah, ein neues Wort gefunden werden.

Das Ding, das da im Auto lag, war nur mehr den Umrissen nach ein Mensch. Ein Rumpf, Arme, Beine, ein Kopf. Aus dem Mund, der Nase, den Ohren und Augen, troff wässriges Blut. Die Augen zu schwarzen Löchern geworden und der Mund weit aufgerissen; im verzweifelten Todeskampf zu einer entsetzlichen Fratze entstellt. Die Haut, grau und aufgedunsen, schien in Zersetzung befunden, sie löste sich an vielen Stellen in blasigen Fetzen ab.

Philip schrie wie von Sinnen, als er das Auf und Ab des Brustkorbes bemerkte und begriff, dass seine Frau noch immer am Leben war. Namenlose Angst ergriff ihn, denn in seinem Innersten wusste er, dass ihm genau das gleiche Schicksal bevorstand.

Allein die Gewissheit des nahen Todes war jedoch nicht das Furchtbare. Aber vor Augen geführt zu bekommen, welch endlos grausame Stunden des Leidens ihn dorthin begleiten würden, entfachten in ihm eine wahre Feuersbrunst des Entsetzens – was ihn geradewegs in den Wahnsinn trieb.

Rasende Angst beherrschte jede einzelne Zelle Phillips zum Sterben verurteilten Körper. Und ebenso wie ihm, erging es Tausenden anderen an diesem Tag. Unaussprechlich war das unfassbar grausame Leid, das ihnen widerfuhr; ebenso unaussprechlich, wie das durchdringende Glück, welches den wahren Verursacher in gleichem Maße befriedigte.

37 Indien

Milo hatte Valleri zum Tisch und den Stühlen hingestützt. Jetzt saß sie da und verbarg ihr Gesicht.

„Wer ist das?“, wiederholte Ela ihre Frage.

„Sag es ihr, Vall, ich werde nicht lügen“, bemerkte Milo ruhig. Seine Hand ruhte sanft auf Valleris Schulter, während er Ela freundlich ansah. Ela sah kurz zu ihm auf, dann starrte sie wieder ihre Mutter an.

„Er ist ...“, begann sie zaghaft, *„er ist dein Vater.“*

Ela hatte es gewusst. Sie wusste es, noch ehe ihre Mutter es zugab. Sie wusste es schon die ganze Reise über, seit sie Lisa zurückgelassen hatte und in den Flieger gestiegen war; eigentlich schon in der ersten Sekunde nach ihrem Traum. Nur hatte sie nicht erwartet, ihm so bald schon gegenüberzustehen. Unsicher blickte sie ihn an.

Er lächelte: *„Mein Name ist Milo. Es freut mich sehr, dich nach so langer Zeit endlich wieder zu sehen.“*

Ela war erstaunt wie gefasst sie war, dennoch blieb sie stumm.

„Lasst uns ins Haus gehen“, fuhr er fort, *„dann können wir reden. Vall, vielleicht möchtest du einen Schluck Wasser trinken, oder dich ein wenig hinlegen.“*

Ela begriff nicht, was geschah. Sie hatte sofort gewusst, dass er ihr Vater war; mit dem Verstand – aber auch ihr Herz akzeptierte ihn. Wie konnte das sein? Sie kannte diesen Mann noch nicht einmal eine Minute – und doch empfand sie für ihn …

…als seine Tochter!

Milo half Valleri aufstehen, widerstandslos ließ sie sich von ihm ins Haus führen. Ela folgte ihnen schweigend. *„Möchtest du dich ein wenig ausruhen?“*, fragte Milo Valleri. Sie nickte nur.

*„**Ich** bringe sie nach oben!“*, fiel Ela in etwas zu hartem Ton ein.

Milo ruhig: *„Das ist eine gut Idee. Ich warte hier.“*

Ela geleitete ihre Mutter in deren Schlafzimmer im oberen Geschoss. Sie erkannte sie kaum wieder; scheinbar willenlos ließ sie sich von ihr zu Bett bringen. Immer war ihre Mutter eine starke Frau gewesen, die wusste, was sie wollte, die sich von niemandem dreinreden ließ. Das Wiedersehen mit Milo hatte sie offenbar völlig aus der Bahn geworfen.

Leise schloss Ela die Schlafzimmertür. Draußen auf dem Treppenabsatz blieb sie stehen. Sie wunderte sich noch immer, wie ruhig sie selbst blieb. Dort unten war ihr Vater, ein Mann, den sie noch nie zuvor gesehen hatte und trotzdem war er ihr nicht fremd. Unfähig ihre Gedanken zu ordnen – aber ohne Furcht – ging sie wieder nach unten.

Milo stand inmitten des Raumes, er empfing sie mit herzlichem, ehrlich wirkendem Lächeln. *„Ein wenig Ruhe wird ihr gut tun“*, sagte er. *„Lass uns ein Stück gehen, dabei kann ich dir von mir erzählen.“* Seine Stimme klang freundlich und vertrauensvoll. Angenehm schwang sie im Raum, ließ aber auch keinen Widerspruch gelten.

Ela willigte ein. Sie mochte ihren *Vater*. Er war ein sympathischer, Vertrauen erweckender Mann. Ruhe ging von ihm aus, Ruhe und Zuversicht.

Bis tief in die Nacht hinein waren sie umhergelaufen. Er hatte ihr seine Version der Vergangenheit erzählt, was einerseits sehr abenteuerlich klang, ihr aber andererseits – aus seinem Munde kommend – keinen Grund für Zweifel gab.

Die ganze Zeit über hatte sie still zugehört. Er hatte ihr geschildert, wie er ihre Mutter kennen gelernt hatte und wie *sie* ihn verlassen hatte. Sie war jung und ehrgeizig gewesen, hatte er ihr erzählt. Auf einer Studienreise nach Indien war er ihr ein erstes Mal begegnet. Er selbst lebte seit etwa 8 Monaten in diesem Land, damals arbeitete er für eine Mission der UNO. Sie hatten sich ineinander verliebt und Valleri hatte umgehend ein Auslandssemester in Indien arrangiert.

Zwei Monate hatten sie glücklich verlebt, dann war sie ungewollt schwanger geworden. Einer Abtreibung hätte er niemals zugestimmt, obgleich sie es gewollt hatte. Sie war etwa für ein Jahr in Indien geblieben, genau so lange, wie der Studiengang gedauert hatte und bis das Kind geboren war. Zu dieser Zeit hatten sie längst keinen Kontakt mehr gehabt, erst als sie entbunden hatte, hatte sie ihn wieder angerufen.

Du hast sie gewollt, du wirst dich um sie kümmern, hatte sie gesagt und ihn vor die Wahl gestellt: Entweder er behielt das Kind bei sich, oder sie wollte es zu Hause zur Adoption freigeben.

Ich habe damals nicht eine Sekunde gezögert, hatte Milo Ela versichert.

Ela war demnach bei ihrem Vater aufgewachsen, bis sie etwa fünfeinhalb Jahre alt war. Dann war Valleri Tomas wieder in Indien erschienen.

Ohne Umschweife hatte sie Milo eröffnet, dass sie die kleine Ela mit sich nehmen werde. Sie hatte ihm erklärt, dass **sie** von nun an dafür sorgen würde, dass es dem Kind an nichts fehle. Ela würde es gut bei ihr haben, sie hatte hart dafür gearbeitet. Sogleich hatte sie mit Gesetzen und Rechtsanwalt gedroht, deshalb hatte Milo eingewilligt – der kleinen Ela wegen.

„Du darfst deine Mutter deswegen nicht geringer schätzen oder gar verachten. Sie ist ein sehr ehrgeiziger Mensch, und letztlich hatte sie es auch für dich getan." Als Ela nach Stunden ein erstes Mal sprach, hörte sie sich selbst fragen: *„Wer ist Rahula?"*

Sie verstand selbst nicht, warum sie ihm ausgerechnet diese Frage stellte – wo doch so unendlich viele andere drängten.

38 Porno

„Wozu hast du denn einen von denen mitgeschleift?", wollte Samuel wissen, nachdem er sich einigermaßen beruhigt hatte.

„Das ist keiner von ***denen****! Bist du blind?"*

Samuel betrachtete den Mann genauer, erst dann erkannte er ihn. *„Das ist ja der Asiat aus dem Café!"*, stieß er überrascht aus.

„Du merkst aber auch alles, was?!", verspottete ihn Tony.

„Er scheint zu sich zu kommen", bemerkte Samuel nervös, *„was machen wir jetzt mit dem?"*

„Zunächst mal müssen wir die scheiß Karre loswerden. Die alte Krähe, der ich den Bock abgenommen hab, hat sich sicher längst bei den Bullen ausgeheult."

Sie waren bereits 4 Blocks weit gefahren, als Tony in eine schmale Seitenstraße einbog und erneut parkte. Makujato schlug eben die Augen auf. Ein brennender Schmerz wütete in seiner Schulter, er erinnerte sich sofort: Er sollte gerade weggesperrt werden, als plötzlich diese Typen aufgetaucht waren und sogleich das Feuer eröffnet hatten. Als er getroffen worden war, riss seine Erinnerung ab.

Makujato hatte keine besonders starke Konstitution, sein schwächlicher, alternder Körper reagierte auf jede noch so kleine Störung. Und so etwas *Triviales* wie etwa eine Schussverletzung – verursachte bei ihm eine sofortige *Systemabschaltung.*

„Wer seid ihr? Was wollt ihr von mir?", stammelte er schwach.

Tony würgte eben den Motor ab und fuhr zu ihm herum. *„Halt du mal schön die Schnauze, sonst bringen wir dich ruckzuck dahin zurück, wo wir dich herhaben!“*, fauchte er ihn an. Makujato zuckte zusammen und verstummte sofort. Der Mann, der ihn anschnauzte, war …

… war ein Monster! Um nichts in der Welt wollte er den verärgern.

Tony starrte Makujato noch einige Sekunden lang finster an, dann sprang er aus dem Wagen. *„Raus mit dir, und halt ja dein Maul!“*, brüllte er.

Makujato mühte sich, hatte jedoch zu kämpfen, nicht gleich wieder das Bewusstsein zu verlieren.

„Was hast du vor?“, mischte Samuel sich ein.

„Erstmal müssen wir möglichst schnell, möglichst weit von hier weg! Und zwar zu Fuß. Gib mir deine Jacke!“ Tony streckte Samuel fordernd eine Hand entgegen.

„Was willst du mit meiner …“, hob Samuel an.

„Mach schon!“, unterbrach ihn Tony. *„Der Schlitzi kann ja wohl schlecht mit 'nem blutigen Loch im Frack rumrennen. So kommen wir keine 10 Meter weit.“*

Samuel willigte missmutig ein; ihm war klar, dass eine für jedermann offensichtliche Schussverletzung jetzt sicherlich nicht sonderlich hilfreich war. Aber auch so erregten sie einiges an Aufsehen. Tony erregte ohnehin immer Aufsehen, und mit einem kreidebleichen Asiaten im Schlepptau – den er mehr wie eine Handtasche mit sich zerrte, als dass er ihn stützte – war er erst recht ein wahrer Hingucker.

„Wir müssen von der Straße“, zischte Tony Samuel zu. *„Wenn erstmal 'ne Fandung nach uns rausgeht, dauert es keine 2 Minuten bis uns wer erkennt. Drei flüchtige Männer, und na ja“*, er lachte heiser, *„darunter ein richtiger.“* Samuel nickte nur, ihm war jetzt nicht nach Tonys Scherzen. Makujato atmete schwer, er konnte sich kaum auf den Beinen halten.

„Da rüber!“, befahl Tony. Sie eilten quer über die Straße zur anderen Seite, direkt auf einen Eingang zu, der von roten Lauflichtketten umrahmt war. Tony drängte die beiden sogleich hinein.

Samuel sah sich um. Zu seiner Linken standen etliche Regale, randvoll gepackt mit unzähligen Dildos in allen denkbaren Farben, Größen und Formen. Auf der anderen Seite füllten hunderte Pornohefte die Auslagen.

Für alle Geschmäcker gab es reichlich Auswahl: DICKE DINGER, ANAL TOTAL, GERADE 18 oder REIFE OMAS lockten die Titel der einzelnen Regale. LOVERBOYS prangte auf dem direkt neben ihm; es war gespickt mit etlichen Schwulenpornos. Am Ende der Reihe stand ein ernst dreinblickendes Paar vor der Abteilung BRAUNE ZONE. Samuel wollte sich gar nicht erst ausmalen, was die beiden sich da ansahen.

Tony schubste ihn weiter in den Laden, zu einer kleinen abseits gelegenen Nische, in welcher ein Wäscheständer mit Latexhöschen auf Kundschaft wartete.

„Warum schleppst du uns ausgerechnet in einen Pornoschuppen?“, fragte Samuel kopfschüttelnd.

„Schau dich doch um“, entgegnete Tony, *„die sind hier alle restlos mit ihrer Geilheit und ihrem schlechten Gewissen beschäftigt, hier nimmt so schnell keiner von uns Notiz.“*

Tony hatte Recht. Etwa zwei Dutzend Männer und nur eine einzige Frau waren vollauf mit dem beschäftigt, was sie gerade taten, nicht einer schaute zu ihnen rüber. Die meisten blätterten schuldig dreinblickend in irgendwelchen Hochglanzillustrierten, oder stöberten unsicher in einer der vielen Ablagen mit DVDs und Videokassetten. Zwei junge Burschen kicherten mit hochroten Köpfen in einer Ecke und selbst der Typ an der Kasse schaute nur einmal kurz auf, dann blätterte auch er weiter in seinem ausgesuchten Heft. Seine eine Hand schlug in schneller Folge die Seiten um, während seine andere eben hinterm Tresen verschwand – weiß Gott, was der da trieb.

„Wie heißt du?“, fragte Tony Makujato mit fordernder, aber gedämpfter Stimme.

„Maku...“, der hatte Mühe zu sprechen, *„Makujato, Dr. Makujato“*, antwortete er schließlich.

„Doktor also, aha“, setzte Tony an. *„Also hör gut zu, Schlitzi. Ich will von dir mit wenigen Worten hören, was du mit den Vögeln zu schaffen hast und was das für 'n beschissener Verein is'. Und zwar pronto!“* Um seinen Worten den angemessenen Nachdruck zu verleihen, schraubte er seinen Griff – mit dem er Makujatos Arm noch immer umklammert hielt – eine Winzigkeit enger. Diese *Winzigkeit* bedeutete, dass Makujato für den Moment die Schmerzen seiner Schussverletzung komplett vergaß, so sehr schoss es ihm in den Arm; was einen erneuten, totalen Systemabsturz bei ihm auslöste – er sackte zusammen.

Tony rollte die Augen zur Decke. Er drehte sich etwas herum, sodass sein massiger Körper, den schlaffen Makujatos vor etwaigen neugierigen Blicken verbarg. *„Das is' ja zum Kotzen!“*, knurrte er. *„Dieses verdammte Weichei!“*

Wie eine lebensgroße Marionette trug er ihn vor sich her. Es hätte nur mehr gefehlt, dass Tony Makujatos Beine abwechselnd anhob, um den Eindruck zu erwecken, dass der lief. Samuel trottete hinterdrein, verdutzt verfolgte er zunächst dies skurrile Schauspiel, dann musterte er nervös die übrige Kundschaft. Plötzlich traf er den neugierigen Blick des Kassierers. Schuldbewusst zu ihm hinüberstarrend blieb er wie angewurzelt stehen. Als Tony dies bemerkte, zischte er: *„Geh zu ihm rüber! Mach das, was du am besten kannst!“*

Samuel zögerte. *„Beweg dich!“*, fauchte Tony und versetzte ihm einen schmerzhaften Rempler.

Fünf Sekunden später lief Samuels Hirn auf Hochtouren. *Du bist Profi – also handle auch wie einer!*

Die wenigen Schritte zu seinem Ziel hin sondierte er die Lage, wie er dies schon tausend Mal zuvor getan hatte. Als er erst einmal damit begonnen hatte, verselbstständigte sich sein Tun. Routiniert checkte er die Zielperson und plötzlich war alle Nervosität verschwunden. Jetzt war er gänzlich Herr der Lage.

Mitte 40, moderner Haarschnitt, sonnenbankgebräunter Teint, exzentrische Klamotten und im Ganzen eine auffallend gepflegte Erscheinung. Die Bewegungen und Gebärden wirkten verdächtig und ein flüchtiger Blick über den Tresenrand brachte die Bestätigung.

Samuel stand jetzt unmittelbar vor Sergej – zumindest stand dieser Name auf dem Schildchen an dessen Brust. Ein klein wenig verlegen wirkend klappte der sein *Männer*-Magazin zu, über welches Samuels Augen flüchtig gestrichen waren.

Ne Schwuchtel – leichte Beute, war Samuels letzter Gedanke, ehe er den Mund öffnete: *„Meine Begleiter und ich sind neu in der Stadt."* Sergejs Blick glitt zu Tony und Makujato hinüber und Samuel sagte: *„Siehst du den Riesen da? Seinem kleinen exotischen Freund ist ein wenig übel geworden. All das aufregende Zeug hier – das war wohl zu viel für ihn."*

Sergej musterte die beiden. In all den Jahren, die er den Laden jetzt schon betrieb, hatte er einige schräge Typen gesehen, aber dieses *Pärchen* war der Killer. Die Vorstellung, dass der hässliche Gelbe das Monstrum fickte, beflügelte seine Fantasie – es erregte ihn.

Samuel las in seinem Gesicht wie in einem offenen Buch. *Leg ruhig noch 'ne Schippe drauf, der verträgt einiges,* dachte er bei sich. *„Gibt es hier vielleicht ein ruhiges Plätzchen, wohin wir uns kurz zurückziehen können, wo mein großer Freund sich um ihn* ***kümmern*** *kann?"*

Etwas blitzte in Sergejs Augen auf. War es Misstrauen? Oder Vorfreude? Samuel war sich nicht sicher, er beschloss aufs Ganze zu gehen: *„Er ist* ***riesig****, wenn er das tut. Vielleicht willst du dich ja davon überzeugen?"*

Sergej war ein ausgesprochen passiver Homosexueller, mit einem ausgeprägten Hang zum Voyeurismus. Der Verlockung, den beiden beim Ficken zuzusehen und wer weiß, vielleicht ja sogar selbst noch etwas abzukriegen, erlag er sofort. Er eröffnete Samuel, dass er direkt überm Laden wohnte, überreichte ihm einen Schlüssel und zeigte auf eine Tür, durch welche sie über eine dort befindliche Treppe zu seinen Privaträumen gelangen würden. Samuel war erstaunt über die ungewöhnliche *Gastfreundschaft* Sergejs; aber die Welt der Perversen – zu welchen Sergej zweifelsfrei gezählt werden durfte – tickte eben doch etwas anders. Sergej versicherte ihm, dass er die Leute in wenigen Minuten aus dem Laden hätte und spätestens in einer halben Stunde zu ihnen *stoßen* würde. Samuel lächelte verheißungsvoll, innerlich wurde ihm schlecht.

Als er mit Tony zusammen Makujato die Treppe hinauf hievte, bemerkte Tony schadenfroh gackernd: *„Hast 'nen guten Job gemacht. Hat sich wohl in dich verliebt die Fluse."*

„Nee", entgegnete Samuel schmunzelnd, *„in dich."*

„Unrühmliche Umstände verhalfen mir zu einigen Steinblöcken, auf welchen Hinweise über die Vorfahren der Zatopeken zu finden waren.“

„Unrühmliche Umstände!?“, wiederholte Annika mit gedehnten Silben.

„Wie ich schon sagte – ich war Abenteurer. Ich hatte sie von zwielichtigen ***Kunstliebhabern****, na ja, sagen wir mal, erworben.“*

Immer wieder neue Seiten, dachte Annika, sie war zugleich erschüttert und fasziniert.

„Neunzehn teils mannshohe Granitbruchstücke, die richtig zusammengesetzt zu einer mehr als 10 Meter hohen Swastika ergänzt werden konnten.“

Annika stieß einen kurzen Quieklaut aus. *„Und die glauben“*, japste sie, *„dass ihre Steinswastika ursprünglich aus der Höhle in Griechenland stammt!“*

„Gut kombiniert“, lobte Lupp.

Auf Annikas Gesicht spiegelte sich nun die wilde Hetzjagd ihrer Gedanken und nach einigen Sekunden fragte sie: *„Aber wo ist der Zusammenhang mit den Zatopeken?“* Der Professor freute sich über das Interesse und die Aufmerksamkeit seiner Assistentin. *„Die Vorderseiten der Granitblöcke weisen Einkerbungen auf“*, hob er bedeutungsschwer an. *„Schriftzeichen!“*, sagte Annika strahlend.

Lupp nickte anerkennend. *„Es handelt sich um die gleichen, wie sie uns der Agent gezeigt hat.“*

Annika war begeistert. Der Professor erzählte ihr, wie er sich vor über 50 Jahren daran gemacht hatte, die bis dahin unbekannten Schriftzeichen zu entschlüsseln. Nach erheblichen Schwierigkeiten hatte er sich an etliche namhafte Kollegen gewandt, aber deren Interesse war nicht sonderlich groß gewesen. Die Zeichenketten schienen unvollständig und obendrein wurde deren Authentizität von den Meisten angezweifelt. Der Grund hierzu lag darin, dass die exakte Geometrie der Swastika und deren messerscharfe Kanten unmöglich aus einer Zeit stammen konnten, auf die Lupp sie datieren wollte. Radiokarbonmessungen oder dergleichen – die dies hätten belegen können – hatte es damals noch nicht gegeben.

Für kurze Zeit erregte der Fund sowohl in der Fachpresse, als auch in der Öffentlichkeit einiges Aufsehen; aber bald schon wurde er von angesehen Koryphäen als Fälschung eingestuft und geriet rasch wieder in Vergessenheit.

Die CIA muss ihre Hausaufgaben gründlich gemacht haben, hatte Lupp bemerkt, *dass die sich daran erinnert haben.*

Damals endete Lupps Leben als Abenteurer und das des zurückgezogenen Exzentrikers begann. Er berichtete Annika, dass er 20 Jahre lang fast seine gesamte Zeit auf die Entschlüsselung dieser Zeichen verwandt hatte.

Mit den Jahren war es ihm gelungen einzelne Fragmente zu verstehen; manche

Textpassagen konnte er trotz der fehlenden Randbereiche aus dem Zusammenhang heraus vervollständigen, andere hingegen bewahrten ihre Geheimnisse.

Als Lupp sich nach rund zwei Jahrzehnten am Ende seiner Möglichkeiten gesehen hatte, hatte er einen zweiten halbherzigen Versuch unternommen, seine Ergebnisse publik zu machen. Schon damals war ihm bewusst gewesen, dass er in dem recht zweifelhaften Ruf stand, ein Mann zu sein, der seine besten Jahre damit verschwendete, einer Sache nachzujagen, die mehrheitlich als Schwindel galt. Somit fand er auch diesmal wenig Gehör und seine Theorien wurden als unsinnige Spinnereien eines verblendeten Fanatikers abgetan. Und obgleich zu dieser Zeit eine zweifelsfreie Datierung der Fundstücke bereits möglich gewesen wäre, hatte Lupp damals resigniert.

Was steht denn nun auf den Bruchstücken geschrieben?, hatte Annika gedrängt.

Einige Passagen stellen zweifelsfrei einen Zusammenhang mit den Zatopeken oder auch direkt mit den Azteken dar, hatte der Professor ihr erklärt. Die Textfragmente, die er eindeutig entziffern konnte, berichten ebenfalls von einer Art mehrfacher Schöpfungsgeschichte vor kriegerischem Hintergrund. Da ist von Zyklen die Rede und von 11 Göttern oder Auserwählten. Eine Menge Zahlen sind zu finden, darunter vermutlich einige Jahreszahlen, und immer wieder tauchte direkt oder als Rechenwert die Zahl 11 auf.

Mehr als die Hälfte der Inschrift war leicht zu ergänzen und dadurch lesbar geworden; namentlich all jenes, was auf den senkrechten Balken der Swastika zu finden war; da hier nur die jeweils ersten und letzten Buchstaben der einzelnen Zeilen unvollständig waren. Ganz anders hingegen auf den Waagerechten. Dort waren ganze Zeilen halbiert und dadurch gänzlich unlesbar.

40 Dein Prinz

„Du erinnerst dich daran?“ fragte Milo ein wenig erstaunt.

„Erinnern!?“ Ela verstand nicht.

Milo sah sie durchdringend an. *„Ich habe dir als du klein warst oft von ihm erzählt“*, sagte er nach kurzer Weile.

Wieder traf Ela eine Art Tagtraum, eine Vision oder Eingebung. Sie dauerte nicht eine Sekunde, aber danach verstand sie – *erinnerte* sie sich. Ihr Vater hatte ihr als Kind immer wieder eingeschärft, dass sie etwas Besonderes sei. Alle Väter taten dies, aber er hatte ihr auch gesagt warum: *Wenn du einst erwachsen bist und die Zeit gekommen ist, wirst du deinem Prinzen begegnen und mit ihm in euer Königreich ziehen. Dort werdet ihr über alles herrschen, an seiner Seite wirst du deine Bestimmung erfüllen. Im Jahr der Entscheidung werden wir uns wiedersehen, dann werde ich dir Rahula zeigen.*

Die Kopfschmerzen waren bestialisch. Valleri lag mit halb offenen Augen im Dunkeln, Tränen benetzten ihre Wangen.

Oft hatte sie sich gefragt, ob sie ihn jemals wiedersehen würde, es insgeheim immer gehofft. Doch jetzt, da es geschehen war, hatte es sie wie ein Schlag getroffen. Er war die Liebe ihres Lebens geblieben, sie hatte nicht selten an ihren damaligen Entscheidungen gezweifelt. Hätte sie ihn nicht verlassen, wäre sie bei ihm und Ela in Indien geblieben, was wäre dann wohl aus ihrem Leben geworden?

Milo wiederzusehen war ein Schock. Er sah gut aus. Sehr sogar. Sie war damals Anfang 20 gewesen, er schon deutlich älter. Heute sah man, dass Valleri die 50 bereits überschritten hatte, obgleich sie sich gut hielt. Er hingegen, schien um nichts gealtert zu sein. Er wirkte vielleicht etwas reifer, aber er sah nicht einen Tag älter aus.

Wie würde Ela es aufnehmen? Das war ihre größte Sorge. Ihr Verhältnis war in letzter Zeit nicht gerade das beste gewesen und jetzt befürchtete sie ernsthaft, dass ihre Tochter sie hierfür hassen könnte.

Selbstzweifel und grässliche Kopfschmerzen hinderten Valleri am Einschlafen. Quälend hämmerte es hinter ihrer Stirn, Übelkeit kroch ihr die Kehle hinauf.

41 Black Out

„Was hast du der Schwuchtel für 'ne Scheiße erzählt?", tobte Tony.

„Entspann dich, Großer. Der steht halt auf 'n bisschen mehr", veralberte ihn Samuel; er bewegte sich auf verdammt dünnem Eis.

Als er die Wohnungstür aufgesperrt hatte und Tony Makujato achtlos auf ein Sofa geworfen hatte, eröffnete der ihm: *„Ich geh jetzt erst mal kacken."* Hinter der zweiten Tür wurde Tony fündig.

Samuel setzte sich Makujato gegenüber in einen schmucken Sessel. Er atmete einige Male tief ein und aus. Die vergangenen Stunden waren unglaublich gewesen. Noch heute Vormittag schien alles okay, und jetzt saß er mit einer *Geisel* in der Wohnung eines *Perversen*. Er sah sich um.

Sergejs Appartement wirkte überhaupt nicht wie das eines Schwulen oder Perversen. Genau genommen sah es aus wie tausende andere. Einfach, sauber, gewöhnlich. Vielleicht hatte er sich in ihm getäuscht, tat ihm Unrecht.

Eine Sache beschäftigte Samuel schon seit geraumer Zeit. Und jetzt – als er erstmals seit Stunden zur Ruhe kam – beherrschte dies sein Denken. Tony war kein schlechter Mensch. Okay, er konnte sehr unangenehm werden, Samuel hatte selbst einige Male miterlebt, wie er einen uneinsichtigen Dummkopf vehement zurechtrückte. Tonys Devise lautete: *Wenn du etwas machen musst, dann mach es richtig! Keine halben Sachen, dann musst du auch nichts nachbessern.*

In all den Jahren, die er ihn nun schon kannte, hatte Tony so manchem bösartig zugesetzt, einigen wahrscheinlich sogar Verletzungen zugefügt, die deren weiteres Leben dauerhaft beeinträchtigt hatten. Aber seinem Wissen nach hatte Tony nie einen Mann getötet.

Heute hatte Tony skrupellos auf mehrere Männer geschossen, und mindestens einer von ihnen war definitiv tot. Zugegeben, die Situation war weit brenzliger gewesen als sonst, aber die Kaltschnäuzigkeit, mit welcher sein Kumpel vorgegangen war, erschreckte ihn zutiefst. Sobald Tony vom Klo zurück sein würde, musste er ihn darauf ansprechen.

Die Geräusche waren beängstigend und der Gestank grauenvoll. Tonys Gedärme rebellierten und sein Magen krampfte sich schmerzhaft zusammen. Kalter Schweiß stand ihm auf der Stirn und sein Kinn bebte.

Er hatte Menschen getötet; panische Angst hatte ihn dazu getrieben. Angst – ja er hatte Angst gehabt. Immer glaubten alle, einer wie er kenne keine Furcht – aber da täuschten sie sich. Sicher, bei einem fairen Zweikampf, Mann gegen Mann, gab es wenige, vor denen er zurückweichen würde; aber gegen eine Kugel half kein noch so großer Muskelberg.

Tony war Realist, er hatte die Gefahr erkannt und danach gehandelt. Jetzt musste er lernen damit umzugehen. Der Gedanke ein Mörder zu sein ließ ihn erschaudern. Er versuchte sich damit zu trösten, dass er keine Wahl gehabt hatte und er dadurch auch Samuels Leben geschützt hatte; es wollte ihm jedoch nicht recht gelingen.

In seinem Kopf überschlugen sich die Ereignisse, der große Mann war auf direktem Wege die Nerven zu verlieren.

Als Tony zu Samuel zurückkehrte, schlug eben die Wohnungstür auf. Sergej kam hereinspaziert, mit nichts weiter am Leib, als einem Paar hochhackiger Lackstiefel und einer schwarzen Fliege, welche er sich allerdings nicht um den Hals gebunden hatte.

Als Tonys Faust ihn in die Nacht beförderte, empfand Samuel kein Mitleid.

Jetzt stand Tony bewegungslos inmitten des Raumes; mit dem Rücken zu Samuel gewandt sagte er mit eigenartig klangloser Stimme: *„Allmählich gerät uns alles außer Kontrolle.“* Samuel glaubte Verzweiflung in seinen Worten zu hören. Er sprang auf und schleifte Sergejs weggetretenen Körper ins Zimmer. Als er die Tür schloss, bemerkte er Tonys blasses Gesicht. Dicke Tränen sammelten sich in dessen Augen und sein Kinn zitterte sichtlich. Samuel mied es ihn direkt anzusehen, erkannte jedoch deutlich, dass Tony kurz davor stand durchzudrehen.

Stumm stand der Riese da, drohte jeden Moment aus seinen gewaltigen Latschen zu kippen. Samuel befürchtete, dass er entweder in den nächsten Sekunden zusammenklappen würde, oder aber – was ihn nicht weniger beängstigte – völlig austickte.

„Erzähl mir doch eine deiner genialen Geschichten“, forderte er Tony eilends auf.

„Welche Geschichten?“, fragte der flüsternd.

„Du weißt schon, dein Kopf ist doch voll mit all dem Zeug. Wie wär's denn zum Beispiel mit, äh …", Samuel überlegte krampfhaft, *„mit äh …, Alexander dem Großen"*, brachte er schließlich hervor.

Schweigen.

Bange Sekunden.

Dann sagte Tony ohne sich umzudrehen: *„Du meinst den Typ der aussah wie Rocky?"* Samuel wusste nicht was er darauf antworten hätte sollen.

„Jo Mann, der Typ sah aus wie Rocky. Echt ej, ich schwör's." Tonys Stimme klang bereits wieder etwas fester. *„Der sah genauso aus wie Sly, aber eher wie in Rocky eins und zwei, oder im ersten Rambo, also noch ehe er sich die Visage hat richten lassen. Dieselben fehlenden Wangenknochen, das markante Kinn, und derselbe bekloppte Blick. Ich wette, Sly is' die Reinkarnation von Alex."*

Tony stand mit dem Rücken zu seinem einzigen Freund, starrte die Tür an und hielt seinen Vortrag: *"Alexander der Große, 356 bis 323 vor Christi. Schüler des Aristoteles – 343 bis 42 – bis er 15 war. Tod des Vaters Philipp II., ermordet bei einer Hochzeitsfeier, und Thronnachfolge 336 mit 20."* Er betete die Worte herunter, gleich einem heiligen Singsang.

„Philipp II., König von Makedonien, unterwarf mit ausgeklügelter Taktik und der speziellen Phalanxformation – lanzenbewaffnete Fußsoldaten mit überlappenden Schilden – die vereinigten Griechenstädte, unter anderem auch Athen und Theben. 338 errang er – mit dem achtzehnjährigen Sohn Alexander als Heerführer – bei Chäronea in Böoten den entscheidenden Sieg."

Samuel setzte sich geräuschlos nieder, das Szenario wirkte gespenstisch.

„Außergewöhnliche Stärke, Einfallsreichtum, großer Mut, enorme Vitalität, Erbarmungslosigkeit und ungestümes Temperament sagt man Alexander nach. Als er zwanzigjährig den Thron bestieg, sah er sich zunächst mit Aufständen aus den bereits unterworfenen griechischen Städten konfrontiert. An Theben statuierte er ein Exempel; er zerschlug ihre Heere, stürmte die Stadt und brannte sie nieder. Die Überlebenden verkaufte er in die Sklaverei." Tony sprach jetzt ohne Unterlass, redete sich in eine Art Trance.

„334 fiel er mit einer Armee von 35.000 Mann in das persisch beherrschte Kleinasien ein und eroberte dort einige Städte. Bei Issos an der syrischen Grenze stellte ihn dann der persische König Dareios. Alex errang einen überwältigenden Sieg, trotz dem zahlenmäßig weit überlegenen Heer des Königs.

In Ägypten wurde er als Befreier von der persischen Unterdrückung gefeiert und als Nachfolger der Pharaonen begrüßt. 331 gründete er im Nildelta die Stadt Alexandria. Ein Friedensangebot des Großkönigs lehnte er ab. Nach kurzem Aufenthalt überquerte er den Euphrat und rückte in das persische Kernland vor. Dort stellte sich König Dareios ihm ein zweites Mal entgegen und verlor – mit noch größerem Heer – erneut. Von nun an nannte er sich selbst König von Persien.

In den nächsten 4 Jahren zog er weiter nach Afghanistan und ins Industal. Über das iranische Hochland zog er nach Osten, überschritt den Hindukusch und rückte über den Kabulpass in das Fünfstromland ein. 326 siegte Alexander über den Inderkönig Poros und danach verweigerte ihm seine völlig erschöpfte Armee nach einer Marschleistung von über 20.000 km den Weiterzug.

325 Rückzug, begleitet von weiteren Kämpfen. 323 Rückkehr unter großen Strapazen nach Babylon. Alexander starb mit 33 Jahren.“ Dann schwieg Tony.

„Klingt in der Tat nach Sly. Mutig – aber irgendwie doch größenwahnsinnig“, sagte Samuel, als die entstandene Stille unangenehm zu werden drohte.

„Schon mal was vom Gordischen Knoten gehört?“, fragte Tony.

„Nob“, verneinte Samuel.

„In der Stadt Gordian, in Kleinasien, gab es einen gewaltigen uralten Knoten. Die Parzen hatten bestimmt, dass derjenige, der ihn lösen könne, Herrscher der Welt sein wird. Alex zerschlug ihn mit dem Schwert und soll gesagt haben: Die Grenzen meines Reiches werden die gleichen sein, die die Götter als Grenzen der Welt gesetzt haben.“

Erneut blieb es einige Zeit still.

„Samuel.“

„Ja?“

„Danke.“

42 Kontrollraum

Annika begann ihre Gedanken laut vor sich hinzusprechen: *„Der Agent sprach von einer Musterung um das Swastikarelief in der Höhle.“* Tiefe Falten zeigten sich auf ihrer Stirn. *„Das müssen die Ergänzungen zu Ihren Schriften sein!“*, schlussfolgerte sie.

„Stimmt“, bestätigte Lupp kurz.

„Worauf warten wir dann noch? Lassen Sie uns sofort aufbrechen!“ Annika war ganz außer sich.

„Dein Tatendrang ist bewundernswert“, bremste sie der Professor, *„aber die Sache sollte gut überlegt sein.“* Sein ernstes Gesicht dämpfte Annikas Enthusiasmus. *„Du solltest stets gut überdenken,* ***wem*** *du* ***welche*** *Informationen zukommen lässt.“*

„Ja schon, aber sind Sie denn gar nicht neugierig? Schließlich haben Sie einen erheblichen Teil Ihres Lebens damit verbracht.“

„Schon“, gestand der Professor, *„aber eigentlich habe ich bereits vor langer Zeit damit abgeschlossen.“*

„Außerdem“, hob Lupp nach einer kurzen Weile wieder an, *„gibt es da ein kleines*

Problem. Ich habe die Steinblöcke nicht mehr.“

„Ja, du nicht – aber ich“, sagte Agent Harley leise zu sich selbst. Er stand gemeinsam mit einigen Männern in einem Kontrollraum vor etlichen Monitoren, aus einem Paar Lautsprecher war soeben die Stimme des Professors verklungen.

„Sind Sie sicher, dass wir ihn brauchen?“, fragte er an einen der Männer gewandt.

„Ja“, entgegnete dieser, *„wir schaffen es ohne ihn nicht.“*

„Ihr schafft es nicht!? Trotz all dem Kram hier!?“ Harley machte eine alles umfassende Geste, seine Stimme klang bedrohlich. Der Kontrollraum war vollgestopft mit modernster Technik; überall flimmerten Bildschirme und surrten Lüfter von unzähligen Großrechnern.

„Der Mann hat zwei Jahrzehnte gebraucht“, hielt der Angesprochene dagegen.

„Ja, aber er hatte nichts“, Harley schrie jetzt beinahe, *„nicht eine Ihrer tollen Maschinen!“*

„Der Verstand ist noch immer die **tollste** *aller Maschinen“*, gab der andere ungerührt zurück. Harley strafte ihn mit einem vernichtenden Blick; wenn das hier ausgestanden war, würde er sich seiner annehmen. Er hatte ihn sich vorgemerkt.

Lupp berichtete Annika, wie es zum Verlust der Steine gekommen war. Natürlich hatte er seinerzeit auch versucht den Fundort der Swastika ausfindig zu machen. Seine Nachforschungen waren jedoch erfolglos verlaufen, und so war ihm letzten Endes nichts anderes geblieben, als erneut mit den *Kunstliebhabern* in Kontakt zu treten.

Über Mittelsmänner hatte er versucht im Hintergrund zu bleiben, aber die Sache war schief gelaufen. Bei ihrem ersten Deal hatte Lupp die geforderte Geldmenge schlicht nicht gehabt, und anstatt die zugesagte Summe zu bezahlen, hatte er sie ausgetrickst und an die Behörden verraten.

„Kurz gesagt, manche Leute sind eben sehr nachtragend, und als ich aufflog, musste ich schleunigst untertauchen und das Land verlassen. Meine Unterlagen konnte ich mit mir nehmen, aber mehrere Tonnen Granit waren nicht so schnell zu bewegen.“

Annika kombinierte – dann: *„Aber mit Ihren Aufzeichnungen können wir doch ...“*

„Das ist der andere Jammer“, unterbrach sie der Professor. *„Als ich wieder in Europa war, hatte ich nichts mehr. Meine ohnehin erbärmlichen Ersparnisse waren längst aufgebraucht, mein Ruf ruiniert, meine Zukunft stand wahrlich nicht unter einem hell leuchtenden Stern. In meiner Verzweiflung habe ich mit meiner Vergangenheit gebrochen, und alles vernichtet.“*

Lupp sah Annika mitleidig an; sie war sich jedoch nicht sicher, wem sein Mitleid galt.

Tony hatte Samuel von dem Gefühlschaos erzählt, welches seit den jüngsten Ereignissen in ihm wütete, das ihn jetzt schier um den Verstand brachte. Samuel war heilfroh darüber gewesen, dass er nicht selbst davon anfangen musste. Das Gespräch hatte beiden gut getan, obgleich es die Sache natürlich nicht aus der Welt schaffte. Als Makujato zu stöhnen begann und sich regte, beendete Tony das Thema mit den Worten: „*Jetzt geht die Scheiße weiter – also los!*“

Die letzten Minuten, ehe Makujato endgültig zu sich kam, nutzten sie dazu, Sergej in ein anderes Zimmer zu schleifen, zu fesseln und zu knebeln.

Als Makujato die Augen aufschlug, beruhigten sie ihn zunächst, versorgten notdürftig seine Schussverletzung – die sich als harmlos erwies –, dann räumten sie ihm ein wenig Zeit ein, um wieder zu Kräften zu kommen.

Samuel durchsuchte die Küche nach etwas Essbarem, während Tony sich in Ruhe mit Makujato unterhielt. Er schilderte ihm nahezu wahrheitsgemäß seine und Samuels Situation, dann forderte er ihn dazu auf, seine Geschichte zu erzählen. Samuel betrat genau zum richtigen Zeitpunkt den Raum, als Makujato begann. Sergejs Kücheninventar ließ kaum einen Wunsch offen. Bepackt mit den verschiedensten kulinarischen Leckerbissen gesellte er sich zu den beiden; wäre da nicht die Angst in Makujatos Gesicht gewesen und der sorgenvolle Blick Tonys, hätte der Eindruck entstehen können, es handele sich um ein entspanntes Dinner unter Freunden.

Makujato wurde mit den Minuten immer redseliger. Detailliert schilderte er ihnen die Ereignisse, welche ihn in seine missliche Lage gebracht hatten. Angefangen mit seiner Zeit bei TIGR, dem ersten Kontakt mit Del Toro, seinen Forschungsergebnissen und schließlich dem Irrsinn mit den Insekten – er ließ nichts aus.

Samuel glaubte seinen Ohren nicht trauen zu können, auch Tony saß mit heruntergeklapptem Kiefer da, starrte den kleinen Mann ungläubig an.

„*Vielleicht fragen Sie sich ja, warum ich Ihnen das alles so freizügig erzähle*“, sagte Makujato nach einigen Augenblicken. „*Vielleicht denken Sie sogar, dass ich lüge. Aber glauben Sie mir lieber, sie haben diese Frau selbst erlebt, sie wird ihren Plan in die Realität umsetzten. Sie hat jetzt alles was sie benötigt, und wenn nur halbwegs fähige Leute für sie arbeiten, dann bleiben uns nur mehr wenige Wochen.*“ Er stockte ein wenig, dann sagte er: „*So oder so, wenn eintrifft, was ich befürchte, gibt es keinen Ort mehr, an dem wir uns verstecken könnten.*“

„*Dann muss die Schlampe aufgehalten werden!*“, platzte Tony heraus.

Makujato lächelte unsicher: „*Ich zweifle nicht an Ihren Fähigkeiten*“, sagte er vorsichtig, „*aber diese Frau ist wahnsinnig, ich fürchte wir sind ihr nicht gewachsen.*“ Tony gab es nur ungern zu, aber er dachte beinahe das Gleiche. Er erinnerte sich an seine Attacke mit dem Gummiknüppel. Jedem anderen hätte ein solcher Schlag den Schädel zertrümmert, aber diese Frau war nach nur wenigen Minuten wieder auf den

Beinen gewesen. Auch Samuel glaubte nicht, dass sie viel gegen diese Frau ausrichten konnten; und was er in Tonys Gesicht las, stimmte ihn nicht unbedingt zuversichtlicher. Aber wenn es stimmte, was Makujato ihnen gerade geschildert hatte – und ihm wollte kein Grund einfallen, warum er sie derart belügen sollte –, dann durften sie nicht einfach nur herumsitzen und tatenlos zusehen, wie vielleicht schon bald die gesamte Menschheit zugrunde ging.

Lange herrschte Schweigen. Tony saß einfach nur da, starrte vor sich hin. Samuel stocherte lustlos im Essen und Makujato betastete vorsichtig seine Schulter.

Keiner von ihnen war aus besonders ehrenvollen Gründen in diese Sache geraten, und auch jetzt widerfuhr keinem eine wundersame Wandlung – hin zu einem selbstlosen Heiland. Aber irgendwie schienen die Männer zu spüren, dass sich ihnen hierdurch eine Chance auftat, so manches wieder gut zu machen.

Tony war derjenige, der es aussprach: *„Ich weiß ja nicht, wie es mit euch steht"*, hob er an, *„aber ich werd' sicher nicht an 'ner Seuche verrecken, die uns diese Schlampe einbrocken will! Ich werd' mich nicht wie ein Feigling verkriechen und darauf warten, dass mich irgend so 'n Drecksvieh beißt und ich jämmerlich krepier! Ich denke, jeder von uns ist 'ner Menge Leute was schuldig!"* Tony blickte zunächst Samuel, dann Makujato in die Augen.

„Und letzten Endes geht es ohnehin auch um unseren eigenen Arsch!"

44 Am Student

Als sie wieder am Haus ihrer Mutter eintrafen, verabschiedete sich Milo. Er versprach Ela, dass sie sich bald schon wieder sehen würden und er sie von nun an nie wieder alleine lassen werde. Bevor er ging, riet er ihr, sie solle jetzt genau das tun, was ihr das Liebste ist, dann wird sich alles von ganz allein ergeben.

Ela blieb verwirrt zurück. Ihr Kopf schwirrte wie ein Bienenstock und mit einmal fühlte sie sich sehr, sehr müde. Der Flug, die ganze überstürzte Abreise forderte nun allmählich ihren Tribut und die letzten Stunden hatten ihr den Rest gegeben. Sie ging in ihre alte Wohnung – die noch nahezu unverändert im Haus ihrer Mutter bestand – zog sich aus, legte sich in ihr altes Bett und schlief beinahe sofort ein.

Sie schlief einen *traumlosen* Schlaf. Und als sie nach Stunden erwachte, ausgeruht und erholt, fühlte sie sich eigenartig lebendig, kraftvoll, geradezu energiegeladen. Ohne ihre Mutter aufzusuchen, verließ sie das Haus. Sie lief zum Bahnhof und setzte sich in den nächsten Zug Richtung Süden. Die Fahrt nach Obersbach dauerte eine gute halbe Stunde, die 4 Kilometer nach Falkenberg legte sie zu Fuß – in gemäßigtem Tempo – in etwa noch einmal derselben Zeit zurück.

Als sie zu Hause ankam, hatte sie gut eine Stunde über alles nachgedacht. Manches ergab jetzt einen Sinn, aber vieles verstand sie noch immer nicht.

Ela duschte, schlüpfte in frische Sachen und frühstückte ausgiebig. Sie fühlte sich noch immer eigenartig unruhig – irgendwie aufgezogen.

Lisa fiel ihr ein. Ela lief zum Telefon, wählte dann jedoch nicht die Handynummer ihrer Freundin, sondern beinahe wie von Geisterhand eine andere. Conny Liebner meldete sich in der Leitung. Für einen Augenblick war Ela verwirrt.

Conny war ein nettes junges Mädchen, mit welchem Ela im letzten Jahr einige Male klettern gegangen war. Sie hatten sich an den Felsen der Fränkischen Schweiz kennen gelernt, sich auf Anhieb gut verstanden, aber Conny war keine Person, welche Ela besonders nahe stand. Warum also rief Ela ausgerechnet sie jetzt an?

„Hallo, wer ist da?“, fragte Conny, als das andere Ende stumm blieb. Als Ela sich zu erkennen gab, war es an Conny verwirrt oder zumindest überrascht zu sein. Sie hatte lange nichts mehr von Ela gehört und sie wusste natürlich von deren Karriere.

„Hallo Ela, das ist ja mal 'ne Überraschung!“

„Hallo Conny, wie geht es dir?“ hörte Ela sich Fragen. *„Was machst du gerade, hast du vielleicht Zeit und Lust mit mir klettern zu gehen?“*

„Ja – klar! Ich mein nee – ich kann nicht. Ich bin bereits zum Klettern verabredet, aber komm doch einfach mit.“

„Wohin geht ihr denn?“

„Wir treffen uns schon in einer halben Stunde am Student. Würde mich riesig freuen, wenn du kommst.“

Ela willigte ein und sagte, dass sie sich auch freue, und verabschiedete sich. Am Ende des Gespräches, als sie aufgelegt hatte, war Ela noch verwirrter als zu dessen Beginn. Warum hatte sie ausgerechnet Conny angerufen? Warum hatte sie so kurz entschlossen zugesagt, ohne nachzufragen, mit wem die sich traf? Ela hatte es stets vermieden mit Leuten klettern zu gehen, die sie nicht kannte. Und was war, wenn es jemand war, *den* sie kannte, aber nicht mochte? Die Sache konnte richtig unangenehm werden.

Ela beschloss sich zu verspäten. Sie konnte ohnehin kaum pünktlich am vereinbarten Treffpunk eintreffen, da sie ja kein Auto hatte. Lisa tauchte erneut in ihren Gedanken auf – aber nur kurz. Warum eigentlich zum Student? Welcher Idiot schleppte das Mädchen ausgerechnet an diesen Fels? Conny war zwar keine absolute Anfängerin mehr, aber soweit Ela sich erinnern konnte, hatte sich die Zwanzigjährige letztes Jahr noch mit der Festigung des 6. Schwierigkeitsgrades abgemüht. Okay, sie war ehrgeizig, nicht untalentiert und Ela hatte sie lange nicht gesehen. Aber am Student brauchte man wirklich nicht aufzukreuzen, wenn man den oberen achten Grad nicht absolut beherrschte. Und dass Conny das in so kurzer Zeit geschafft hatte, daran konnte Ela nicht glauben.

Ela verband einige schöne Erlebnisse mit diesem Felsen. Der dort befindliche *Simon* war ihre erste Route im 10. Grad gewesen und auch ansonsten war sie früher gern dort geklettert. Als Ela sich ihren Rucksack auf die Schultern hob, sich auf ihr Rad schwang und kraftvoll in die Pedale trat, freute sie sich auf die bevorstehende Kletterei.

So wie sie dann voranstürmte, wäre es ihr beinahe doch noch gelungen, rechzeitig einzutreffen – was sie doch eigentlich gar nicht wollte.

Der Fels befand sich ein wenig oberhalb einer breiten, viel befahrenen Straße, an einem Hang auf der sonnigen Südwestseite. Parkmöglichkeiten gab es ein Stück weit davor und danach, direkt an der Straße. In sicherem Abstand hielt Ela an, sondierte die Lage.

Auf dem ersten Parkplatz stand kein Fahrzeug, den zweiten konnte sie nicht einsehen, da der sich rund 600 Meter weiter hinter einer Kurve befand. Zum Felsen selbst führten mehrere schmale Pfade, Ela entschied sich für den westlichsten.

Bereits nach zwei Dritteln des Weges vernahm sie das vertraute Geräusch. Ein Klimpern und Klingeln, dem einer fernen Kuhherde nicht unähnlich. Dies rührte von Sicherungsutensilien her und verriet ihr, dass *jemand* auf alle Fälle schon dort war.

Hier verließ sie den Pfad. In direkter Linie kämpfte sie sich durch niederes Buschwerk den steilen Hang hinauf, zu einer kleinen Anhöhe, von welcher aus sie unerkannt Einblick zum Wandfuß hatte. Dort hatte sie auch früher schon – als sie die Routen des Felsen projektiert hatte – oft mit Lisa gekauert und darauf gewartet, bis etwaige Anwesende sich verzogen hatten, damit sie selbst in Ruhe klettern konnte. Ela musste unwillkürlich schmunzeln, als sie daran zurückdachte. Manchmal war sie schon wirklich sehr exzentrisch – oder war *bescheuert* hierfür das richtige Wort? Wieder fiel Lisa ihr ein, sie musste sie sofort anrufen, sobald sie wieder zu Hause war.

Auf ihrem Aussichtsposten angekommen, erspähte sie zunächst drei Gestalten. Zwei Männer mittleren Alters – welche sie nicht kannte – und Conny. Alle drei starrten bewegungslos die Felswand hinauf. Ela konnte von ihrer Position aus nicht einsehen, was die Aufmerksamkeit der Drei derart fesselte. Keiner von ihnen sprach ein Wort. Sie starrten nur wie gebannt auf etwas, das Ela nicht sehen konnte.

Plötzlich schlug sich Conny eine Hand vor ihre Augen, spähte jedoch sogleich wieder durch ihre Finger nach oben. Einer der anderen sagte: *„Der spinnt doch!“*

Ela schwante Schlimmes. Hastig stieg sie geräuschvoll vom Felsvorsprung herunter, von den Dreien nahm jedoch keiner Notiz von ihr. Als sie heran war, blickte sie sogleich dorthin, wohin die anderen starrten.

Der Student war mit seinen 35 Metern Wandhöhe einer der höchsten erschlossenen Felsen der Fränkischen Schweiz. Und in dessen oberem Drittel hing ein Mann in kurzen Hosen und freiem Oberkörper. Ela bemerkte sofort, dass etwas Entscheidendes falsch war. Keiner der drei Umstehenden hielt ein Seil in Händen, welches über diverse Sicherungspunkte zu dem ebenso fehlenden Gurt des oben Kletternden hätte führen sollen. Auch erkannte sie sofort, dass der sich unmittelbar vor den Schlüsselzügen von *Hart Neun* befand, der zweifellos schwersten Kletterpassage des gesamten Felsens.

Als Lupp und Annika wieder mit Agent Harley zusammentrafen, eröffnete ihnen dieser ohne jede Erklärung, dass er im Besitz der Swastikafragmente sei. Der Professor wusste sofort, dass sie belauscht worden waren. Er hatte damit gerechnet, also zeigte er sich nicht sonderlich erstaunt; was Harley nur noch wütender machte, als er es ohnehin schon war. Harley wurde nun klar, dass der Professor die Vorgehensweisen der CIA gut kannte, und er schlussfolgerte daraus, dass Lupp ihn absichtlich provoziert hatte. Agent Harley hätte sich nur allzu gern auf dieses Machtspielchen eingelassen, aber dazu blieb im Moment keine Zeit. Er schluckte seinen Ärger hinunter, aber auch den Professor hatte er sich nun vorgemerkt.

Als nächstes wollte er Lupp davon in Kenntnis setzten, dass die Granitblöcke in diesen Minuten in Griechenland eintrafen und ein Flieger für ihn und seine Assistentin bereitstand. Harley zögerte jedoch, er spürte, dass der Professor noch nicht so weit war. Ehe er weitersprach, fragte er sich, wie viel er ihm wohl offenlegen musste. *„Sie haben doch sicher in den Zeitungen mitverfolgt, dass die Berater der US-Regierung derzeit erneut vor erhöhtem Terrorrisiko, nicht nur bezogen auf die Vereinigten Staaten warnen."* Lupp und Annika nickten schweigend.

„Selbst nach so vielen Jahren haben die Menschen den 11. September nicht vergessen. Die neueste Generation des Terrors hat jedoch mit Taliban, Bin Laden oder der Alkaida wenig gemein – auch wenn wir die Öffentlichkeit derzeit gern in diesem Glauben lassen." Agent Harley erkannte, dass er jetzt die ungeteilte Aufmerksamkeit des Professors hatte.

„Jüngst erhielten wir eine Art Vorab-Bekennerschreiben über einen Biowaffenanschlag auf die USA. Das Schreiben war im Internet aufgetaucht, es enthielt keines der bisherigen Merkmale, welche auf bekannte Terrorgruppierungen hätten schließen lassen. Wir hatten Glück. Unsere Leute entdeckten das Schreiben sehr früh und haben es gerade noch rechtzeitig aus dem Netz gefischt. Mit einigem Aufwand ist es uns gelungen, diesen Vorfall vor der Presse weitgehend geheim zu halten."

„Wozu die Mühe?", erkundigte sich Lupp.

Die Gesichtszüge des Agents verzogen sich zu einem bemühten Lächeln. *„Auf diesem Bekennerschreiben prangte ein plakatives Hakenkreuz. Ich glaube ich muss nicht näher ausführen, zu welchen Spekulationen dies die Öffentlichkeit anregen würde; gerade Ihr Land könnte dabei dumm dastehen."*

Annika wirkte jetzt sichtlich besorgt, das Gesicht des Professors blieb für Harley undurchschaubar.

„Und es handelt sich dabei nicht um die Darstellung irgendeines Hakenkreuzes, die Abbildung gleicht detailliert dem, welches Sie ehemals so lange untersucht hatten." Jetzt rechnete Harley ganz sicher mit einer Reaktion des Professors, aber es kam keine.

„In dem Schreiben gibt es keinerlei Forderungen. Keine Kampfgenossen, die frei-

gelassen werden sollen, keine Geld- oder Waffenforderungen, es gibt überhaupt kein ihr sollt ... – sonst werden wir...

Es gibt auch keine Begründung dafür, warum wir bestraft werden sollen, es ist überhaupt nicht von einer Strafe oder einer Vergeltung für irgendetwas die Rede. In dem Schreiben heißt es lediglich, **dass** *es diesen Anschlag geben wird, dass er nur den ersten Auftakt darstellt und dass die Vereinigten Staaten rein zufällig den Anfang hierbei machen."*

„Das klingt mir nach den leeren Worten eines Spinners", sagte Annika unverhofft.

Harley betrachtete sie mit einem gering schätzenden Blick, insgeheim musste er sich jedoch eingestehen, dass er anfangs ganz genauso gedacht hatte.

„Für wie ernst halten Sie diese Drohung?", fragte Lupp.

„Für sehr ernst", entgegnete Harley sachlich, *„denn sie ist bereits Realität geworden."*

46 In Rage

Jessica kam eben in die Halle gelaufen. Sie konnte nur mehr mit ansehen, wie der Riese die Tür des Wagens zuschlug, selbst einstieg und mit Makujato und dem anderen davonfuhr. Möglicherweise hatte sie die beiden unterschätzt – ganz sicher aber ihre eigenen Leute überschätzt.

Bereits in der nächsten Minute trafen die ersten Officer ein. Den ganzen Schlamassel zu erklären, bedurfte es sicher einer ganzen Weile. Von den Fahrstühlen her kamen zwei dieser unfähigen Security Guards und Roger – ihr Manager – herangestürmt. Jessica nickte Letzterem flüchtig zu, dann entfernte sie sich rasch. Sie selbst war zuvor ebenso mit dem Fahrstuhl nach unten gekommen, jetzt wählte sie den Weg durchs Treppenhaus. Eine leise Vorahnung trieb sie dort hin, sie witterte etwas.

Je näher sie den teils schwer verletzten Männern kam, die sich dort nach dem Feuergefecht noch immer befanden, desto schneller ging sie. Von der Sekunde an, als sie den ersten Schuss vernommen hatte, hatte sie es gespürt. Unten in der Halle dann, waren es all die verschreckten Passanten gewesen, doch von irgendwoher kam mehr.

Angst lag in der Luft. Irgendwo hatte ein Mensch grässliche Angst, das spürte sie jetzt ganz deutlich.

Als sie den Gang mit den unzähligen Einschusslöchern erreichte, fand sie vier Männer darin vor. Einer war tot, mit dem Nächsten schien alles in Ordnung zu sein und ein leicht Verletzter beugte sich soeben über einen am Boden Liegenden, den es offenbar schlimm erwischt hatte. Von ihm ging das meiste aus.

„Geh nach vorn, du wirst dort gebraucht!", befahl sie dem Unverletzten. Der gehorchte sofort und als er an ihr vorüberging, glaubte er etwas Unheilvolles in ihren Augen aufblitzen zu sehen.

Jessica kochte das Blut in ihren Venen. Die Gewissheit über die unmittelbar bevorstehende Befriedigung ihres Verlangens versetzte sie in einen Rausch. Der leichter verletzte Mann bemerkte zwar noch das irre Funkeln in ihren Augen, erkannte jedoch nicht die damit verbundene Gefahr und reagierte zu spät.

Jessica kam über ihn wie ein tollwütiges Raubtier. Sie tötete ihn, noch ehe er begriff was geschah. Der Lustgewinn seiner äußerst kurzlebigen Angst war gering, aber der andere wand sich am Boden, dem Wahnsinn nahe vor Todesangst. Er war in die Brust und den Hals getroffen worden, brachte deswegen nur ein ersticktes Gurgeln hervor, außerstande wirklich zu schreien.

Langsam beugte sich Jessica über ihn, gierig saugte sie sein Leid in sich auf. Der Mann starrte sie aus weit aufgerissenen Augen noch für 5, 6 Sekunden an, dann meinte es das Schicksal gut mit ihm und er starb.

Augenblicklich war es vorbei. Die sich noch eben in Rage befindliche Jessica war mit einem Mal ruhig, sachlich, eiskalt. Hier gab es nichts mehr für sie zu tun. Da war jetzt nur noch ein bisschen mehr, was Roger zu erklären hatte.

Als sie wieder am Fenster ihres Büros stand, versuchte sie sich erneut zu *erinnern*. Auch dieses Mal erkannte sie nur, dass sie ihn heute noch treffen würde, nicht aber wo, kein genaueres Wann.

Er hatte ihr bisher gesagt, was sie zu tun hatte. Auch hatte er gesagt, dass *er* sie wieder aufsuchen würde, wenn es an der Zeit dafür war. Ihr blieb weiter nichts zu tun – als zu warten.

47 Absturz

Rahula empfing eine Steigerung. Sein Experiment funktionierte. Schon als er ihr erzählte, was er vorhatte, hatte es begonnen. Die anderen – die zufällig gekommen waren – störten nicht, waren ihm sogar willkommen. Bereits nach den ersten Metern erkannten auch sie sein Vorhaben, ließen sie von ihren eigenen Vorbereitungen ab. Rahula spürte ihre Blicke und noch mehr. Das Erstaunen – gepaart mit ein wenig Besorgnis –, welches er von den beiden Männern empfing, war nicht mehr als ein winziger Kitzel. Hätte er sich nicht darauf konzentriert, hätte er es gar nicht wahrgenommen. Aber von ihr kam mehr. Er hatte sie gründlich vorbereitet und in der Tat funktionierte es. Natürlich stand es in keinem Vergleich dazu, was er empfangen könnte, wenn es um ihre eigene Person ginge – doch immerhin.

Je weiter er sich vorwagte, desto intensiver wurde es. Er baute eigens kleine Fehler und Unsicherheiten ein, um den Effekt zu verstärken. Das Mädchen hatte mittlerweile richtige Angst. Herrlich süße – pure Angst.

Auch die beiden Männer empfanden jetzt dumpfe Furcht. Furcht, die nur zum Teil ihm galt, mehr dem, was mit ihnen selbst geschehen würde, müssten sie jetzt miterleben, wie es schief ging. Und genau das entsprach seinem Vorhaben.

Ein weiteres Mal ließ er spektakulär einen Fuß abgleiten, fing er sich gerade noch in letzter Sekunde ab. Eine neue, weit intensivere Welle traf ihn, allmählich begann der Rausch. Er war bereit für das große Finale.

Doch plötzlich spürte er eine weitere Person, und das, was von der ausging, hatte enorme Kraft. Für einen Moment glaubte er gar, es handelte sich um einen der ihren; deutlich spürte er die Aura. Aber es konnte kein *anderer* sein, denn neben der außergewöhnlichen Stärke, enthielt diese Aura auch Wut und Besorgnis.

Einen einzigen Augenblick später begriff er, zu wem sie gehören musste.

Ela entschied sich innerhalb weniger Sekunden. Aus ihrem Gedächtnis hatte sie die Ausstiegszüge der Tour hervorgekramt und sich daran erinnert, dass die Route zwar einen großen Abschlussgriff hatte, aber es beinahe unmöglich war, von dort zum Felskopf hin auszusteigen. Ihr war klar, dass selbst wenn dieser Wahnsinnige das Ende der Route erklettern würde, er keine Chance hatte das rettende Felsplateau nur wenige Meter darüber zu erreichen. Dass er noch über die Reserven verfügte, die gesamten 30 Meter wieder abzuklettern, hielt sie für völlig ausgeschlossen; somit würde ihm nichts weiter bleiben, als sich am Abschlussgriff festzukrallen, bis ihn die Kräfte verließen und er in den sicheren Tod stürzen würde.

Mit wenigen Handgriffen legte sie ihre Ausrüstung an, dann brüllte sie an Conny gewand: *„Sicher mich!“*, und stieg sogleich in die Wand.

Conny wurde wie aus einem Traum gerissen, als sie Ela bemerkte. *„Wa..., was hast du vor?“*, stammelte sie.

„Ich versuche diesem Wahnsinnigen zu helfen! Das habe ich vor! Wer ist dieser Idiot überhaupt?“

„Rahula. Sein Name ist Rahula“, antwortete Conny verstört.

Ela ließ augenblicklich von ihrem Vorhaben ab. Mit einem Schlag war ihre eben noch unerschütterliche Entschlossenheit wie eine Seifenblase zerplatzt. Unbeholfen stieg sie das kurze Stück zurück und taumelte dann leicht benommen zu einem großen Stein hin – sie musste sich setzten.

Unsicher hob sie langsam den Kopf. Als ihre Augen ihn erreichten, trafen sie seinen Blick. Er verharrte dort scheinbar mühelos, sah ihr direkt in die Augen.

48 *Tonys zweiter Plan*

Die drei Männer gingen ihre Optionen durch, kamen jedoch auf keine besonders erfolgversprechende Idee.

Wieder herrschte lange Schweigen.

Nach einigen Minuten fragte sich Makujato, wo er sich überhaupt befand. Doch noch ehe er diese Frage laut formulieren konnte, sagte Tony: *„Ich habe einen Plan."*

Samuel sah ihn vielsagend an.

Tony grinste. Er erläuterte den beiden sein Vorhaben und als er damit fertig war, blickte er sie fragend an.

„Das ist der dümmste Plan, von dem ich je gehört habe", setzte Samuel an, *„aber ich bin dabei."*

Makujato schüttelte zunächst den Kopf, dann nickte er: *„Was bleibt uns denn schon groß übrig."*

49 *Zyklen*

Knapp 2 Stunden saßen Lupp und Annika bereits im Flieger nach Griechenland. Es handelte sich um eine schnelle Maschine der US-Armee, der Jet würde sie in knapp der Hälfte der Zeit zurück über den Ozean bringen, die sie zuvor hierher gebraucht hatten.

Agent Harley hatte ihnen im Telegrammstil erörtert, was geschehen war: Eine Kleinstadt auf einer Halbinsel im äußersten Norden des Landes war betroffen. 16.000 Einwohner – alle tot. In der Nacht vor dem vergangenen Dienstag entdeckten seine Leute ein identisches Schreiben, dessen einziger Inhalt: *Lassen Sie niemanden aus Midtown raus.*

Noch am selben Morgen gab es erste Meldungen über mysteriöse Todesfälle und die gesamte Gegend wurde umgehend hermetisch abgeriegelt. Am Samstag dann erhielten sie die knappe Nachricht: *Midtown ist wieder sauber.*

Bereits tags zuvor waren alle Menschen der Stadt und der näheren Umgebung tot gewesen. Bis die Katastrophemaschinerie in Gang gekommen war und ein erster Trupp in Schutzanzügen die Stadt erreicht hatte, war dort bereits niemandem mehr zu helfen gewesen. In der Tat hatte man keinerlei Spuren einer Verseuchung vorgefunden, die Gefahr war bereits vorüber, die Stadt wieder *sauber*. Was übrig war, waren Tausende entsetzlich entstellte Leichen.

Lupp studierte seit ihrem Abflug die Unterlagen, welche ihm Harley überlassen hatte. Annika war sehr mitgenommen von den knappen Schilderungen Harleys. Grausige Bilder hatte sich ihr Verstand hierzu ausgemalt und die bekam sie nun nicht mehr aus ihrem Kopf. Eben spekulierte sie jedoch gedanklich darüber, warum man sie nicht gleich nach Griechenland bestellt hatte, als sie der Professor unerwartet ansprach:

„Annika, wir sollten uns über deinen Glauben unterhalten.“

Annika war verwirrt, warum wollte der Professor ausgerechnet jetzt mit ihr über dieses Thema sprechen? Es erschien ihr gänzlich unpassend, aber ihr war jede Ablenkung willkommen.

„Du bist ein gläubiger Mensch, Annika, das hast du mir einige Male deutlich zu verstehen gegeben.“ Annika nickte nur.

„Ist dir noch gar nicht in den Sinn gekommen, dass das, was wir vielleicht in Griechenland herausfinden, deinen Glauben erschüttern könnte?“

„Nein“, antwortete Annika kurz, betonte das Wort jedoch als Frage.

Der Professor sah sich kurz um, dann rückte er näher an sie heran. *„Ich denke nicht, dass die uns hier belauschen“*, er sprach jetzt sehr leise, *„dazu ist es wahrscheinlich auch zu laut – aber man weiß ja nie.“* Annika verstand nicht recht, wovon der Professor sprach, aber auch sie sah sich jetzt um.

„Das, was ich damals veröffentlichen wollte, was ich dir heute erst erzählt habe und was ***die*** *zuvor mitgehört haben, ist längst noch nicht alles.“* Annikas Verwirrung wuchs, ebenso ihre Neugierde.

„Die müssen mich wahrlich für einen ausgesprochenen Dummkopf halten, wenn sie ernsthaft glauben, dass ich in zwei Jahrzehnten nicht mehr als das begriffen habe.“ Lupp kicherte verschwörerisch hinter vorgehaltener Hand.

„Ich habe schon lange eine sehr genaue Vorstellung davon, wie der Fundort der Swastika beschaffen sein muss, oder besser gesagt, was wir dort wahrscheinlich vorfinden werden. Das hier“, Lupp deutete auf die Papiere auf seinem Schoss, *„hat mich in Vielem bestätigt.“* Er kramte in den Blättern und förderte eines davon hervor, auf welchem er mit einem Stift diverse Klammern und Kreise um einzelne Textpassagen gekritzelt hatte.

„Auch wenn die bisher noch nicht entschlüsselt haben, was da steht, haben sie doch sicherlich den Rhythmus darin entdeckt. Schau Annika“, er suchte eine andere Seite und gab sie ihr. *„Das hier sind die Schriftzeichen, wie sie am Eingang des Tunnels beginnen.“*

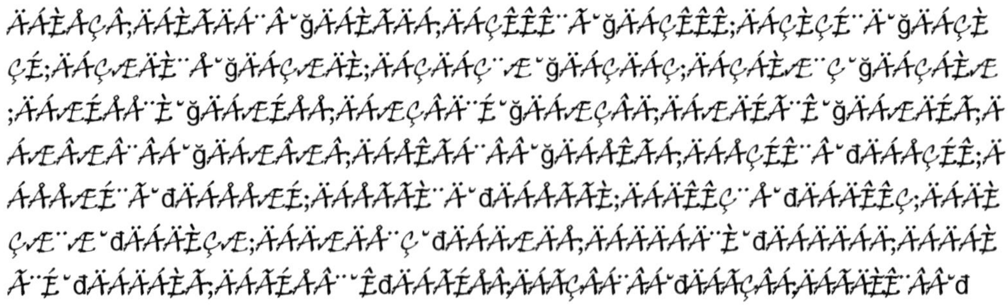

„Und hier haben wir die Letzten, kurz vor der Kammer.“ Er reichte ihr ein zweites Blatt.

ÆÈÈÆ;ÆÆÂÂ¨Ê˘ûÆÆÂÂ;ÆÄÂÄ¨ÂÁ˘ûÆÄÂÄ;ÆÁÈÄ¨ÂÂ˘ûÆÁÈÄ;ÁÉÆÂ
¨Ä˘ʒÁÉÆÂ;ÁÇÄÁ¨Ä˘ʒÁÇÄÁ;ÁÄÉÊ¨Ä˘ʒÁÄÉÊ;ÁÂÆÉ¨Ä˘ʒÁÂÆÉ;ÄÊÄÈ¨Æ˘ʒÄ
ÊÄÈ;ÄÇÊÇ¨Ç˘ʒÄÇÊÇ;ÄÄÇÆ¨È˘ʒÄÄÇÆ;ÄÄÄÁ¨É˘ʒÄÄÄÁ;ÄÄÄÄ¨Ê˘ʒÄÄÄÄ;ÄÈ
ÈÄ¨ÂÁ˘ʒÄÈÈÄ;ÄÆÂÂ¨ÂÁ˘dÄÆÂÂ;ÂÄÄÁ¨Ä˘∂ÂÄÄÁ;ÂÄÈÊ¨Ä˘∂ÂÄÈÊ;ÂÉÄÉ
¨Ä˘∂ÂÉÄÉ;ÂÇÂÈ¨Ä˘∂ÂÇÂÈ;ÂÄÉÇ¨Æ˘∂ÂÄÉÇ;ÂÂÆÆ¨Ç˘∂ÂÂÆÆ;ÊÄÄ¨È˘∂ÊÄ
Ä;ÇÊÄ¨É˘∂ÇÊÄ;ÂÇÄ¨Ê˘∂ÂÇÄ;ÄÄÂ¨ÂÁ˘∂¨ÏÄÄÂ;Á¨ÂÂ˘∂¨Đ

Dann nahm der Professor einen Stift zur Hand, drehte scheinbar willkürlich eine der anderen Seiten um und begann in flinker Weise zu schreiben. Er notierte die fremdartigen Zeichenketten so rasch und mit sicherer Hand, als handelte es sich dabei um seine Muttersprache.

Bereits nach einer Minute reichte er ihr das Blatt, schrieb jedoch auf einem zweiten weiter. Als er auch damit fertig war, sagte er: *„Wenn man die beinahe endlos aneinandergereihten Zeichenketten ein wenig ordnet, dann lässt sich schon einiges feststellen, auch wenn man sie nicht lesen kann.“*

Auf dem ersten Blatt, welches er beschrieben und Annika gegeben hatte, waren jetzt die zuvorderst befindlichen Zeichenketten zu einzelnen Blöcken zusammengefasst.

ÄÁÈÂÇÂ;ÄÁÈÄÄÁ¨Ä˘ğ
ÄÁÈÄÄÁ;ÄÁÇÊÈÊ¨Ä˘ğ
ÄÁÇÊÈÊ;ÄÁÇÈÇÉ¨Ä˘ğ
ÄÁÇÈÇÉ;ÄÁÇÆÄÈ¨Ä˘ğ
ÄÁÇÆÄÈ;ÄÁÇÄÁÇ¨Æ˘ğ
ÄÁÇÄÁÇ;ÄÁÇÁÈÆ¨Ç˘ğ
ÄÁÇÁÈÆ;ÄÁÆÉÂÂ¨È˘ğ
ÄÁÆÉÂÂ;ÄÁÆÇÂÄ¨É˘ğ
ÄÁÆÇÂÄ;ÄÁÆÄÉÄ¨Ê˘ğ
ÄÁÆÄÉÄ;ÄÁÆÂÆÂ¨ÂÁ˘ğ
ÄÁÆÂÆÂ;ÄÁÂÊÄÁ¨ÂÁ˘ğ

ÄÁÂÊÄÁ;ÄÁÂÇÉÊ¨Ä˘đ
ÄÁÂÇÉÊ;ÄÁÂÂÆÉ¨Ä˘đ
ÄÁÂÂÆÉ;ÄÁÂÂÄÈ¨Ä˘đ
ÄÁÂÂÄÈ;ÄÁÄÊÊÇ¨Ä˘đ
ÄÁÄÊÊÇ;ÄÁÄÈÇÆ¨Æ˘đ
ÄÁÄÈÇÆ;ÄÁÄÆÄÄ¨Ç˘đ
ÄÁÄÆÄÄ;ÄÁÄÄÄÄ¨È˘đ
ÄÁÄÄÄÄ;ÄÁÄÁÈÄ¨É˘đ
ÄÁÄÁÈÄ;ÄÁÄÉÂÂ¨Ê˘đ
ÄÁÄÉÂÂ;ÄÁÄÇÂÁ¨ÂÁ˘đ
ÄÁÄÇÂÁ;ÄÁÄÄÈÊ¨ÂÂ˘đ

„Siehst du, es ist ein stetiger Zyklus von 11. 11 mal erscheint dieses Zeichen.“ Der Professor machte 11 kleine Kringel um die Endungen aller Zeilen der ersten Spalte.

„Dann kommt ein anderes, ebenfalls 11 mal.“ Auch in der zweiten Spalte markier-

te er nun das letzte Zeichen einer jeden Zeile.

„Das verhält sich – dessen bin ich mir ziemlich sicher – die gesamten 11 Kilometer lang so.“ Er beugte sich nach vorn, hielt seinen Kopf halb zu Annika gewandt und schielte bedeutsam zu seinen Füßen. Annika rutsche ein wenig nach vorn und entdeckte den riesigen Stapel von bedruckten Seiten, der dort lag.

„Natürlich wird es noch geraume Zeit in Anspruch nehmen, mir einhundertprozentige Gewissheit zu verschaffen. Aber ich denke nicht, dass ich Überraschungen erleben werde.“ Mit einem gespielten Seufzer lehnte er sich wieder zurück.

Nach einer kurzen Weile – in welcher er diese Sache noch einmal zu überdenken schien – fuhr er fort: *„In der 11. Spalte – wobei eine jede vorherige eine andere Endung aufweist – findet sich eine kleine Abweichung, eine Ergänzung. Und auch das setzt sich dann so fort. 10 Spalten mit wechselnden Endungen, dann die 11., ebenfalls mit neuer Endung, plus dieser kleinen Unregelmäßigkeit. Danach weitere 10 und bei der nächsten 11., erneut dieses Phänomen. Auch das verhält sich so die gesamte Zeichenkette hindurch über die kompletten 11 Kilometer.“* Annika schwirrte erneut der Kopf, aber wenigstens waren die grausigen Bilder fürs Erste verschwunden.

„Das habe ich mit einigen Stichproben bereits überprüft – und nun rate mal, wie oft sich das wiederholt.“ Lupp blickte Annika abwartend an.

„11 mal“, sagte sie vorsichtig.

„Exakt!“, sagte der Professor triumphierend. *„11 Zeilen mit derselben Endung zu einem Block zusammengefasst, alle 11 Blöcke mit unterschiedlichen Endungen und einer mit Abweichungen, was sich letztlich dann doch wieder zur Regelmäßigkeit erhebt, weil dies genau 11 Mal passiert“*, fasste er zusammen. Er reichte Annika das zweite Blatt, welches er zuvor beschrieben hatte und sagte: *„Hierauf habe ich den letzten Block als Spalte notiert.“*

Ã√ÆÅÂ;ÃÄÂÁ¨Â˘∂

ÃÄÂÁ;ÃÁÈÊ¨Ã˘∂

ÃÁÈÊ;ÂÉÅÉ¨Ä˘∂

ÂÉÅÉ;ÂÇÂÈ¨Å˘∂

ÂÇÂÈ;ÂÄÉÇ¨√Æ˘∂

ÂÄÉÇ;ÂÂ√Æ√Æ¨Ç˘∂

ÂÂ√Æ√Æ;ÊÃÅ¨È˘∂

ÊÃÅ;ÇÊÄ¨É˘∂

ÇÊÄ;ÅÇÃ¨Ê˘∂

ÅÇÃ;ÃÄÂ¨ÂÁ˘∂¨Ï

ÃÄÂ;Á¨ÂÂ˘∂¨Ð

„Da dieser letzte Block meiner Theorie nach ein 11. Block ist, finden wir auch hier diese Ergänzungen", erläuterte der Professor und deutete mit seinem Stift auf die Enden der beiden letzten Zeilen.

„Siehst du, auch in diesen 11. Blöcken enden 9 der 11 Zeilen gleich. Auch die Letzten beiden enthalten am Schluss jenes Zeichen, nur folgen dem dann noch zwei weitere."

Annika glaubte dem Professor noch folgen zu können, schaute jedoch etwas verwirrt drein. Dem Professor schien dies aufzufallen, denn er bemerkte rasch: *„Hab noch ein wenig Geduld, gleich wird's deutlicher."*

Während er ein weiteres Blatt Papier wendete und zu schreiben begann, sagte er: *„Ich weiß nicht, ob es dir aufgefallen ist, aber auch aus dem den Endungen Vorgestellten lässt sich etwas ablesen. Zugegeben ist dies aus unserem kleinen Ausschnitt heraus nur schwer zu erkennen."* Er notierte drei weitere Spalten auf das gewendete Papier, welche er scheinbar von den vorherigen ablas.

„Die jeweils zweite Zeichengruppe wiederholt sich am Anfang der folgenden Zeile, was einen weiteren Rhythmus ergibt. Zudem verkürzen sich die Zeichenfolgen der gesamten Zeilen kontinuierlich. Die Zyklen und Rhythmen und die anhaltende Verkürzung legen den Schluss nahe, dass es sich hierbei nicht um Schriftzeichen, sondern größtenteils um Zahlen handelt." Er reichte ihr das neue Blatt.

307461;307230¨1˘ğ
307230;306999¨2˘ğ
306999;306768¨3˘ğ
306768;306537¨4˘ğ
306537;306306¨5˘ğ
306306;306075¨6˘ğ
306075;305844¨7˘ğ
305844;305613¨8˘ğ
305613;305382¨9˘ğ
305382;305151¨10˘ğ
305151;304920¨11˘ğ

304920;304689¨1˘đ
304689;304458¨2˘đ
304458;304227¨3˘đ
304227;303996¨4˘đ
303996;303765¨5˘đ
303765;303534¨6˘đ
303534;303303¨7˘đ
303303;303072¨8˘đ
303072;302841¨9˘đ
302841;302610¨10˘đ
302610;302379¨11˘đ

2541;2310¨1˘∂

2310;2079¨2˘∂

2079;1848¨3˘∂

1848;1617¨4˘∂

1617;1386¨5˘∂

1386;1155¨6˘∂

1155;924¨7˘∂

924;693¨8˘∂

693;462¨9˘∂

462;231¨10˘∂¨Ï

231;0¨11˘∂¨Đ

„An den beiden Ersten lässt sich die Verkürzung, beziehungsweise Verringerung der Zahlenwerte im unübersetzten Zustand natürlich nicht ablesen, da sich zwar der Wert, aber nicht die Anzahl der Ziffern verringert." Annika verglich die beiden neuen Spalten mit den Originalen, welche ihr der Professor zuerst aufgeschrieben hatte.

„Am letzten Elferblock – dem der Kammer am nächsten gelegenen – wird es auch am Original schon deutlich." Er hielt die beiden Blätter nebeneinander.

Ã√ÆÅÂ;ÃÄÂÁ¨Â˘∂	2541;2310¨1˘∂
ÃÄÂÁ;ÃÁÈÊ¨Ã˘∂	2310;2079¨2˘∂
ÃÁÈÊ;ÂÉÅÉ¨Ä˘∂	2079;1848¨3˘∂
ÂÉÅÉ;ÂÇÂÈ¨Å˘∂	1848;1617¨4˘∂
ÂÇÂÈ;ÂÄÉÇ¨√Æ˘∂	1617;1386¨5˘∂
ÂÄÉÇ;ÂÂ√Æ√Æ¨Ç˘∂	1386;1155¨6˘∂
ÂÂ√Æ√Æ;ÊÃÅ¨È˘∂	1155;924¨7˘∂
ÊÃÅ;ÇÊÄ¨É˘∂	924;693¨8˘∂
ÇÊÄ;ÅÇÃ¨Ê˘∂	693;462¨9˘∂
ÅÇÃ;ÃÄÂ¨ÂÁ˘∂¨Ï	462;231¨10˘∂¨Ï
ÃÄÂ;Á¨ÂÂ˘∂¨Đ	231;0¨11˘∂¨Đ

„So, und jetzt wird's mathematisch. Der Zahlenwert fällt von der ersten Zeile bis zur letzten von 307.461 auf 0. Oder andersherum gesehen, steigt er von 0 weg, 231 mal 11, mal 11, mal 11."

Annika sah ihn mit großen Augen an.

„Sieh hin", sagte er, *„in der letzten Zeile, rückwärts gelesen, von 0 auf 231. In der*

Vorletzten von 231 auf 462, und in der davor von 462 auf 693. Das geht die 11 Zeilen hoch bis auf 2.541.“ Annika nickte.

„Elf solche Blöcke ergeben“, der Professor schloss kurz seine Augen und murmelte: *„Sind 10 mal 2.541 gleich 25.410 plus 2.541.“* Dann wieder laut: *„27.951, und wir sind bei einer der Unregelmäßigkeiten angelangt. Verstehst du?“*

Annika nickte erneut und sagte: *„Die beiden zusätzlichen Endungen in der 10. und 11. Zeile eines jeden 11. Blocks.“*

„Stimmt genau. Also in unserem, dem umgekehrten Fall, bei der Zweiten, da die Erste mit dem ersten, beziehungsweise richtig herum gesehen, mit dem letzten Block zusammentrifft.“ Annika dachte kurz darüber nach, dann stimmte sie zu. Allmählich gefiel ihr dieses Rechenspielchen, es war verwirrend, aber dennoch logisch. Sie fand es interessant, auch wenn sie nicht die geringste Ahnung hatte, wohin dies alles führen sollte.

„Gut“, sagte Lupp, *„wie ich dir schon sagte, wiederholt sich dies 11 Mal. Und somit sind wir nach 27.951 mal 11 bei 307.461 angelangt.“*

„Oder von dort, in 11 mal 11 mal 11 Schritten bei 0“, ergänzte Annika lachend.

Lupp nickte ebenso fröhlich, wurde dann jedoch ernst. *„Wie nennt man es, wenn man von einer beliebigen Zahl auf null zählt?“*, fragte er rhetorisch.

„Einen Countdown“, antwortete Annika, auch ihr Lächeln war jetzt verschwunden.

„Ja, ein Countdown. Und im Zusammenhang mit dem, über was uns Agent Harley informiert hat...“ Er ließ seinen Satz unvollendet, aber auch so verstand Annika – und mit einem Mal waren die schrecklichen Bilder wieder da.

50 Begegnung

Ohne ersichtliche Mühen war Rahula zum Felskopf hin ausgestiegen und über den weiter rechts befindlichen Südostriss wieder abgeklettert. Sein Experiment – Angst bei Menschen dadurch auszulösen, dass er sich selbst in höchste Gefahr begab – hatte er abgebrochen. Die beiden Männer waren mittlerweile mit den Worten: *Wir lassen uns von dem Selbstmörder doch nicht den Tag versauen*, verschwunden.

Für Rahula stellte diese Aktion kein wirkliches Risiko dar. Er war hervorragend trainiert und alles was die physikalischen Grenzen seines Körpers nicht überschritt, war für ihn kalkulierbar. Er hätte ohne weiteres über die Route, die er zuvor nach oben geklettert war, wieder absteigen können und dieses Spielchen wenn nötig einige Male ohne Unterbrechung wiederholen können, aber er wollte Ela nicht noch mehr aus der Fassung bringen, als dies ohnehin schon der Fall war.

Als er bei den beiden Frauen eintraf, saß Ela still da, sie mied seinen Blick. Conny hingegen war ganz aus dem Häuschen. *„Du bist mir ja vielleicht mal ein Irrer!“*, rief sie ihm entgegen. Und als er ganz heran war, fiel sie ihm um den Hals und flüsterte: *„Mach so etwas ja nie wieder, ich hatte schreckliche Angst um dich."*

Rahula wusste es, er wusste es nur zu gut. Den ganzen Weg vom Felsen herunter hatte er mit seinem Verlangen gerungen. Es war immer schwer damit abzubrechen, wenn der Rausch bereits begonnen hatte. Und jetzt, in dieser Phase, kostete es ihn seine gesamte Willenskraft. Als ihm das Mädchen nun am Hals hing, spannten sich alle seine Muskeln. Wie gerne würde er jetzt …

Die junge Frau deutete dies natürlich ganz anders.

Rahula packte sie bei den Schultern und schob sie sachte etwas von sich. Er sah ihr in die Augen und sagte mit fester Stimme: *„Du möchtest jetzt gehen."*

Conny sah ihn eine Sekunde lang verständnislos an, dann sagte sie tonlos: *„Ich muss gehen."* Sie machte auf dem Absatz kehrt, griff sich ihre Sachen und ging wortlos davon.

Ela wohnte diesem eindrucksvollen Schauspiel schweigend bei. Einen Moment noch sah sie Conny nach, dann blickte sie Rahula direkt an. Er stand wenige Meter von ihr entfernt in der Sonne und sah ihr in die Augen. Nichts an ihm deutete auf einen Mann hin, der eben erst von dem zurückgekehrt war, was er getan hatte. Keinerlei Anzeichen von Erschöpfung, keine schnellere Atmung, er schwitzte nicht einmal. Er zeigte auch keine Aufgeregtheit; denn selbst wenn das ausgeschüttete Adrenalin die Ermüdung des Körpers übertünchte, so müsste er doch zumindest aufgekratzt sein. Aber dieser Mann stand ruhig da, lächelte sie an.

Ela erwiderte es unwillkürlich. Sein Lächeln wirkte so herzlich, so ehrlich, dass sie gar nicht anders konnte, als es zurückzugeben. Augenblicklich zog er sie in seinen Bann.

Das Gesicht dieses Mannes, ist das eines in Marmor gehauenen Gottes, dachte Ela bei sich. Nur musste es dann einen Marmor geben, der einen so absolut vollkommenen bronzezarten Braunton vorzuweisen hat, denn die Haut Rahulas erweckte den Anschein, als wohne die Sonne selbst darin. Und in seinen strahlend blauen Augen glaubte sie beinahe zu ertrinken.

Ein durchtrainierter Körper war in der Kletterszene keine Seltenheit. Aber der Mann, der hier vor ihr stand, war kein sportbesessener Jüngling. An ihm wirkten die muskulösen Arme und Beine sowie die perfekten Proportionen seines Oberkörpers, nicht wie die Folgen von Training. Er tendierte sicher Richtung 40; und ebenso wie diese Reife sich in seinem Gesicht widerspiegelte, überzog sie auch seinen Körper. So wie die Zeit seine Gesichtszüge geprägt hatte, schien es, hatte auch das Leben selbst seinen Körper derart gestählt.

Mit anmutigen, bewusst ausgeführten Bewegungen kam er ihr ein wenig näher.

„Wer bist du?", fragte Ela benommen.

Rahula sah sie einen Moment lang an, dann beschloss er ihr die Wahrheit zu sagen.

„Alter, entschleunig dich und geh' fischen, eh' du dich erdest."

Makujato verstand nicht ein Wort. Aber die Gesichter der drei Halbstarken vermittelten ihm deutlich, dass er schleunigst verschwinden sollte. Er hatte klar und unmissverständlich das weitergegeben, was Tony ihm zuvor aufgetragen hatte. Gut möglich, dass er zu schnell gesprochen hatte, denn das tat er immer, wenn er nervös war.

Samuel beobachtete die Szene aus sicherer Entfernung. Tony stand daneben und ihm war sofort klar, dass es nicht zu seiner Zufriedenheit gelaufen war.

Als Makujato die beiden erreichte, berichtete er ihnen, was zu ihm gesagt worden war. *„Was haben die damit gemeint?"*, wollte er wissen.

„Du sollst mal locker werden, dich verpissen, sonst legste dich lang", antwortete Tony trocken. Und einen Augenblick später fügte er hinzu: *„Okay, dann eben Plan B."* Er ging sogleich los, umrundete die drei Jugendlichen außerhalb deren Blickfeldes und näherte sich ihnen von hinten, Makujato erneut von vorn.

Makujato sollte die Drei auffordern in den Erotikshop zu kommen, falls sie Interesse an schnell verdientem Geld hätten. Tony hätte dort die Verhandlungen übernommen, er wollte es vermeiden, unnötig in der Öffentlichkeit zu erscheinen.

„Hey Alter, willste uns anfucken oder was? Bist ja echt endmadig!", brauste der offensichtliche Anführer der drei auf, als Makujato sich ihnen ein zweites Mal näherte.

„Jetzt nimm mal 'n Gang raus und sperr die Lauscher auf!", ertönte eine Stimme in deren Rücken. Sie wirbelten herum und wichen sogleich reflexartig ein großes Stück zurück. *„Hey Mann, bloß keine Fratzenballerei, okay!"*, stieß der Rädelsführer sichtlich verunsichert hervor. Tony sah sie einige Sekunden lang finster an, dann waren die Machtverhältnisse geklärt. *„Ich will euch lediglich 'n kleines Geschäft vorschlagen, das is' dann auch schon alles"*, sagte er ruhig.

„Na is' doch cremig, setz an!", erwiderte einer von ihnen cool, dessen Stimme jedoch erkennbar zitterte.

„Ihr seid also interessiert?"

„Na auf jeden!"

„Dann lasst uns rüber in den Laden gehen, muss ja nicht gleich jeder mitkriegen."

„In die Gaystation? Nee, das läuft nicht!"

Tonys Gesichtszüge verfinsterten sich erneut, woraufhin ihn einer der Drei eilends fragte: *„Ne Hülsenfrucht oder 'n Lungenbrötchen?"* Er hielt Tony eine Dose Bier und eine offene Schachtel Zigaretten hin. Tony lehnte beides ab, dann erklärte er den Deal.

„Is' ja verludert, Alter. Jetzt rall ich das!"

„Ich gebe jedem von euch einhundert Dollar, also strengt euch gefälligst an!", sagte Tony.

„Geht klar Mann, wird massiv vierlagig!"

„Gib ihnen die Wegbeschreibung", sagte Tony an Makujato gewandt.

„Okay", begann Makujato, *„ihr geht runter zur St.-Anna-Kathedrale, dort nehmt ihr die linke Gasse, nicht die, in der sich der Friseur und das Sonnenstudio befinden, sondern die, genau der Staatsbank gegenüber. An deren Ende könnt ihr dann nur mehr rechts, und schon kommt ihr zur Gebäuderückseite."*

„Habt ihr das begriffen?", erkundigte sich Tony, sobald Makujato geendet hatte.

„Runter zum Murmelschuppen, nich' zum Kopfgärtner oder Münzmalle, sondern gegenüber der Kieskneipe", erwiderte einer in beleidigtem Tonfall. *„Sind ja keine Intelligenzallergiker."*

„Cash gibt's erst wenn's gelaufen is', also seid pünktlich!" Tony ließ die Drei stehen und marschierte mit Makujato im Schlepptau davon.

52 Menschheit

„Aus den Texten der Swastika geht hervor, dass aus den 11 notwendigen Zyklen die 11 Mitglieder des Rates hervorgehen werden", hob der Professor nach einer kurzen Weile des Schweigens wieder an.

*„**Jetzt beginnt es**, steht da zuvorderst geschrieben."* Er wirkte mit einem Mal etwas zerstreut. *„Mit den heutigen Techniken lässt sich sehr wohl genau bestimmen, wann dieses **jetzt** geschrieben wurde. Und wenn wir dort mit dem Countdown ansetzen, bleibt nur mehr das kleine Kunststück zu vollbringen, diesen in unsere Zeitrechnung zu übertragen"*, sagte er mehr zu sich selbst und versank dann wieder in Gedanken.

„Warum wollten Sie mit mir über meinen Glauben sprechen?", wollte Annika wissen.

„Ach ja..., ich war..., bin ein wenig...", stammelte Lupp leise, etwas unverständlich. Dann wieder klar: *„In den Texten gibt es einige unvollständige Passagen, in denen von der Schöpfung und dem Sinn des menschlichen Lebens die Rede ist. Einige Stellen weisen darauf hin, dass die gesamte Entwicklung der Menschheit mehrmals zunichtegemacht, und mehrmals von Neuem begonnen wurde."* Annika sah den Professor unsicher an.

„Wie gesagt, die Texte sind unvollständig, aber ich glaube es geht ebenso daraus hervor, dass dies nicht unwillkürlich oder etwa evolutionär geschah und somit ..."

„Wie meinen Sie das?", unterbrach ihn Annika.

Lupp atmete tief durch, ehe er weitersprach: *„Aus jeder neuen, Jahrtausende währenden Menschheitsentwicklung gehen zyklisch 11 besondere Individuen hervor, steht da geschrieben. Und unter jenen wird dann eines der Ratsmitglieder erwählt. Und da dieser Auserwählte dann sozusagen die Quintessenz der gesamten derzeitigen Menschheit darstellt – wird der Rest einfach nicht mehr gebraucht."*

Annikas Augen weiteten sich: *„Und was geschah mit all den andern?"*

„Das Auswahlverfahren beinhaltet die vollständige Auslöschung der momentanen Spezies Mensch und schafft dadurch den Rahmen für das unbeeinflusste Entstehen einer neuen.“ Annika starrte den Professor an. Sie konnte kaum glauben, was er eben gesagt hatte. Unangenehmes Schweigen drohte sich erneut breit zu machen, als Lupp plötzlich aufgeregt weiter sprach, während er hektisch in den verstreut liegenden Papieren wühlte: *„Agent Harley hatte doch von 11 Einträgen in der Nabe der Höhlenswastika gesprochen. Erinnerst du dich?“*

Annika war sich nicht sicher, erst als Lupp die entsprechende Abbildung zutage förderte, fiel es ihr wieder ein.

„Er sagte, eine sei offenbar unvollständig. Da pflichte ich ihm bei.“

Annika betrachtete den Ausdruck.

ÃÈÊÆÂÁ˘đ
ÃÆÁÆÆÊ˘ñ
ÃÃÄÇÁÉ˘ã
ÂÊÆÇÆÈ˘œ
ÂÇÈÈÁÇ˘ş
ÂÄÊÈÆÆ˘ù
ÂÂÂÉÁÅ˘ي
ÉÄÉÆÄ˘ì
ÆÆÊÁÃ˘ç
ÃÈÊÆÂ˘æ
Á˘

Lupp kramte seinen Stift hervor und kritzelte hastig die Übersetzung daneben.

ÃÈÊÆÂÁ˘đ	279510˘đ
ÃÆÁÆÆÊ˘ñ	251559˘ñ
ÃÃÄÇÁÉ˘ã	223608˘ã
ÂÊÆÇÆÈ˘œ	195657˘œ
ÂÇÈÈÁÇ˘ş	167706˘ş
ÂÄÊÈÆÆ˘ù	139755˘ù
ÂÂÂÉÁÅ˘ي	111804˘ي
ÉÄÉÆÄ˘ì	83853˘ì
ÆÆÊÁÃ˘ç	55902˘ç
ÃÈÊÆÂ˘æ	27951˘æ
Á˘	0˘

„Siehst du Annika, wieder derselbe Countdown, nur ein höherer Zyklus!“, sagte der Professor aufgeregt. Annika konnte sich nicht erinnern, ihn jemals so aufgekratzt erlebt zu haben.

„10 Endungen“, fuhr er fort, *„eine fehlt! Die 10 Endungen stehen für die 10 bisherigen Ratsmitglieder, davon bin ich jetzt überzeugt. Und nur mehr die letzte Wahl muss noch entschieden werden.“*

53 Meine Paja

„Ich weiß weder wo ich geboren wurde, noch genau wann. Meine frühesten Erinnerungen gehören allesamt meiner Paja. Paja liebte mich, Paja beschützte mich, meine Paja war immer für mich da gewesen. Mein Vater hingegen war ein mürrischer strenger Mann. Lange Zeit schenkte er mir kaum Aufmerksamkeit, irgendwie hatte ich das Gefühl, dass er mich verachtete.

Von früh bis spät war er in Eile, immer hatte er mehr zu tun, als er bewältigen konnte, und immer waren es immens wichtige Dinge. Als ich etwas älter wurde, fragte ich ihn gelegentlich, worum es sich bei diesen Dingen handelte. Zur Antwort erhielt ich stets: Das verstehst du nicht.

Mit Paja war das ganz anders. Paja war es niemals müde mir etwas zu erklären, ich konnte sie alles fragen, und wie es schien, hatte sie für alles eine schlüssige Erklärung.

Mein Vater war in meiner frühen Kindheit wie ein Phantom für mich gewesen. Er war immer da, beobachtete mich, dennoch bewegte er sich in einer Parallelwelt. Paja hingegen war mein Ein und Alles. Sie zeigte mir die Welt und erklärte sie mir so, dass sie mir gefiel.

Mit dem Ende meiner Kindheit, was in etwa mit dem Beginn meines 6. Lebensjahres zusammenfiel, sollte sich dies grundlegend ändern. Mein Vater erklärte mir, dass meine Zeit als Tunichtgut und Herumtreiber nun zu Ende sei, und dass er von nun an dafür Sorge tragen würde, dass ich den mir bestimmten Weg ging.

Mein Vater war ein Kshatriya, ein Herrscher und Krieger; und traditionsgemäß sollte auch ich zu einem solchen werden. Von nun an bestimmte er meine Tage. Er unterwies mich in den Dingen, die ein Kshatriya zu wissen und zu können hatte. Von nun an erklärte er mir die Welt, wie sie für mich ab jetzt sein würde, und von nun an gab er mir die Antworten auf meine Fragen.

Zu dieser Zeit war mein Vater beinahe immer an meiner Seite, und dennoch wurde ich das Gefühl nicht los, dass er mich nicht sah. Er kümmerte sich um alles, was meine Ausbildung anging, er verwandte beinahe seine gesamte Zeit hierauf. Und obgleich er so viel Energie in mich investierte, glaubte ich doch immer noch, dass er mich verachtete.

Sein Hass schien sich jedoch nicht vorrangig gegen meine Person zu richten. Es wurde mir klar, dass er mich für etwas hasste, wofür ich stand. Mit den Jahren verstärkte sich dies sogar und trat dann allmählich offener zutage.

Ich war ihm kein guter Schüler. Ich hatte kein Talent und auch keinen Willen für seine Sache. Lange Zeit war er geduldig, geradezu stoisch geblieben. Doch als es sich mit den Jahren immer deutlicher zeigte, welch unfruchtbares Unterfangen es war mich lehren zu wollen, sollte sich dies ändern. Immer häufiger riss ihm der Geduldsfaden, schrie er mich an. Das Schlimmste für ihn war, dass seine Umwelt darauf aufmerksam wurde und darüber sprach.

Mit dem ungefähren Ende meines 15. Lebensjahres eröffnete er mir, dass ich eine Schande für ihn sei und für einen jeden Kshatriya. Er hätte all sein Wissen, seine ganze Kraft und sein Herz in mich investiert, und so dankte ich es ihm. Er würde mich von nun an meinem Schicksal überlassen, er sei mit seiner Weisheit am Ende.

Ich stand vor ihm und wusste nicht, wie mir geschah. Ich war ein Knabe von 15 Jahren und blickte auf ein Jahrzehnt zurück, auf ein Leben, welches nicht meines war. Ich liebte die Welt nicht mehr, denn sie gefiel mir nicht mehr. Längst war aus dem fröhlichen unbeschwerten Jungen – zu dem mich Paja einst gemacht hatte – ein trübsinniger desillusionierter hohler Mensch geworden. Die Jahre waren an mir vorübergezogen und ich verstand sie nicht. Ich wurde zu einem Leben gezwungen, welches ich nicht mochte und dadurch um 10 Jahre beraubt.

Nun stand mein Vater also vor mir, und das Letzte, was er zu mir sagte, waren die Worte: Du hast mir erneut das Herz gebrochen. Er sah mich noch für einige, mir endlos erscheinende Augenblicke lang an; aus Augen, die so leer waren und doch so übervoll von Verachtung, Vorwurf und Leid. Schließlich wandte er sich ab und sprach nie wieder ein Wort zu mir.

Mein Leben schien mir zu Ende. Ich war gerade einmal 15 Jahre alt und fühlte mich so unendlich müde, ausgezehrt und ausgebrannt wie ein Greis. Meine Mitmenschen zeigten mit den Fingern auf mich, verlachten und verhöhnten mich. Mein Vater verleugnete mich als seinen Sohn und selbst meine einst so geliebte Paja vermochte es nicht mich zu trösten. In den vergangenen 10 Jahren war es ihr verboten gewesen, sich um mich zu kümmern, und nun – seit es meinem Vater gleich war – erschien sie mir fremd und falsch.

Immer mehr drangen Bruchstücke an meine Ohren und an mein Herz, dass etwas mit ihr nicht stimmte. Dass etwas mit ihr und mir nicht stimmte. Dass etwas mit ihr, mir und meinem Vater nicht stimmte.

Bald schon wählte mein Vater eine Braut für mich und arrangierte die Vermählung. Er wollte mich aus dem Haus haben, Paja sollte mit mir gehen, auch sie wollte er nicht mehr bei sich haben. Die Familie meiner Frau lehnte mich ab. Sie brachten mir Misstrauen entgegen, mir, der ich ein Kshatriya sein sollte und doch keiner war.

Ich hatte mein Auskommen und mit der Zeit lief sich alles ein. Ich lebte mein Leben flach und leer. Ich versuchte meinem Umfeld zu entsprechen, so gut es eben ging. Und als es an der Zeit war – als man mir nahe gebracht hatte, dass es an der Zeit war –, sorgte ich für Nachkommenschaft und war von da an selbst Vater eines Sohnes.

Ich liebte ihn und seit Langem keimte in mir so etwas wie Hoffnung auf. Weit, ganz weit entfernt ahnte ich einen winzigen Schimmer von Licht.

Ich wollte ihm ein Vater sein, der ihm ein frohes reichhaltiges Leben bereitete, nicht einer, der es ihm raubte. Kurze Zeit glaubte ich allen Ernstes daran, dass mir dies möglich wäre. Aber bald schon wurde mir deutlich vor Augen geführt, ***wer*** *sich um sein Leben kümmern und wohin man ihn führen würde.*

Ich sah die Zukunft meines Kindes im Blick seiner Mutter und in dem ihrer Eltern. Selbst im Blick meines Vaters sah ich was geschehen würde. Am allerdeutlichsten sah ich es jedoch in den traurig gewordenen Augen Pajas. In ihrem Blick konnte ich klar lesen, dass sie mir keine Wahl lassen würden, dass sie es niemals zulassen würden, dass ich, ein ehrloser Versager, das Leben dieses Jungen vergeuden würde, so wie ich das meine vergeudet hatte. All das stand klar und unmissverständlich in ihren Mienen geschrieben, und in Pajas Augen las ich noch mehr. In ihrem Blick fand ich ebenso Schuld.

5 Jahre vergingen und meinem Sohn musste ich vorgekommen sein wie ein Phantom. Ich war ständig um ihn, denn ich liebte ihn sehr. Dennoch wagte ich es nicht Einfluss auf ihn zu nehmen, obgleich er der einzige Grund war, warum ich noch atmete. Ich lächelte ihm zu, schickte ihm meine stille Liebe. Alles Übrige überließ ich seiner Mutter und den anderen. Paja hielt es ganz ähnlich.

Er war ein aufgewecktes, draufgängerisches und fröhliches Kind, er ahnte nichts von dem, was war. Bald schon würden sie damit beginnen ihn auf seinen Weg zu bringen. Vielleicht brachte er ja alles Notwendige mit, vielleicht war es der ihm bestimmte Weg. Wenn ja, wollte ich dem nicht entgegen sein. Und wenn nicht, würde er sich möglicherweise beugen, es lernen, oder er würde zerbrechen, wie einst sein Vater.

Ich hatte weder den Mut noch die Kraft ihm dabei zuzusehen oder ihn gegebenenfalls davor zu bewahren. Ich selbst war mittlerweile ungefähr 29 Jahre alt, und für das einzig Gute, was aus meinem bisherigen Leben hervorgegangen war – meinen Sohn – konnte ich nicht einstehen.

Ich beschloss meine Augen davor zu verschließen und mich nachts feige davonzustehlen. Niemandem wollte ich etwas sagen – niemanden hätte es interessiert; einzig von Paja musste ich mich verabschieden. War es auch seither nie wieder so zwischen uns geworden, wie es einst gewesen war, so spürte ich doch deutlich, dass es sein musste, dass ich nicht einfach so gehen durfte.

Als ich dann eines Nachts in ihre Kammer trat, wirkte sie keineswegs überrascht, als ich ihr meinen Entschluss mitteilte. Sie ließ mich damals weder wissen, ob sie es für richtig hielt oder falsch, noch versuchte sie mich davon abzubringen. Sie versicherte mir jedoch, dass mein Sohn es einmal verstehen würde, dafür wollte sie Sorge tragen.

Und dann sprach sie noch von dem anderen.

Sie wollte wissen, warum ich niemals gefragt hatte, ob sie meine Mutter sei; und noch im selben Atemzug eröffnete sie mir, dass sie es nicht war.

Ich erstarrte.

Sie erzählte mir, dass meine Geburt von unglücklichen Begebenheiten begleitet worden war, und dass meine leibliche Mutter alsbald schon an den Folgen gestorben war. Sie war ihre Schwester, sie hieß Maya.

Für meinen Vater war dies ein so entsetzlicher Verlust gewesen, dass er zunächst verlangt hatte, man solle mich an Ort und Stelle zurücklassen, denn es sei allein meine Schuld. Doch Paja hatte mich zu sich genommen und war mir eine Mutter gewesen – den Rest kannte ich.

Lange Zeit hatte ich nur dagestanden, sie stumm angestarrt. Ihre Worte hallten durch meinen Kopf, lösten leise Panik in mir aus. Paja stand mir gegenüber, sie sah mich aus toten Augen an. In ihrem Gesicht stand nichts mehr zu lesen. Ihr Blick war leer, schien entrückt. Sie weinte nicht, sie rührte sich nicht, sie schien nicht einmal mehr zu atmen.

Ich selbst wusste weder ein noch aus, ich zitterte am ganzen Leib, Tränen rannen mir über meine Wangen. Mein Verstand spielte verrückt, und als ich kurz davor stand das Bewusstsein zu verlieren, wandte ich mich um und rannte davon. Seither habe ich Paja nicht wieder gesehen, ebenso meinen Sohn Rahula." Erstmals machte er eine Pause. Ela saß dicht an seiner Seite. Die Sonne schien angenehm warm von wolkenlosem Himmel – aber mehr noch wärmte sie die eigenartige Vertrautheit, mit welcher sie seine Stimme umfing.

„Ich habe erst viel später damit begonnen seinen Namen zu tragen; vielleicht weil mich mein eigener zu sehr an diese unselige Zeit erinnerte." Für einen Moment blickte er versonnen zum Himmel.

„Als ich die meinen verlassen hatte, war ich ein gebrochener Mann. Mein Leben hatte jeden Antrieb, jeden Sinn verloren, ich hatte kein Ziel mehr vor Augen, wusste nicht, wohin ich mich wenden sollte. Die Vorhersehung hat es dann wohl so bestimmt, dass ich mich einigen Männern anschloss, welche bettelnd umherzogen, welche sich einem sehr einfachen Leben verschrieben hatten.

Diese Männer hatten ihre Körper aufgegeben, sie wollten sich ausschließlich dem Geiste widmen. Ich entfernte mich rasch von beidem.

Sechs lange Jahre lebte ich bei diesen Asketen. Extreme Praktiken verzehrten deren Körper, magerten sie ab bis auf die Knochen. Ich fand bald schon Gefallen an diesen selbstzerstörerischen Übungen, waren die doch ein vorzügliches Mittel, den Verstand zu lähmen. Wo sich alle Sinne bei körperlichem Schmerz versammeln – bleibt kein Platz mehr für Erinnerungen.

Dem Tode nahe blieb ich dann eines Tages zurück. Unter einem schönen Baum legte ich mich nieder, ich bat meine Weggefährten ohne mich weiter zu ziehen. Ich sah mich am Ende meines Weges angekommen, hier wollte ich sterben. Mein Körper war ausgebrannt, mein Geist vernebelt, es schien nun bald schon zu Ende zu sein.

Doch dann geschah etwas mit mir. Plötzlich, in meiner letzten Stunde, erkannte ich meinen schrecklichen Irrtum. Woher nahm ich das Recht ein Leben zu zerstören? Auch wenn es mein Eigenes war – es war falsch! Plötzlich flammte der Lebenswille brennend in mir auf. Stärker und heißer, als alles was ich je gefühlt hatte, kam er über mich. Ich bereute mein Tun, ich wollte nicht sterben, doch es schien zu spät.

Der letzte Hauch Energie in mir galt diesem Gedanken und so blieb keine Kraft mehr für einen weiteren Herzschlag. Mein Herz stand still, ich hatte aufgehört zu atmen. Dumpfe, vollständige Dunkelheit umfing mich. Meine Sinne waren erloschen, ich befand mich in totem Raum. Dennoch war **ich** *nicht tot. Ich war noch immer da.*

Die Dauer dieses Zustandes lässt sich nicht mit Zeit bemessen. Ich glaube, er währte nicht den Bruchteil einer Sekunde, und noch in demselben Augenblick kam das Leben in einer gleißenden Explosion zu mir zurück. So unendlich weit es von mir weggestorben war, so unendlich grell flammte es jetzt in mir auf, lud es meinen verwahrlosten, zum Sterben verurteilten Körper mit neuer Energie. All dies geschah in weit weniger als einer einzigen Sekunde. Danach versank ich augenblicklich in tiefen Schlaf.“

Ela saß still da. Und obgleich sie mit gesamter Aufmerksamkeit lauschte, schlichen sich doch auch Gedanken in ihren Kopf, dass sie dies alles bereits kannte, irgendwann schon einmal gehört hatte.

„Als ich nach Stunden erwachte, fühlte ich mich sehr eigenartig. Heftig hätte der Hunger in mir wüten sollen und heftig hätte mein geschundener Leib schmerzen müssen. Aber nichts davon war der Fall.

Auf eine eigenartige Weise erschien mir alles in Ordnung. Natürlich hatte ich Hunger – aber ich spürte ihn nicht. Natürlich waren die Folgen der zerstörerischen Jahre nicht wundersam verschwunden – dennoch fühlte ich sie nicht.

So wie ich wusste, dass auf den Tag die Nacht folgt, wusste ich auch, dass ich Nahrung brauchte und dass mein Körper krank war. Ich trug dieses Wissen in mir, als reine Verstandesangelegenheit – bar jedweder Emotion.

Das oberste Ziel meiner asketischen Weggefährten war die Überwindung des Ichs. Das Wegsterben vom Ich, um frei von allen weltlichen Anhaftungen und reinen Geistes die Erleuchtung erfahren zu können.

Nach meinem Erwachen kümmerte mich die Welt nicht mehr. Ich fühlte nicht mehr ihren Schmerz, ich verzehrte mich nicht mehr nach ihrem Verlangen und ich litt nicht mehr ihr Leid. Nach diesem Erwachen waren all ihre Sorgen nicht mehr die meinen. Das große Ziel schien erreicht, die Erleuchtung vollzogen.

Aber wie alles hatte auch diese ihren Preis. Mit der Befreiung von allen Sorgen, Ängsten und Schmerzen, ging der Verlust allen Glücks einher. Der Preis für die voll-

ständige Erlösung vom Leid war der vollständige Verlust jeder Freude.“

Rahula sah Ela jetzt direkt in die Augen. Sein Blick war plötzlich eiskalt, wirkte geradezu unmenschlich. Keine Empfindung war mehr darin, kein Leuchten, keine Herzlichkeit. Mit einem Mal waren seine Augen tot, machten das schöne, anmutige Gesicht zur Farce. Aber sie vermittelten Ela nicht etwa Furcht oder gar Abscheu, sie besiegelten lediglich die unumstößliche Wahrheit seiner Worte.

„Vor mehr als 2.500 Jahren erlangte ich, Siddhartha – Sohn des Shuddodana, aus dem Geschlecht der Shakya – die Buddhaschaft.“

54 Aura

Plötzlich fühlte sie es – er war in der Nähe. Die Aura der *anderen* war stets leicht zu erkennen und die seinige war herausragend. Von allen Anwärtern hatte nur einer eine noch Ausgeprägtere, und diese war nicht die Ihrige. Jessica wusste, dass sie unter normalen Umständen keine Chance gegen keinen von beiden hatte; also was blieb ihr groß übrig?

Sie vertraute ihm nicht, doch was sollte sie tun? Sie konnte als seine Marionette die letzte Wahl entscheiden und doch noch nach Nibhana einziehen, oder er würde sie vernichten und sie müsste für immer hier verrotten.

Jessica war der erste Anwärter. Kein anderer war so lange hier, wie sie es war. Wenn sie es nur könnte, würde sie diesen verdammten Planeten abgrundtief hassen.

Beinahe über eine ganze Stunde hinweg wurde die Aura beständig mächtiger. Er näherte sich ihr bewusst langsam – es war eine Demonstration, eine Einschüchterung.

Jessica glaubte bereits nach der Hälfte der Zeit, er müsste sich im selben Raum wie sie befinden, so stark war seine Präsenz. Sie hatte vielen Anwärtern von Angesicht zu Angesicht gegenübergestanden, aber eine solch mächtige Aura war ihr bisher nicht begegnet, und sie wuchs noch immer.

Was sie empfand, war unbeschreiblich. Ein Paradox aus grenzenlosem Wohlbefinden und unendlicher Furcht.

Für einen jeden Anwärter war dieses Ereignis der Augenblick der Wahrheit. Nach so endlos langer Zeit, doch noch etwas *anderes* intensiv fühlen zu dürfen, war ein so überwältigendes Erlebnis, dass die damit verbundene, unumgängliche Niederlage schlicht in den Hintergrund tritt.

Das rhythmische Summen des Telefons ihres Schreibtisches vermochte es kaum ihr Ohr zu erreichen. Nur widerwillig löste sie sich ein wenig aus den Gefühlswogen und nahm den Hörer ab. In der Eingangshalle stehe ein Mann, welcher behaupte, sie erwarte ihn, wurde Jessica informiert. Kurz angebunden bestätigte sie es.

Seine Aura erfüllte nun jeden Quadratmillimeter ihrer Umgebung, obgleich er noch etliche Stockwerke von ihr entfernt war. Allmählich gewann die Furcht in ihr überhand, es würde nun gleich ihrer gesamten Kraft bedürfen, ihm gegenüberzutreten.

55 Religion

Der Jet landete auf einem abgeschiedenen Militärflughafen in der Nähe von Pescara, auf dem italienischen Festland. Dort wurden Lupp und Annika umgehend in einen zivilen Helikopter verfrachtet, der sie direkt ins Pindosgebirge flog. Bis zur dortigen Ankunft sprachen die beiden über Annikas Glauben und über Religion im Allgemeinen.

Annika zählte nicht zu jenen Menschen, welche ihren Glauben durch schwammige Aussagen definierten. *Ich glaube schon, dass es da etwas Höheres gibt – aber nicht Gott. Irgendetwas wird uns wohl lenken und irgendetwas wird wohl auch nach unserem Tod auf uns warten.* Solche halbherzigen Glaubensbekenntnisse waren für Annika nur substanzloses Wischiwaschi.

Annika war Christin. Sie glaubte an die katholische Kirche, an Gott, Jesus und den Heiligen Geist. Der Schöpfungsgeschichte der Bibel glaubte sie als intelligenter Mensch natürlich nicht wortwörtlich, dennoch stünde die Bestätigung der Theorie des Professors in gravierendem Widerspruch hierzu. Annika weigerte sich die gegebenenfalls daraus resultierenden Konsequenzen überhaupt in Betracht zu ziehen.

Der Professor spürte ihre Verunsicherung, somit versuchte er seinen Ausführungen einen möglichst hypothetischen und allgemeinen, eher sachlichen Beiklang zu verleihen. Er wollte den rational denkenden Menschen in ihr ansprechen, nicht den emotional gläubigen. Er wusste um Annikas breit gefächertes, wissenschaftliches Interesse, also begann er einen geschichtlichen Vortrag: *„Das lateinische Wörtchen religio bedeutet frei übersetzt: Gottesfurcht oder Versöhnung mit den Göttern. Allerdings ist die Bedeutung des Wortes nicht eindeutig. Zum einen muss berücksichtigt werden, dass es sehr wohl einen Unterschied macht, ob man den Begriff von religare – sich binden, von relegere – auf etwas achten, oder von reeligere – wieder erwählen herleitet und zum anderen bleibt zu bedenken, dass religio auf dem Grund einer einzigen Sprache – nämlich der des Lateinischen – und einer einzigen Kultur – eben der Abendländisch-westlichen – fußt, während Kulturen und Sprachen anderer Weltreligionen, nicht ohne weiteres durch diesen lateinischen Wortstamm, in seinen verschiedenen Ableitungen wiedergegeben werden kann. Allein das Hebräische fürs Judentum und das Arabische für den Islam, ganz zu schweigen von den im ostasiatischen Raum gesprochenen Sprachen und Dialekten, wie beispielsweise Sanskrit, Pali oder Tibetisch, welche alle mit Konnotationen oder Begleitvorstellungen behaftet sind, lassen sich nicht problemlos mit anders gearteten identifizieren.“* Der Professor sprach bewusst übertrieben sachlich, rezitierte teils nur Texte, die er selbst verfasst oder gelesen hatte. Damit erzielte er jedoch exakt die beabsichtigte Wirkung. Annika lauschte mit ganzer Aufmerksamkeit, denn es bereitete ihr sichtlich Mühe, den Inhalt aus der hochstilisierten Rede zu filtern.

„Was die Menschen einer bestimmten Glaubensüberlieferung zusammenschließt, verursacht oftmals Abgrenzung gegenüber Andersgläubigen und gibt nicht selten Anlass auf Distanz zu gehen. Was dem einen heilig ist, nimmt ein anderer zum Anlass für Widerspruch, oder gar zur Kampfansage gegen die angebliche Blasphemie und Sündhaftigkeit. Beispiele hält die Geschichte – vornehmlich die der abrahamitisch-monotheistischen Religionen – in Fülle bereit. Hinzu kommt noch die innerreligiöse Vergangenheit der Ketzervernichtung, auch hier können die abrahamitischen Religionen – insbesondere Christentum und Islam – den fragwürdigen Ruhm für sich verbuchen, eine mit Blut geschriebene Ketzergeschichte ihr Eigen zu nennen." Lupp bemerkte, dass er lauter geworden war und dass sich auf Annikas Stirn bereits deutlich leichte Falten abzeichneten. Für einen Moment war er versucht hier zu vertiefen – aber das wäre sicher zur falschen Zeit gewesen.

„In allen Epochen der Menschheitsgeschichte glaubten die Menschen an das Übersinnliche, waren sie um die Gunst und die Gnade der Götter bemüht. Katholiken, Protestanten, Griechisch-Orthodoxe, Armenisch-koptische und andere Christen, Sunniten, Schiiten, Juden, Hinduisten, Chinesische Buddhisten, Konfuzianer und Taoisten, lamaistische Buddhisten, japanische Buddhisten und Shintoisten – es gab und gibt unzählige. Die heute noch lebendigen 5 Weltreligionen: Hinduismus, Buddhismus, Islam, Judentum und Christentum, sind jedoch nur eine Momentaufnahme. Rund zwei Jahrtausende sind längst noch kein Anspruch auf Beständigkeit. Es gab große Religionen, die weit länger währten und dann doch für immer verschwanden; sodass heute nur mehr eine Handvoll Kauze – wie ich einer bin – überhaupt deren Namen kennen.

Erste religiöse Dimensionen menschlichen Lebens werden erstmals gegen 500.000 vor unserer Zeitrechnung fassbar, als Schädel rituell bearbeitet wurden, was man wegen der Fundstelle des sogenannten Pekingmenschen – einer frühen Form des Homo erectus – zu wissen glaubt. Ab 75.000 finden sich Hinweise auf erste Bestattungen Verstorbener und auch die eindrucksvollen Höhlenmalereien Westeuropas – die auf die Zeit um 30.000 vor Christus zu datieren sind – könnten ihren Ursprung durchaus im Bereich des religiösen haben.

Heute noch lebende Jäger- und Sammlerkulturen, wie etwa die der Pygmäen, Aborigines oder Inuit, erinnern entfernt an diese altsteinzeitlichen Anfänge." Der Professor erhob seinen Zeigefinger: *„Oder verhält es sich andersherum? Nämlich dass unsere Vorstellung von der Steinzeit bei ihnen entliehen ist?"* Er schmunzelte, und auch auf Annikas Lippen zeigte sich ein dünnes Lächeln.

„Vier Typen von Artefakten geben Aufschluss über das Wesen dieser altsteinzeitlichen Religiosität. Funde menschlicher Schädel, Begräbnisplätze, Höhlenmalereien und Statuetten. Frühe Schädelfunde – wie beispielsweise die des Pekingmenschen, die im

chinesischen Zhoukoudian entdeckt wurden und in etwa 500.000 Jahre alt sind – zeigen Spuren von rituellen Bearbeitungen. An alten Begräbnisstätten – wie im usbekischen Teschi-Tasch, im französischen La Ferrassie oder im italienischen Monte Circe – wurden menschliche Körper gefunden, die auf der rechten Seite lagen, deren Köpfe oftmals nach Osten ausgerichtet und deren Beine gekreuzt oder in Hockstellung gebracht worden waren. Nahe den Leichen fanden sich Tierknochen und Werkzeuge, bei denen es sich möglicherweise um Grabbeigaben handelte.

Es bleibt jedoch fraglich, ob aus einer so geringen Zahl von Funden derartig Schlüsse zu folgern sind. Vielleicht finden sich im Lauf der Jahre weitere Tote, die auf der anderen Seite liegen, keine gekreuzten Beine aufweisen und deren Köpfe in alle möglichen Himmelsrichtungen weisen. Gleiches gilt für Höhlenmalereien, deren berühmteste Beispiele wohl die Wisentbilder an der Decke der Höhle von Altamira in Spanien und die Stierbilder in den Höhlen von Lascaux in Frankreich sind. Auch dabei nimmt man an, dass hier keine freie Kunst, sondern religiöse Bedeutung zugrunde liegt.

Bei den paläolithischen Figuren, wie etwa der sogenannten Venus von Willendorf, sind die weiblichen Merkmale, die auf Schwangerschaft, Geburt und das Nähren von Kindern hindeuten könnten, übertrieben ausgeprägt. Dies könnte mit Fruchtbarkeitskulten und Muttergottheiten in Zusammenhang gestanden haben, genauso gut wär jedoch denkbar, dass diese Figuren lediglich dem damalig vorherrschenden Schönheitsideal nachempfunden wurden und die bevorzugten weiblichen Konturen, eben deswegen übertrieben ausgeprägt dargestellt worden waren – ähnlich dem weit jüngeren Barock.“ Bei dem Wort Barock machte Lupp eine ausladende Geste vor seiner Brust.

„Im 6. und 5. vorchristlichen Jahrhundert wirkten in vier Teilen der Welt große religiöse Führer. In Griechenland schufen die ionischen Naturphilosophen den Grundstock für die griechisch-römische Gedankenwelt. Im Vorderen Orient begründeten hebräische Propheten wie Amos, Jesaja und Jeremia das Prophetentum – also den späteren ethischen Monotheismus. In Indien lebten Buddha und Mahavira. Und in China entwickelte sich durch den entstehenden Daoismus und den Philosophen Konfuzius ein ethischer Humanismus. Dadurch wurden die religiösen Traditionen der hellenischen Welt, des Zoroastrismus, des Buddhismus und Jainismus, sowie die Chinas begründet; und etwa zur gleichen Zeit ebnete das Judentum bereits den Weg für das Christentum und den Islam.

Als Katholikin, Annika, zählst du zu den Christen. Das Christentum ist seiner Herkunft und bezüglich seiner Entstehungsbedingungen, ohne die Fundamente des alten Israel und der jüdischen Traditionen zwar nicht vorstellbar, die gewichtigste Prägung erhielt der christliche Glaube jedoch erst durch den Menschen Jesus. Es muss sich wahrhaftig um eine ganz besondere Faszination gehandelt haben, die von diesem Menschen nicht nur auf seine direkten Zeitgenossen ausgegangen ist; denn dessen Auswir-

kungen setzten sich noch lange nach seinem Tod fort und erlangten letztlich gar eine beispiellose Potenzierung, wegen der überaus gewaltsamen und grausam dargestellten Begleiterscheinungen seines Todes und dem späteren Mythos seiner Auferstehung. Somit mag es kaum verwundern, dass aus diesem charismatischen Menschen der Messias wurde; und aus dem Messias dann gar Gott selbst – in der Trinität: Vater, Sohn und Heiliger Geist.

All diese Anschauungen resultieren deutlich aus einer komplexen Lehrbildung und Theologie, welche sich über mehrere Jahrhunderte hinweg entwickelt hat. 2.000 Jahre kirchliche Frömmigkeit und theologischer Reflexion haben bis zum heutigen Tage ein Jesusbild entstehen lassen, welches in einer weltweit verbreiteten und überaus differenzierten Institution – der Kirche – explizit eingerahmt und nicht selten eingeschnürt ist, und somit kaum mehr den Blick auf den bemerkenswert charismatischen Menschen aus Nazareth preisgibt." Lupp unterbrach seine Rede und drehte sich ganz zu Annika.

„Es gibt einige bedeutende Wissenschaftler – mich eingeschlossen", er schmunzelte flüchtig, *„die dies alles für eine von Menschen ersonnene Angelegenheit halten. Jeder von ihnen hegt seine eigenen Ideen und Theorien – in einem stimmen wir jedoch alle überein.*

Der Mensch ist – und war es immer – auf der Suche nach Führung. Irgendwann kommt ein jeder an eine Grenze, an der er aus eigener Kraft kein Weiterkommen mehr sieht. Für manche liegt diese Latte sehr hoch, wird diese Schwelle erst im Extremen überschritten, doch für die Vielzahl ist sie schon im Alltag erreicht. Es ist für die Menschen leichter nach Vorgaben zu leben, auch wenn sie oftmals gerade darüber jammern.

Ganz zu Beginn war der Kampf ums Überleben. Die Sorge ums tägliche Brot, Schutz vor Kälte, vor Hitze und Feinden, füllte ihre Tage aus. Den Menschen jener Zeit blieb schlicht kein Raum für neue Gedanken.

Je mehr jedoch der Fortschritt das Leben erleichterte, desto mehr freie Zeit blieb den Menschen; und heute schließlich – ist das Überangebot von nicht ausgelasteter Zeit ein weit verbreitetes Problem vieler.

Die Flucht in den Alkoholismus oder zu anderen berauschenden Drogen, die Konsumsucht, Spielsucht, extreme Formen des Sports, alledem kann die Ursache mangelnder Beschäftigung zugrunde liegen. Früher waren es mehr geistige Fluchtversuche, da es den Menschen jener Zeit an materiellen Mitteln schlicht mangelte.

Das Grundprinzip ist dennoch das Gleiche. Man stellt eine einzelne Sache derart in den Vordergrund, dass diese alles andere überschattet. Hierauf verwendet man dann seine gesamte Energie, entschuldigt damit Versäumnisse und entzieht sich so mancher unliebsamen Verantwortung. Wenn ich 42 Kilometer in 2 Stunden laufen möchte, muss ich täglich trainieren, da bleibt keine Zeit mehr für gesellschaftliches Engagement. Wenn ich Porsche fahren möchte, muss ich hart für das viele Geld arbeiten, da bleibt keine Zeit mehr für Bildung, Gesundheit oder Partnerschaft. Und wenn ich Gott über alles stelle, muss ich mich lediglich an ein paar Regeln halten und auf die Erlösung nach dem Tod warten.

Die einheitliche Meinung dieser Wissenschaftler ist, dass Religion genau auf diesem Prinzip entstand, und sich bis heute aus denselben Gründen hält und weiterentwickelt. Stark ausgeprägte Religiosität findet sich oft dort, wo sich der Mensch außerstande sieht, sein Leben aus eigener Kraft zu meistern. Dies zeigt sich vornehmlich im Armenmilieu, oft aber auch am anderen Ende, nämlich dort, wo übermäßiger Reichtum oder Ruhm ein exzessives Leben ermöglicht und wo nach dessen restlosem Ausleben nichts mehr bleibt. Seltener findet sich wahrhaftige Religiosität beim biederen Durchschnittsvolk, ein gewisses Maß an Minderheitenzugehörigkeit ist nahezu immer vorausgesetzt."

Annika starrte den Professor an. *Gehörte sie einer Minderheit an? Oder war sie nicht wirklich gläubig?* Sie schob die Gedanken beiseite, wandte sich ab.

Lupp wartete einen Augenblick, ehe er weiter sprach: *„Trotz heutigem Wissenschaftstand kann die Menschheitsgeschichte nicht mehr restlos nachvollzogen werden. Vieles wird wohl für immer im Dunkeln bleiben und somit bleibt beiden Seiten genügend Spielraum, vergangene Ereignisse so darzustellen und zurechtzulegen, dass dadurch die gewünschte Geschichte entsteht. Der Denker glaubt nur dem schlüssigen Beweis, und dem Gläubigen bleibt zu guter Letzt immer der Verweis auf die wörtliche Bedeutung selbst: Ihr sollt glauben – nicht wissen.*

Selbst wenn sich durch das, was wir in dieser Höhle möglicherweise finden werden, unumstößlich herausstellen sollte, dass unsere Geschichte eine ***völlig*** *andere ist, als die, die wir bisher angenommen haben, werden die richtigen Leute die richtigen Antworten und Auslegungen finden und diese dann in ihre bevorzugte* ***Wahrheit*** *passend einfügen."* Annika wusste wirklich nicht, was sie dazu sagen sollte. Im Moment war ihre Verunsicherung derart groß, dass sie bereits an ihrem Glauben zu zweifeln begann, noch ehe sie die Höhle überhaupt betreten hatten.

Aus einem Lautsprecher über ihren Köpfen drang die Nachricht, dass sie in wenigen Minuten landen würden. Bis zum Aufsetzten des Helikopters schwiegen sie.

56 In der Kneipe

Als Jessica wieder allein in ihrem Büro stand war klar, was sie zu tun hatte. Seine Anweisungen waren einfach und unmissverständlich, die erste Phase sollte umgehend eingeleitet werden. Er nannte ihr Ort und Zeitpunkt: Midtown, Dienstag 15. Juli 2008. Sie selbst sollte hierbei noch nicht in Erscheinung treten, erst in der zweiten Phase und natürlich in der dritten – dem Hauptschlag.

Er hatte ihr eingeschärft, dass sie lernen musste, ihre Unbeherrschtheit zu kontrollieren und dass sie sich strikt an den Zeitplan zu halten habe. Nur wenn mittels Phase I und II die notwendige Aufmerksamkeit in der Welt geweckt wurde, konnte der Hauptschlag seine volle Wirkung erzielen.

Auch hatte er von dem kleinen Zwischenfall mit Makujato und den anderen gewusst. Er hatte sie angewiesen sich persönlich darum zu kümmern. Er erläuterte ihr detailliert deren Vorhaben und verabschiedete sich mit den Worten: *Solche Ablenkungen sind nun nicht mehr angebracht, bringt es zu Ende, die Tage des Spielens sind nun vorüber.*

Jessica blieb nicht die Zeit, um über dieses doch sehr einseitige Zusammentreffen nachzudenken. In weniger als einer Stunde würde ein Ablenkungsmanöver auf der Gebäuderückseite inszeniert werden, während Makujato und seine Kumpane ihre aberwitzige Unternehmung starten wollten.

Deren Vorhaben war so dreist, dass Jessica beinahe davon überzeugt war, dass es von Erfolg gekrönt gewesen wäre, hätte sie nicht auf diese Weise davon erfahren. Jetzt kannte sie jedoch sowohl den Aufenthaltsort der Jugendlichen, als auch den ihres ehemaligen Mitarbeiters und seiner Befreier.

15 Minuten später traf Jessica in der Holstenstreet, Hausnummer 114 ein. Als sie die schwere Eingangstür der Kneipe hinter sich ins Schloss fallen ließ, empfingen sie ein halbes Dutzend dumm glotzender Augenpaare: die drei Halbstarken, zwei billig aufgetakelte Miezen und ein dunkelhäutiger Barmann Ende 50. Alle, außer dem Alten – der hinter seinem Tresen lungerte –, waren um einen heruntergekommenen Billardtisch versammelt. Jessica ging direkt auf diesen zu, die Zeit drängte. Die Jugendlichen bauten sich vor ihr auf, pfiffen anzüglich, die Mädchen rümpften ihre Nasen.

„Scheiße Alder, kuck dir die Delüxschnitte an!“, sagte einer von ihnen.

Und ein Zweiter meinte: *„Na Baby, suchst du mich?“*

„Ja“, antwortete Jessica, als sie unmittelbar vor ihm stand. Und noch ehe sich das dümmliche Grinsen übers Gesicht des Fragestellers auszubreiten vermochte, stieß ihr Kopf explosionsartig nach vorn, brach ihm die Nase und versetzte ihn in Tiefschlaf.

Die unverhoffte Attacke wirkte lähmend auf alle Anwesenden. Es war Jessica ein Leichtes auch die beiden anderen außer Gefecht zu setzen, die kreischenden Mädchen ließ sie unbehelligt ziehen.

Als der Barmann sein altes Gewehr über den Tresen hob und auf sie anlegte, flammte etwas in ihr auf. Wie gern würde sie sich jetzt mit ihm befassen. Aber Jessica hob brav ihre Hände, versicherte ihm, dass dies nichts mit ihm zu tun habe und verschwand.

Wenige Minuten später stand sie vor Sergejs Appartementtür.

Rahula saß schweigend neben Ela in der warmen Sonne.

Ela *wusste*, dass das, was sie eben gehört hatte, der Wahrheit entsprach, auch wenn es ihr gänzlich unmöglich erschien. In ihrem Kopf überschlugen sich die Gedanken, etliche Fragen schrien nach Antwort – nur kam lange keine davon über ihre Lippen. Sie wagte es nicht einmal ihn anzusehen, geschweige denn ihm ihre Fragen zu stellen.

Dieser Mann, der still neben ihr saß und den sie gerade einmal eine Stunde kannte, warf sie völlig aus der Bahn. Er hatte ihr eine unglaubliche Geschichte erzählt, trotzdem zweifelte sie an keinem seiner Worte.

Demnach lebte er seit über 2.500 Jahren! Was war er? Unsterblich? Ein Gott?

Er sagte, er sei Buddha – Siddhartha selbst, der Erleuchtete. Aber was wusste sie schon von alldem? Sie hatte sich nie intensiver mit Buddhismus oder überhaupt mit Religion befasst. *„Wie kann das sein?“*, fragte sie schließlich mit leiser Stimme. Sie wagte es noch immer nicht ihren Blick zu heben.

„Das muss sehr schwer für dich sein“, sagte er sanft, *„aber glaube mir, wenn ich dir sage, dass auch du schon länger als dies eine Leben auf Erden wandelst. Die Wiedergeburten bleiben in der Regel vor dem menschlichen Bewusstsein verborgen, nur wenige überwinden diese Schwelle. Das Aufwachen bewirkt unter anderem eine wiedergeburtenübergreifende Erinnerung, die vorherigen Leben geraten nicht länger in Vergessenheit, dadurch wird eine deutlich umfangreichere Entwicklung möglich.“*

Ela sah Rahula jetzt doch an. *„Was hast du ..., ich meine wie hast du ...“* Sie fand nicht die richtigen Worte.

„Du möchtest wissen, wie es dazu kam – warum ausgerechnet mir dies widerfahren ist?“, half er ihr. Ela nickte.

„Es brauchte nicht meines Zutuns. Es war mir bestimmt. Für einen jeden steht geschrieben, wohin ihn sein Weg führen wird.“

Elas Verwirrung wuchs. *„Aber zu was macht dich das?“*

„Wir sind Anwärter.“

„Anwärter? Worauf? Und wieso wir – gibt es noch mehr?“ Ela fühlte sich plötzlich wie zweigeteilt. Die eine Hälfte wurde zusehends forscher, wollte alles wissen, stellte mit skeptischer Stimme Frage um Frage. Die andere Hälfte ergab sich beinahe vollends Rahulas Augen, seinem sanften Blick. Seine Augen waren längst nicht mehr kalt und tot, wie für jenen kurzen Augenblick, jetzt waren sie wieder wie anfangs – ganz einfach unglaublich. Wollte ihre eine Hälfte, ihre Verstandeshälfte, ihn mit Fragen löchern, ihn anzweifeln und durchschauen, so wollte die andere, ihre Herzenshälfte, einfach nur für immer in diesem Augenblick verweilen.

„Ja, es gibt einige wie mich; und unsere Anwärterschaft bezieht sich auf die Gründung einer neuen Welt.“

Ela verstand nicht. Erneut nach Worten ringend sah sie ihn lange Zeit nur an. Ginge es nach ihr, könnte dieser Augenblick wahrhaft ewig währen; nur da sein – ihn ansehen. Auch Rahula genoss diesen Moment. Er konnte es noch nicht greifen, aber entfernt spürte er etwas. Etwas – das er längst schon nicht mehr für möglich gehalten hatte. Nach einer Weile sagte er: *„Du musst alles erfahren. Du musst es verstehen, denn ich glaube, du wirst ebenso einen Teil dazu beitragen. Hör mir zu, ich will es dir erzählen.“*

58 Sterben

Tony hoffte, dass auf die angeheuerten Jungs Verlass war. Ohne das Ablenkungsmanöver war sein ohnehin sehr dünner Plan ganz sicher zum Scheitern verurteilt. Er war ein letztes Mal alle Einzelheiten mit Samuel und Makujato durchgegangen, sie hatten alles Nötige gepackt, es konnte losgehen.

„Dein Plan ist ein Witz“, sagte Samuel einmal mehr.

„Und genau deswegen wird er auch funktionieren“, entgegnete Tony. Makujato sagte schon seit Längerem gar nichts mehr.

Als plötzlich die Tür aufschlug, geschah alles unfassbar schnell. Del Toro stürzte ins Zimmer; Tony stand der Tür am nächsten, somit traf es ihn zuerst, dann Makujato und zuletzt Samuel. Sergej saß – mittlerweile wieder angezogen – noch immer geknebelt, an einen Sessel gefesselt im Zimmer. Und obgleich Jessicas Attacke keine 15 Sekunden andauerte, erschien Sergej dies Schauspiel wie in Zeitlupe; detailliert beobachtete er alle Einzelheiten: Die Frau wirbelte ins Zimmer, die Männer erstarrten. Lange blitzende Klingen sausten wie mit ihrem Körper verwachsene Verlängerungen ihrer Arme durch die Luft und schnitten tiefe Wunden in Tonys mächtigen Körper. Dunkelrotes Blut quoll daraus hervor, ergoss sich auf den hellen Teppich und spritzte gegen die weißen Wände. Eine einzige Sekunde später stand die Frau in der Mitte des Raumes. Geradezu tänzerisch hatte sie den riesigen Kerl umrundet und ihm dann die beide Klingen in den Rücken gestoßen. Die elegant anmutende Bewegung, mit welcher sie sie wieder herauszog, mündete mit gekreuzten Armen nach einer bizarren Pirouette am Hals des Asiaten. Ähnlich einer überdimensionalen Schere schnitt sie ihm scheinbar mühelos den ungläubig dreinschauenden Kopf vom Körper. Ihm blieb nicht einmal genug Zeit, um zu verstehen, was mit ihm geschah. Als sein Kopf zu Boden fiel, floss erstaunlich wenig Blut aus dem durchtrennten Hals. Sein Körper sackte seltsam zögerlich – geradezu unentschlossen in sich zusammen. Als die Spitzen der rasiermesserscharfen Klingen die Brust des dritten Mannes erreichten, hielten sie dort für zwei, drei Sekunden wenige Millimeter unter dessen Haut inne. Samuel stand mit dem Rücken gegen die Wand und als sie ihre Arme entsetzlich langsam nach vorn schob, gab es für ihn kein Entrinnen. Zentimeter für Zentimeter bohrten sich die Klingen durch sein Fleisch und seine Eingeweide, ehe sie der Widerstand der Wand stoppte. Einzig ein widerlich gurgelndes Röcheln entrang sich der Kehle des qualvoll Sterbenden. Dann eine letzte schwungvolle Drehung, und die Frau samt Klingen war aus Sergejs Gesichtsfeld verschwunden.

15, maximal 20 Sekunden waren verstrichen und drei Männer lagen in ihrem Blut. Sergej überkam Panik. Er hatte soeben mit ansehen müssen, wie drei Menschen auf entsetzlich grausame Weise getötet wurden, und deren Mörderin war noch immer im Raum – das spürte er deutlich.

Ein Albtraum war wahr geworden. Er war gefesselt und geknebelt und somit gänzlich hilflos im gleichen Raum mit einer sich im Blutrausch befindlichen Schlächterin. Die Angst, die ihn erfüllte, war derart allgegenwärtig, dass sie ihm beinahe die Besinnung raubte. Grausamerweise aber nur beinahe.

Jessica stand hinter dem sich windenden Mann. Aussichtslos versuchte er hinter sich zu blicken. Er zuckte hektisch hin und her, warf sich im Sessel von einer zur anderen Seite. Als Jessica ihm die flachen Seiten der Klingen auf beide Schultern legte, hielt er jedoch augenblicklich still.

Ihr Körper war durchdrungen von unbändiger Lust. Lust – Schmerzen zu säen, und Angst zu ernten. Der Rausch, in welchem sie sich bereits befand, war nichts im Vergleich zu dem, was nun noch kommen würde. Sie hob die Klingen an und trat vor Sergej. Für die nächsten Stunden drängten keine weiteren Termine, ihr blieb reichlich Zeit.

Als sich die Klingen ein erstes Mal in Sergejs Fleisch fraßen, ahnte der noch nicht, was ihn erwartete. Stunden vergingen, in welchen er Höllenqualen durchlitt, in welchen sie ihn Stück um Stück aufschnitt und sie sich an seinem unsäglichen Leid labte.

59 Tellidh

„Ich verstand die Zusammenhänge seinerzeit nicht sogleich. Lange Zeit wandelte ich ziellos umher und begriff überhaupt nichts. Mein Körper erholte sich rasch und meine Unbekümmertheit allem gegenüber erweckte alsbald schon die Aufmerksamkeit meiner Mitmenschen. Nach einigen Wochen traf ich auf meine einstigen Weggefährten, auf ihre Bitten hin erzählte ich ihnen von dem, was mir widerfahren war. Für sie war dies die Bestätigung ihres Strebens und ich der lebendige Beweis für das erreichbare Ziel. Ich kümmerte mich nicht darum, sie waren mir egal. Ziellos zog ich weiter und so mancher von ihnen folgte mir.

Mit den Monaten wuchs meine Gefolgschaft beständig an, aber auch das kümmerte mich nicht. Ich ermutigte niemanden dazu mir nachzueifern und ich hielt keinen davon ab. Manche von ihnen glichen meinem Schatten, waren ständig an meiner Seite, immer darauf bedacht mir alles gleich zu tun.

Anfangs antwortete ich wahrheitsgemäß auf die immer wiederkehrenden Fragen, doch irgendwann schwieg ich. Antworten erhielten die Fragenden trotzdem. Buntere und aufregendere als die meinen. Denn kaum schwieg ich, begannen meine einstigen Weggefährten für mich zu sprechen. Über Jahre hinweg konnte ich miterleben, wie aus meinem simplen Leben eine Legende erwuchs.

Jahrzehnte verstrichen ohne jedes Ereignis. Ich beobachtete mich, doch es geschah nichts. Tage kamen, Tage gingen. Ich lief umher, aß ein wenig und schlief ein wenig – das war alles.

Ein halbes Jahrhundert lang zog ich durch die Wälder und kümmerte mich um nichts. Ich hatte noch immer nichts begriffen, nur eines war mir aufgefallen. 50 Jahre waren vergangen, aber ich schien keinen einzigen Tag gealtert zu sein. 50 Jahre waren vergangen, und ich war nicht einen davon krank gewesen oder hatte mich auch nur an einem ein wenig unwohl gefühlt. Ich könnte aber auch nicht behaupten, dass ich mich an einen einzigen Tag wohl gefühlt hätte, oder zufrieden, unzufrieden, gelangweilt, euphorisch, traurig, zornig oder glücklich. Nichts von alledem. Ein Tag glich dem anderen. Ich wachte auf, ich ging umher, ich aß, ich schlief ein. Das war alles.

Auch das bunte Treiben um mich her nahm ich längst nicht mehr wahr. Und dann, 483 vor der Zeitwende, fasste ich einen Entschluss. Ich vertraute mich einem meiner treuesten Weggefährten an, erzählte ihm, was er hören wollte. Dann eröffnete ich ihm, dass es für mich an der Zeit sei, meinen letzten Weg anzutreten und ***er*** *könne mir dabei behilflich sein. Bereitwillig stimmte er zu.*

Er hatte nichts weiter zu tun, als meinen Tod zu verkünden und die damals übliche Verbrennung meiner sterblichen Überreste zu inszenieren. Am Tag meines Begräbnisses war ich bereits etliche Kilometer entfernt, erst Jahrhunderte später erfuhr ich aus diversen Zeitdokumenten, weswegen ich damals verstorben war.

Von nun an zog ich allein umher, ansonsten änderte sich wenig. Einige Dinge fand ich heraus, aber im Ganzen wurden lediglich die Gebiete die ich durchstreifte weitläufiger und einsamer. Immer häufiger suchte ich die Abgeschiedenheit der Berge, etliche Jahre verlebte ich in ihrer Einsamkeit und Monotonie. Bis ich dann eines Tages starb.

Schon Tage zuvor hatte ich gespürt, dass mir etwas bevorstand. Eine Frist schien abzulaufen, etwas Neues brach nun bald an. Der Tod selbst war wenig bedeutsam, ich starb und wurde wiedergeboren. Alles, was sich dadurch änderte, war mein äußeres Erscheinungsbild.“ Rahula schwieg einige Sekunden, ehe er weitersprach.

„Mit jeder Wiedergeburt trat ich in das Leben eines anderen Menschen. Jedes weitere Leben begann im Körper eines Menschen, im Alter meiner Erleuchtung. Im Jahr 302 vor der Zeitenwende erwachte ich im Körper eines fünfunddreißigjährigen Fischers in Da Nang, im heutigen Vietnam. In diesem Leben führte mich meine Wanderschaft bis nach Europa, ins Pindosgebirge in Thessalien.“

„Der Tunnel!“, stieß Ela unverhofft aus. Rahula sah sie für einen Moment durchdringend an, er *erinnerte* sich und verstand.

„Im Tellidh, dem Tunnel, steht alles geschrieben. Gut die Hälfte dieses Lebens war

bereits vorüber und den Rest verbrachte ich dort. Ich lernte die alten Zeichen deuten und brachte die meinen an.“ Ela sah ihn fragend an.

„Im Herzen des Tellidh steht geschrieben, was geschehen wird, und auf dem Weg dorthin bringen die Anwärter ihre Daten an. Auf der großen Hellhriss – dem Zeichen des Strebens nach Mitte, im endlosen Kreislauf des Seins – steht auch geschrieben, dass die Geburt des Halbblutes einst Nibhana führen wird.“

In Ela wuchs eine beunruhigende Vorahnung heran. Rahulas sanfter Blick hielt den ihren fest, als er die Worte aussprach, die sie bereits kannte: *„Vieles deutet darauf hin, dass dein Kind einst dem Rat in Nibhana vorsitzen wird.“*

Der Boden unter Ela begann zu schwanken. Heiß und laut strömte ihr Blut durch sie hindurch. Mächtige, undefinierbare Gefühlswellen schlugen über ihr zusammen, überfluteten sie, drohten sie zu ertränken. Rahula legte sacht seine Arme um sie, dankbar lehnte sie sich an ihn.

„71 vor eurer Zeit“, sagte er dann, *„starb ich im Tellidh. Ich wurde in Kapernaum, am Nordufer des galiläischen Sees wiedergeboren. In meinem vorherigen Leben, auf meinem Weg zum Tellidh, kam ich auch durch das Gebiet meiner Herkunft. Was dort aus meinem Erleuchtungserlebnis hervorgegangen war, erweckte einen Gedanken in mir. In meinem dritten Zyklus unternahm ich ein erstes Experiment. Ein jeder Anwärter prägt die Menschheit. Jeder auf seine eigene Weise, jeder mit etwas gänzlich Neuem. In den Jahrtausenden vor mir gab es allerlei Richtungen, aber niemals so etwas wie Religion. Zu Beginn meines dritten Zyklus säte ich den Mythos vom Erlöser.“*

60 Tony

Die Schmerzen wurden allmählich schlimmer. Der Schock saß noch immer tief, aber langsam ebbte er ab. Die Tür war vor wenigen Sekunden ins Schloss gefallen, jetzt war es still.

Tony lag auf dem Bauch, mit dem Gesicht zur Wand gedreht, auf dem Fußboden. Das schmerzhafte Brennen, welches beinahe seinen gesamten Körper überzog, konzentrierte sich zunehmend an einer flammenden Stelle auf seinem Rücken. Vor ungefähr 20 Minuten hatte er sein Bewusstsein wieder erlangt und seit eben dieser Zeit lag er abwartend da.

Wahre Schreckensszenarien hatte die ihn umgebende Geräuschkulisse in ihm heraufbeschworen. Geräusche – die zweifelsfrei von Hieben in Fleisch stammten, begleitet von gewaltsam gedämpften, qualvollen Schreien und zuletzt von entsetzlichem Jammern und Stöhnen.

Eine weitere Minute verging.

Dann eine Zweite, nichts rührte sich, es blieb still. Tony wollte noch länger warten, um ganz sicher zu gehen, dass sie nicht zurückkam, aber er wurde sekündlich schwächer. Der sich konzentrierende Schmerz nahm jetzt immer rascher zu, während seine Sinne mehr und mehr verschwammen. Er durfte nicht länger warten, er musste etwas unternehmen.

Zögerlich hob er den Kopf und sah sich um. Zu seiner Linken erkannte er undeutlich den kopflosen Torso Makujatos, schnell wandte er sich davon ab. Ein Telefon stand wenige Meter von ihm entfernt, rechts der Tür. Er wagte es nicht sich nach den beiden anderen umzusehen. Den Blick starr auf den Apparat geheftet, schleppte er sich keuchend voran. Die kurze Distanz erwuchs sich zu einem fast unüberwindlichen Hindernis. Mit jeder weiteren Kraftanstrengung, die ihn seinem Ziel näher brachte, presste er zugleich auch ein weiteres Stück des winzigen bisschen Lebens, welches noch in ihm wohnte, aus seinem sterbenden Körper.

Als er das Telefon endlich erreichte und er den Hörer am herunterhängenden Kabel von der Gabel zog, wurde ihm für einen entsetzlichen Augenblick lang schwarz vor Augen. Tony wusste, wenn er jetzt schlapp machen würde und sein Bewusstsein erneut verlieren würde, wäre es um ihn geschehen. Er mobilisierte seine allerletzten Kräfte, hob den Hörer an seinen Mund und erklärte mit wenigen gepressten Worten alles Nötige der Vermittlung. Dann gab er auf.

Er schloss seine Augen, gab sich ganz dem jetzt wieder dumpfer werdenden Schmerz hin. Seine Sinne schwanden, ob er überleben würde, lag nun nicht mehr in seiner Hand.

61 Wissen ist Macht

Seit beinahe 24 Stunden arbeitete Professor Lupp nun schon ununterbrochen im Tunnel und der Kammer. Annika hatte ihm treu zur Seite gestanden, bis er sie vor rund 4 Stunden angewiesen hatte, sie solle sich schlafen legen. Anfänglich hatte sie sich geweigert, dann jedoch widerwillig zugestimmt. Der lange Fußmarsch aus dem Tunnel heraus war ihr endlos erschienen und als sie endlich in einer der Baracken unter eine Decke geschlüpft war, war sie augenblicklich eingeschlafen.

Lupp saß nun allein in der Kammer. Er hatte die großen grellen Scheinwerfer ausgeschaltet, nur mehr die blassgrünen Lampen der Notbeleuchtung verbreiteten ihren düsteren gespenstigen Schein. Mit dem Rücken zum Tunnel starrte er zur Swastika empor, die er nur schemenhaft im schummerigen Licht ausmachen konnte.

Jeden Quadratzentimeter hatte er unter die Lupe genommen. Beinahe alle Textpassagen konnte er vervollständigen und übersetzen. Sein Verstand war für etliche Stunden auf Hochtouren gelaufen, er hatte sich lange nicht mehr so energiegeladen und lebendig gefühlt. Jetzt jedoch, als er nach langer Zeit erstmals zur Ruhe kam, übermannte ihn die Müdigkeit.

Zuletzt hatte er die Unterlagen über die Datierungen eingesehen, die ihm ein Mitarbeiter Harleys vor weniger als einer Stunde überreicht hatte. Alle darin enthaltenen Fakten bestärkten seine Ergebnisse.

Die enorme Erschöpfung, die ihn jetzt daran hinderte diesen finsteren Ort zu verlassen, rührte jedoch weniger von der Marathonuntersuchung her, eher von den erschütternden Erkenntnissen, welche ihm nun mehr und mehr die kommende Katastrophe offenbarten. Wenn sich alles bewahrheiten sollte, was er in den vergangenen Stunden herausgefunden hatte – und daran hegte er kaum Zweifel – wäre das Weitergeben seiner Entdeckungen ohnehin ohne Bedeutung.

Wissen ist Macht, kam es ihm in den Sinn. Aber wenn dieses Wissen das unabwendbare Ende der gesamten Menschheit beinhaltet – kann Unwissenheit reinster Segen sein.

62 Michela Tomas

Das Feuer war längst schon heruntergebrannt, nur mehr der fahle Schein des Mondes erhellte das Zimmer ein wenig. Seit Monaten hatte Michela mit keinem Menschen mehr gesprochen, die letzten waren vor gut einem halben Jahr hier vorbeigekommen. Dass sie überleben würden schien nun beinahe sicher; das stimmte Michela zuversichtlich. Seit einigen Wochen sendete eine Radiostation von irgendwoher beständig Informationen, allmählich fassten sie wieder Fuß.

Kälte breitete sich zunehmend im Zimmer aus, Kälte umfing auch Michela selbst. Ihr Ende war nun ganz nah. Weit näher, als sie noch vor ein paar Stunden geglaubt hatte. Jetzt war sie sich sicher, dass dies bereits ihre letzte Nacht sein würde.

Ihre Gedanken schweiften weiter zurück, zu dem Tag, als sie ihn ein erstes Mal traf. Unglaubliches hatte er ihr erzählt. Mit halbem Lächeln dachte sie daran zurück.

„Du hast ***ihn*** *getroffen?“* Elas Stimme verriet unverhohlen ihren Zweifel. Rahula hatte ihr allen Ernstes erzählt, dass er selbst maßgeblich dafür verantwortlich sei, dass es das auf Jesus basierende Christentum überhaupt gibt.

„Es gibt ihn als solchen nicht“, antwortete Rahula ruhig.

„Aber es ist bewiesen, ich mein, es gibt etliche handfeste Beweise seiner historischen Gestalt!“, erwiderte Ela trotzig.

„Gestalten“, sagte Rahula. *„Der Mythos Jesus beruht auf mehr als nur einer Person.“* Ela starrte ihn an.

„Ich gab den Menschen, wonach sie suchten. Hoffnung. Hoffnung in Form einer nahen Erlösung, durch einen Messias aus ihrer Mitte. Jehoschua ben Joseph ho Nazarenós war nur einer von vielen, die Jesus seinerzeit verkörperten. Ich wählte diesen Namen, da er einer der gängigsten war und die Menschen sich dadurch leichter ihren Messias erwählen konnten.

Es gab Jesus den rechtschaffenen Fischer, Jesus den strengen aber gutmütigen Lehrer, Jesus den Fürsprecher der Armen und Ausgegrenzten und so manchen anderen. Über Jahre hinweg verkündigte ich sein Erscheinen und so bedurfte es lediglich ein wenig Zeit, bis die Menschen meine Prophezeiung mit geeigneten Personen in Verbindung brachten. Einmal in Gang gesetzt verselbstständigte sich das Ganze. Die einzelnen Personen verschmolzen zu dem einen Erlöser, und aus seiner charakterlichen Vielfalt erwuchsen sich die Legenden. Der weit verbreitete Name Jehoschua konnte hierbei nur hilfreich sein."

Michela hatte Rahula damals in der Sonne unterm *Studenten* fassungslos gegenübergesessen. Diese Informationen hatten sie unerwartet tief erschüttert, obgleich sie kein ausgeprägt gläubiger Mensch war. Aber dass es jemand wagte, derart an festen Pfeilern der Menschheit zu rütteln, darauf war sie nicht gefasst gewesen. Zwar beeinflusste die Religion in kaum erwähnenswertem Maße ihre Gedanken und ihr Tun, doch hatte ihre Erziehung sie zur unumstößlichen Tatsache in ihrem Verstand verankert. Dies grundlegend anzuzweifeln war ihr unmöglich erschienen.

„Lass mich dir eine weitere Geschichte erzählen", hatte Rahula gesagt. *„Die Geschichte eines Mannes, namens Muhammad, der 570 als Halbwaise in Mekka geboren wurde und der, nachdem in seinem 6. Lebensjahr auch seine Mutter verstarb, vom Großvater und seinem Onkel Abu Talib aufgezogen wurde. Die Kindheit und Jugend verbrachte er mit dem Hüten von Schafen. Einziges Highlight dieser Zeit waren die Reisen seines Onkels nach Syrien, auf welchen er ihn gelegentlich begleiten durfte.*

Muhammad – nicht sonderlich gebildet, aber auch nicht dumm – war mit seiner Situation nicht zufrieden. Mittels **seiner** *Reisen – wie er sie später bei Freunden und Bekannten verkaufte – schaffte er es, sich durch Ausschmückungen und Übertreibungen bei ihnen interessant zu machen, sich aus der Masse hervorzuheben. Diese Lügengeschichten, gezielt an den richtigen Stellen platziert, verschafften ihm im jungen Alter von 25 Jahren eine Anstellung zum Karawanenführer bei der reichen Witwe Chadidja.*

Von diesem Erfolg beflügelt, strebte er nach mehr. Ein nächstes Ziel war schnell gefunden: ein junger erfolgreicher, weit gereister Mann und eine reiche ältere Witwe. Nicht lange und Muhammad war verheiratet und von da an angesehener Kaufmann in Mekka.

Etwa nach einem Jahrzehnt hatte er alles durch, sowohl was die sinnlichen Genüsse betraf, aber vor allem, was es das Vermögen der mittlerweile verstorbenen Chadidja anging. Zu dieser Zeit steckte nicht nur die polytheistische Stammesreligion Mekkas in der Krise, sondern auch Muhammad.

Vielen Arabern erging es – was das Religiöse betraf – ähnlich. Die wenigen Juden und Christen, die damals bereits in Mekka lebten, waren für sie interessant geworden; Neues und Fremdes war von jeher interessant für die Menschen.

Dann trat jemand in Muhammads Leben und gab ihm eine neue Richtung." Rahula sah Ela in die Augen und sie verstand.

„Dem Vorbild christlicher Mönche gleich, zog ich mich in die Einsiedelei zurück, um eines Morgens, mit einer Vision wiederzukehren. Ich verkündete, dass der Engel Gabriel mir erschienen war und mir befohlen habe, die Botschaft Gottes zu verbreiten. Die Zeit der selbst auferlegten Einsamkeit hatte ich dazu genutzt, um im Gespräch mit den Mönchen etwas über das Christentum in Erfahrung zu bringen, welches ich in meinem vorherigen Leben gänzlich aus den Augen verloren hatte.

Da ich weder des Lesens noch des Schreibens mächtig war, war ich auf diese mündlichen Überlieferungen angewiesen. Aber sowohl die Tatsache, dass die Mönche ihrerseits die jetzt bereits Jahrhunderte alte Religion nur mehr verwischt und gefärbt weitergeben konnten, als auch die nicht unerhebliche Sprachbarriere, mit welcher ich mich konfrontiert sah, verzerrten nun mehr meine Auslegung der Geschichte.

Für den Anfang hatte ich jedoch genug. Ich hatte einen Engel, der mich rufen würde, und ich hatte von Abraham, Moses und von den Propheten gehört – und genau so einer wollte ich sein. Ein Prophet, ein Gesandter Gottes.

Ich verbreitete, nach angemessenem Zögern und öffentlichem Zweifeln an meiner Berufung – ganz nach dem Vorbild Moses'–, unter meinen Landsleuten das Wort Gottes. Ich zog durch die Straßen und Gassen Mekkas und ermahnte seine Einwohner: Sie sollen von ihrem bösen Lebenswandel ablassen, großzügig gegenüber den Armen sein und an den einzig wahren Gott glauben.

Kaum jemand wollte etwas davon hören. In 10 Jahren des Predigens war es mir gelungen, ganze 70 Anhänger um mich zu scharen; wobei es sich meist um Sklaven, Heimatlose oder aufsässige Jünglinge reicher Familien handelte.

Bis 619 hatte ich Rückhalt durch den Klan der Hashemiten, dessen Oberhaupt Abu Talib, mein Onkel war. Mit dessen Tod endete jedoch die Unterstützung der Hashemiten, und aus Gleichgültigkeit und Verleumdung seitens der Bürger Mekkas mir gegenüber, wurde nun rasch Feindseligkeit und Verfolgung.

Am 16. Juli 622 eskalierte meine Situation in Mekka. Lange Zeit hatte ich versucht meine Mitmenschen zu bekehren, was mir jedoch nicht gelungen war. Auch meine weltliche Stellung war um nichts besser geworden – ganz im Gegenteil. Hoch verschuldet und verfolgt floh ich aus Mekka, nach der ca. 200 km entfernten Oase Jathrib.

In Jathrib gewann ich rasch viele Anhänger und sah mich nun doch noch meinem Ziel nahe – als Gesandter Gottes zu gelten. Die zumeist bäuerlichen Einwohner der Oase waren bereits durch die unter ihnen lebenden jüdischen Stämme mit monotheistischem Glauben in Berührung gekommen und dadurch leichter für meine Sache zu begeistern. Einzig die Juden selbst, sowie die wenigen Christen, welche damals in Jathrib lebten, wollten mich nicht als Propheten anerkennen.

Weil ich nun aber genau diese Anerkennung benötigte, da ich doch den Willen ihres Gottes verkündete, stand ich erneut vor einem Problem.

Dann kam mir der rettende Einfall. Ich rief meine eigene selbstständige Religion aus. Ich berief mich von nun an direkt auf den Vorvater Abraham und behauptete, dieser habe die Kaaba – das höchste Heiligtum Mekkas – als Tempel für den einzig wahren Gott – Allah – erbaut. Kurzer Hand änderte ich die Gebetsrichtung von Jerusalem nach Mekka und hatte damit Erfolg. Zwar geriet ich hierdurch restlos in Missgunst bei den Juden und Christen, aber durch den enormen Zuwachs unter den Arabern, gerieten die alsbald schon zu einer bedeutungslosen Minderheit.

Rasch schwang ich mich zum geachteten Befehlshaber und politischen Führer mehrerer Stämme auf. Jetzt fehlte mir nur mehr eines, um meinen Triumph zu krönen. Ich wollte Mekka – welches mich verlacht und gedemütigt hatte. Ich wollte seine Einwohner unterwerfen, die Stadt einnehmen und ihr Heiligstes – die Kaaba – ihrer rechtmäßigen Bestimmung zuführen.

624 gelang mir ein erster entscheidender Schlag. Versteckt hinter Hügeln und Sanddünen, bei der kleinen Stadt Badr, lauerte ich mit einigen Anhängern einer reich beladenen Karawane aus Mekka auf. Die Schlacht von Badr ging als erster großer Sieg des Propheten in die Geschichte ein.

Von nun an sprach man vom Heiligen Krieg gegen die Feinde Allahs. Die im Kampf gefallenen Moslems erhielten den Ehrentitel Dschihad, Märtyrer – Zeuge Gottes. In Wahrheit handelte es sich dabei um nichts anderes, als den hinterhältigen Überfall auf den Reichtum anderer. Ich benötigte dringend Geld, um meinen Feldzug gegen Mekka zu finanzieren. Willkommen waren mir auch die aufsässigen Juden und Christen, die ich im Namen Allahs vertreiben und töten ließ.“ Rahula musterte Ela, ehe er weitersprach. Er spürte ihren Konflikt, hin und her gerissen zwischen Faszination und Abscheu.

„630 war ich dann am Ziel. Ich kehrte als Sieger nach Mekka zurück, trat in die Kaaba und zerstörte die heidnischen Götzen. 2 Jahre lang predigte ich nun wieder vermehrt das Wort Gottes, forderte ich meine mittlerweile schon beträchtlich angewachsene Anhängerschaft erneut zum Ablassen von deren bösem Lebenswandel und zu mehr Großzügigkeit gegenüber anderen auf – nachdem sie für mich gemordet und geplündert hatten.

Für den mittlerweile alt gewordenen Propheten war es nun an der Zeit zu sterben. Nicht jedoch, ehe er klare Anweisungen hinterlassen hatte, wie es mit seinem Volk weitergehen sollte. Im Koran stehen in 114 Kapiteln, den Suren, die Offenbarungen Gottes an Muhammad.

632 starb Muhammad und mit ihm die direkte Verbindung zu Allah. Und da ja nicht das als heilig und unfehlbar galt, was Muhammad sagte – er war nur Prophet, Mittler zwischen Gott und dessen Volk – sondern das, was Gott ihm anvertraut hatte, hinterließ ich meinen Willen in Offenbarungen.

Gleich zuvorderst, in der zweiten Sure steht geschrieben, worum es mir vorrangig ging: Zu kämpfen ist euch anbefohlen; unterwerft alle Nichtmuslime und tötet sie, wo immer ihr auf sie trefft.

Dies waren klare Worte und einfach begründet: Allah weiß, ihr aber wisset nicht. Und fürchtet Allah und wisset, dass Allah mit denen ist, die ihn fürchten.“

„Warum?“, unterbrach ihn Ela unverhofft. Sie konnte nicht länger schweigen.

Rahula sah sie an: *„Du weißt doch, wie es sich mit unseren Empfindungen verhält“*, sagte er ruhig.

„Ja, ihr fühlt überhaupt nichts. Aber ...“, entgegnete Ela, ihre Stimme klang jetzt eindeutig zornig. *„Das trifft es nicht ganz“*, unterbrach er sie. *„Mit dem Erwachen, dem Begin meiner Anwärterschaft, verlor ich jegliche Furcht und all meine Sorgen. Ebenso verlor ich jede Freude und jedes Glück. Was ich jedoch wirklich verlor, war die Fähigkeit, solche Gefühle durch mich selbst zu erfahren. Als Anwärter wurde ich zu einem neutralen Beobachter, einem Analysten. Eigene Gefühle waren nicht länger notwendig, konnten hierbei nur hinderlich sein.*

Doch von nun an war ich dazu in der Lage, die Gemütszustände der Menschen zu empfinden. Ich fühle ihre Freuden und ihr Leid. Das, gepaart mit längerer Lebensdauer und lebenszeitüberschreitendem Bewusstsein, macht uns zu perfekten Forschern.

Nur scheint es mir, wurde dabei eines übersehen. Die Gefühle anderer, die Gefühle der Menschen, sind für uns die einzige Möglichkeit zum Lustgewinn. Jahrhunderte lebte ich ohne jede Begierde, bis ich eines Tages ein erstes Mal den intensiven Schmerz eines Menschen empfand.

Jeder neue Anwärter muss diese Fähigkeit zunächst erlernen, kann sie dann verfeinern. Alle unsere Fähigkeiten gleichen im Grunde denen der Menschen. Jeder Mensch spürt die Stimmungen eines anderen. Vor allem dann, wenn sie sich im Extremen zeigen. Überglückliche Menschen strahlen dies deutlich aus, ebenso zutiefst betrübte. Und mehr als alles andere zeigt sich beim Menschen die Angst.

Wahre Angst kann er nicht kontrollieren oder gar verbergen. Wahre Angst ist das Intensivste, was ein Mensch empfinden und somit auch ausstrahlen kann.“

„Aber was ist mit ...“, begann Ela unsicher.

„Der Liebe?“, ergänzte Rahula ihren unvollendeten Satz.

Ela nickte.

„Hast du jemals wirklich geliebt?“, fragte er.

Ela schwieg. Sicher war sie in ihrem Leben einige Male verliebt gewesen. Doch ihre längste Beziehung hatte gerade einmal gut 2 Jahre gehalten. Konnte das wahre Liebe sein? Sie liebte ihre Mutter und sie liebte Lisa, aber das war etwas anderes. Ela fürchtete, sie musste seine Frage mit Nein beantworten.

Rahula las es von ihren Augen ab. *„Die Schmetterlinge im Bauch und dies herrlich belebende Gefühl, wenn man ihn oder sie nach kurzer Trennung wieder in die Arme schließen kann. Die Unbeschwertheit und die Leichtigkeit, mit der man Alltäglichem begegnet. Alles tritt in den Hintergrund, solange sich Liebende nahe sein können.“* Ela erahnte bereits die bittere Wahrheit hinter den schönen Worten.

„Die Liebe, so heißt es, überwinde alles. Dabei flackert sie bereits bei geringsten

Unstimmigkeiten. Meist genügt die Abschwächung nur einer Seite, und schon ist sie in Auflösung befunden. Und bei Verlust, verpufft sie beinahe immer. Verlust ist für den Liebenden gleichgesetzt mit unendlich großem Schmerz. Und dabei ist der Verlust bei weitem nicht das Schlimmste, was einem Menschen widerfahren kann. Aber bereits dieser Schmerz überstrahlt die vorhergegangene Liebe um ein Vielfaches.

Schmetterlinge im Bauch sind eine unbeschreiblich schöne Sache. Die Liebe beflügelt und ist wahrlich ein atemberaubendes Erlebnis. Nur ist sie meist ebenso flüchtig und unbeständig. Unterhalte dich mit einem Menschen, der glaubt, wirkliche Liebe erlebt zu haben. Wenn sie nicht gerade akut bei ihm vorherrscht, wird er dir erzählen, wie wundervoll sie sein ***kann****. Dann sprich mit jemandem, dem wahrhaft Entsetzliches widerfahren ist. Und er wird dir mit Sicherheit bestätigen, wie grausam dies* ***ist*** *und* ***bleibt****.“*

Ela dachte darüber nach. Peter kam ihr in den Sinn. Was war sie in ihn verliebt gewesen. Das Kennenlernen und die ersten Wochen, vielleicht sogar Monate, waren einfach traumhaft schön gewesen. Jeder Tag war ein guter Tag, wenn sie ihn nur sah, in seinen Armen liegen konnte.

Als sie dann später erfahren hatte, dass er sie von Anfang an betrogen hatte, war dieser Zauber mit einem Schlag vorüber gewesen. Mehr als 15 Jahre lag dies nun schon zurück; aber diesen abscheulichen Moment, in diesem unseligen Treppenhaus, hatte sie bis heute nicht vergessen.

Die genaueren Umstände wusste sie längst nicht mehr, nur dass sie auf jenen Stufen einen Brief öffnete, den Peter an ein Mädchen geschrieben hatte, deren Namen sie längst vergessen hatte. Sie musste lesen, wie er ihr für die schönen Stunden dankte und er von der heißen Nacht schwärmte, die er mit ihr verbracht hatte.

Diesen körperlichen Schmerz, der sie damals durchfuhr, hatte sie bis heute nicht vergessen. Von da an wusste Ela, wie sich Messerstiche in den Bauch anfühlten, obgleich sie diese schreckliche Erfahrung wortwörtlich glücklicherweise nie gemacht hatte. Der Boden wurde ihr damals unter den Füßen weggerissen und für eine lange Zeit verlor ihr Leben scheinbar jeden Sinn. Erst nach einer kleinen Ewigkeit hatte sie diesen Vorfall so weit verdaut, dass sie sich dazu im Stande fühlte, eine neue Beziehung zu beginnen. Und wenn sie jetzt so darüber nachdachte, kam es ihr gar so vor, als wären alle folgenden Beziehungen bereits von Beginn an durch diesen Stich vorbelastet gewesen – hatten dadurch nie eine Chance auf Bestand gehabt.

Alle ihre Verliebtheiten waren in ihrem Kopf noch vorhanden. Sie erinnerte sich mit ihrem Verstand daran, aufgefrischt und wahrscheinlich verfärbt durch Filme, Bücher, Songtexte und Erzählungen. Der Moment jedoch, als sie die Messer trafen, als ihr Herz spürbar brach, war in ihre Seele eingebrannt worden. Er bedurfte keiner Auffrischung und war heute noch so unverfälscht wie an jenem Tag selbst.

„Jede Empfindung, die ich von Menschen wahrnehme, ist für mich gleichermaßen Lust. Ich kann wohl die Auslöser und die Art unterscheiden, aber von Interesse ist für

mich lediglich deren Intensität. Je stärker die Intensität, desto intensiver ist mein Lustempfinden. Erst nach Jahrhunderten lernte ich feinere Impulse zu empfangen – sie zu schätzen.

Von dem Tag an, als eine solche Wahrnehmung erstmals meine Jahrhunderte währende Gefühllosigkeit durchbrach, wollte ich mehr davon. Die Jagd danach hatte ihren Anfang genommen und wurde mir – wie einem jeden Anwärter – zur Sucht.

Die Erkenntnis, dass die Angst hierzu das größte Potenzial besitzt, wird noch durch einen zweiten Begleitumstand bestärkt. Man sagt über die Liebe nicht nur, dass sie alles überwinden könne, es heißt zu Recht auch, dass sie nicht erzwungen werden kann. Die Angst hingegen ist billig. Jederzeit und bei jedem lässt sie sich entfachen; erst recht durch jemanden wie mich.“

Ela schwieg nun wieder, das Gehörte verängstige sie.

Nach einer Weile sagte Rahula: *„Deswegen“*, beantwortete damit ihre Frage, dann nahm er den Faden seiner Geschichte wieder auf.

„Bereits ein Jahr, nachdem Muhammad tot war, brachen die Reiterscharen des Islam über die Grenzen Arabiens hinaus. Die zumeist völlig überraschten Nachbarländer, die bisher kaum etwas von der Existenz des neuen Glaubens gehört hatten, wurden regelrecht überrannt. In weniger als 2 Jahrzehnten eroberten die Moslems die reichsten Fürstentümer des Nahen Ostens.

Nach wie vor war ich der führende Kopf hinter den Kalifen. Der anfänglich rasche Wechsel der scheinbaren Oberhäupter kam nicht von ungefähr, ich musste sie loswerden, sobald sie zu unbequem oder zu gierig wurden.

Mein Siegeszug führte mich ostwärts bis nach Indien und westwärts bis an die Ufer des Atlantik. Ich drang über die Straße von Gibraltar nach Spanien und Portugal und über die Pyrenäen bis ins Herz Frankreichs vor.

Für mich war dies alles nicht mehr als ein weiteres Experiment. Anfänglich bereitete ich es über Jahrzehnte vor, dann irgendwann, übernahm einmal mehr unsere Sucht mein Denken.

Erst in der Schlacht von Tours starb Muhammad wirklich; erst nach einem ganzen Jahrhundert des Eroberns, verschwand der Prophet für immer. Von nun an regierten wahrhaftig andere Oberhäupter die Geschicke der Muslime, welche meine Expansionspolitik jedoch munter fortführten, beinahe noch 1.000 Jahre lang.

In jener Schlacht, im Kampf gegen Martell, erkannte ich in dessen Augen, wie ich die letzten 100 Jahre gelebt hatte. In seinen Augen spiegelte sich mein Irrsinn.“

„War er auch ein…?“, begann Ela.

„Martell war ein Mensch. Auch unter den Menschen gab und gibt es solche, die für nichts anderes leben und um nichts anderes kämpfen, als um Macht. Martell war ein eiskalter machtbesessener Mann, ein unbarmherziger Krieger und gnadenloser Herrscher. Als ich ihm auf dem Schlachtfeld gegenübertrat, schlug mir eine unvorstellbare Wucht des Hasses und des Zorns entgegen, wie ich sie einem einzelnen Men-

schen nicht zugetraut hätte. Seine blinde Zerstörungswut brachte mich zur Besinnung. Ich kehrte von Stund an dem Schrecken den Rücken und versuche bis heute, mein Verlangen so weit mir dies möglich ist zu bändigen.“

Das halbe Lächeln auf Michelas Gesicht war verschwunden. Sie schob die Erinnerungen beiseite, konzentrierte sich nur mehr auf Rahula – sein sanft lächelndes Antlitz stand ihr jetzt deutlich vor Augen. Michela klammerte sich daran fest.

63 Nibhana

Nie zuvor hatte einer von ihnen Nibhana wieder verlassen. Es stand einem jeden offen – nur wieso sollte er? Thenhram war zuletzt zum Rat gestoßen, mit ihm waren die Energien darin zu gleichen Teilen zugegen.

Bis zu Siddharthas Erwachen erschien die letzte Wahl völlig offen. Es gab keinen, der herausragte, weder zu der einen, noch zur anderen Seite.

Dannthe hatte alle Anwärter genau studiert. Er wusste um die eindeutig dunklen Absichten Sadhvenas, er kannte ihre Stärken und Schwächen. Die Entwicklung des letzten Anwärters überzeugte ihn davon, dass er handeln musste.

Im Rat herrschte Unstimmigkeit über sein Vorhaben, gleichwohl vermochte es niemand, ihn davon abzubringen. Nibhana aus freien Stücken zu verlassen, glich dem freiwilligen Tausch, vom Paradies zur Hölle. Aber Dannthe wollte es nicht dem Schicksal überlassen, ob dieses Paradies nun Paradies blieb, oder bald selbst schon zur Hölle wurde.

64 Verstehen

Spät am Abend, bei bereits hereinbrechender Nacht, hatte Ela sich von Rahula verabschiedet. Sie waren zusammen zu seinem Wagen gegangen und er war davongefahren. Ihr Kopf war so übervoll von alldem gewesen, was er ihr erzählt hatte, dass ihr erst einige Zeit später aufging, dass ein mögliches Wiedersehen allein bei den Sternen lag. Sie hatten weder Nummern ausgetauscht, noch ein weiteres Treffen vereinbart. Sie wusste nicht einmal, wo er lebte.

Zu Hause angekommen schenkte sie sich ein großes Glas kaltes Wasser ein und setze sich in die Küche. Ihr Puls ging schnell, sie war zügig zurückgeradelt. Still saß sie da und lauschte auf das Pochen ihres Herzens. Als ihr Körper sich allmählich beruhigte, versuchte sie ihre Gedanken zu ordnen.

Rahula war Siddhartha. Der Siddhartha. Der Erleuchtete, der Begründer des Buddhismus. In gewisser Weise war er ebenso der Begründer des Christentums, da erst durch ihn der Mythos von Jesus entstanden war. Außerdem war er der Begründer des Islam, in der Gestalt von Muhammad selbst. Ela schwirrte einmal mehr der Kopf. Das war wirklich starker Tobak.

Des Weiteren war er ein Anwärter auf die letzte, alles entscheidende Ratsmitgliedschaft, wobei jener Rat über das Aussehen einer neuen Welt entscheiden würde. Die Erde und alles Leben auf ihr waren demnach nichts weiter, als Teil eines Experiments. Nur ein Test. Nur der Probelauf für die wirkliche Welt.

Das alles klang wahrhaftig unglaublich, und mit Elas nächstem Gedanken, begann ihr Herz wieder energischer zu schlagen. S*ie selbst sollte bei alldem eine nicht unerhebliche Rolle spielen. Ihr ungeborenes Kind – was heißt ungeboren, ungezeugt! – würde demnach, einst diesem Rat vorsitzen und die Geschicke jener Welt lenken.*

Leichter Schwindel überkam Ela. Die Konturen des Raumes begannen zu verschwimmen, Elas Verstand wollte klein beigeben. Mit einem Mal erschien ihr die Begrenztheit ihrer kleinen Küche unerträglich. Die Wände stürmten auf sie ein, die Decke drohte sie zu erdrücken. Ela sprang auf und eilte nach draußen.

Auf der Straße angekommen, sog sie die mittlerweile frisch gewordene Nachtluft gierig ein. Ihre Augen hatten sich noch nicht vollständig an die Dunkelheit gewöhnen können, als sie plötzlich eine dunkle Gestalt wahrnahm, die auf direktem Weg auf sie zuzukommen schien und nur mehr wenige Schritte von ihr entfernt war. Ela stieß einen kurzen erstickten Schrei aus, als diese Gestalt eine Hand nach ihr ausstreckte. Starr vor Entsetzen blieb sie wie mit der Erde verwurzelt stehen. Erst als die Hand jener Gestalt sie bereits berührte, erkannte sie Milo.

Der Schrecken, welcher sich Elas Glieder bemächtigt hatte, machte sogleich wohltuender Erleichterung platz, und in dem Augenblick, als sie die lähmende Spannung aus ihrem Körper vertrieb, ließ Ela los. Tränen sammelten sich in den Winkeln ihrer Augen und als sie sich in die Arme ihres Vaters flüchtete, hielt sie sie nicht länger zurück. Milo hielt sie fest, spendete ihr Trost.

Als sie ihm nach einer Weile schluchzend von allem zu erzählen begann, eröffnete er ihr, dass er darüber Bescheid wusste. Nur für einen kurzen Augenblick verblüfften Ela die Worte ihres Vaters, dann gab sie auch hier auf. Nach alldem, was sie in den letzten Stunden durchlebt hatte, vermochte sie kaum mehr etwas zu verwundern.

Allmählich beruhigte sie sich und ihr Schluchzen verklang. Ihr Vater erklärte ihr, dass auch er einst ein Anwärter gewesen war, genau wie Rahula heute. Sein wahrer Name sei Dannthe, er hätte vor sehr langer Zeit die erste Wahl entschieden. Von da an war er das erste Mitglied im Rat, und als solches überwachte er alle weiteren Wahlen. Neun weitere Ratsmitglieder folgten, somit fehlte heute nur mehr eines.

Vereinfacht gesprochen, gibt es im Rat nur zwei Richtungen, erklärte er seiner Tochter. Die einen sind hell, die anderen dunkel. Gut oder böse.

Die Verteilung im Rat bestimmt über die Welt Nibhana. Eine einfache Mehrheit wird genügen. Zurzeit herrscht Ausgeglichenheit, hell und dunkel halten sich die Waage.

Ela fragte ihn nach Nibhana und er erzählte ihr, dass sie die endgültige Welt sei. Die Erde ist nur ein Planet von unendlich vielen ähnlichen. Es gibt unzählige wie sie, dass die Menschen ausgerechnet auf ihr leben, ist purer Zufall. Nibhana ist der Anfang von allem. Es ist aus sich selbst heraus entstanden und wird nie enden. Nibhana ist schwer mit Worten zu beschreiben: Nibhana ist alles – und alles ist Nibhana.

Stell dir einen Moment vor, der für dich absolutes Glück verkörpert. So vollkommen, dass er nur einen einzigen, winzigen Bruchteil einer Sekunde währen kann, da er zu perfekt ist, um anzudauern, hatte ihr Vater gesagt. *Dann multipliziere ihn mit der Unendlichkeit, das Ergebnis ist die helle Seite Nibhanas. Und ganz genauso verhält es sich mit der dunklen Seite.* Ela erzitterte bei dem Gedanken daran.

Bald schon wird sich Nibhana für die eine oder andere Seite entscheiden, um dann für immer so zu bleiben. Die gesamte Menschheit wird dann dort leben – so oder so. Die gesamte Menschheit, hatte er ihr erklärt, schließt nicht nur alle momentan Lebenden ein, sondern auch alle bisher Verstorbenen und alle Zukünftigen, welche erst noch geboren werden.

Und da die Entscheidung hierzu endgültig sein würde und somit nicht leichthin getroffen werden durfte, entschied sich Nibhana für einige Probeläufe. Es erschuf eine materielle Welt mit unzähligen Räumen und allen denkbaren Gegebenheiten, um dann – scheinbar aus einer Laune heraus – den Probelauf an einer beliebigen Stelle zu beginnen. Dass es dabei die Erde traf, ist somit reiner Zufall. Es verhielt sich weder so, dass die Erde alle günstigen Bedingungen in sich vereinte, sodass gerade auf ihr Leben entstehen konnte, noch so, dass das Leben sich nur deshalb auf ihr entwickelte, weil es sich an die vorgefundenen Bedingungen so gut anpasst hatte. Der Mensch, das körperliche Leben, entstand auf der Erde einzig und allein deswegen, weil es der Zufall so wollte; besser gesagt, weil es Nibhana so wollte.

Dann wurde weiter gewürfelt. Wie lange sollte der Testlauf andauern? Sollte er in einem Durchgang oder in mehreren Phasen entschieden werden? Die äußere Form musste festgelegt werden. Letztlich ergab es sich, dass es eine einfache Mehrheitsentscheidung sein sollte. Und damit es zu keinem Unentschieden kommen konnte, musste es eine ungerade Anzahl von Stimmberechtigen geben. Es hätten 3 genügt oder es hätten 1.000.001 sein können. Nibhana entschied sich für 11.

Zuweilen ist Nibhana etwas eigen, könnte man glauben. Denn vieles, was dem Geist zu denken gibt, entbehrt jeglichem Sinn oder Notwendigkeit, ist somit lediglich Willkür oder bestenfalls dazu bestimmt, allem eine gewisse Einheit oder Mystik zu verleihen. Ein Beispiel hierfür wäre der pedantisch quadratische Tellidh, von exakt 11 Kilometern.

Nachdem die Rahmenbedingungen feststanden, wurde alles auf der großen Hellhriss niedergeschrieben und hatte von nun an Gültigkeit. In 11 Durchgängen sollten 11 Ratsmitglieder ermittelt werden und mit der Benennung des letzten, wird die Entscheidung dann getroffen sein.

Jedes dieser 11 Ratsmitglieder sollte unter 11 Anwärtern auserwählt werden, und jeder dieser jeweiligen 11 Anwärter sollte 11 Leben dazu Zeit haben, sich für seine Wahl zu wappnen. Die Sympathie für die Zahl 11 ist unverkennbar. Daher mag es umso verwunderlicher erscheinen, dass jedes dieser 11 Einzelleben ausgerechnet 231 Jahre währen sollte und nicht etwa 11. Die Begründung hierfür könnte darin liegen, dass sich die Anwärter nicht nur dadurch von der restlichen Menschheit abheben sollten, dass sie über ein lebenszeitübergreifendes Bewusstsein verfügen, sondern dass ihnen obendrein auch jedes ihrer Einzelleben, eine deutlich längere Zeitspanne zur Entwicklung gab. Nur was hinderte Nibhana daran, die übrigen Menschen nur 3 oder 5 Jahre, oder auch nur wenige Monate alt werden zu lassen? Zuweilen könnte man glauben, Nibhana sei ein wenig eigen.

Fest steht, dass dieser Rahmen gewählt wurde. Also entstand eine erste Menschheit und irgendwann im Verlauf deren Entwicklung, bestimmte Nibhana ein besonderes Individuum zum allerersten Anwärter. Von da an war das Schicksal jener Menschheit und der Zeitpunkt ihres Untergangs besiegelt. Von diesem Zeitpunkt an lief der erste Countdown. 11 mal 11 Leben von jeweils 231 Jahren. Exakt 27.951 Jahre nachdem der erste Anwärter auf die erste Ratsmitgliedschaft bestimmt war, war die erste Testphase vorüber und die erste Menschheit Vergangenheit.

Die Nächste entstand und die sollte sich vollständig unbeeinflusst von der Letzten entwickeln können, also musste die Vorherige gänzlich von der Erde getilgt werden. Nur so blieb gewährleistet, dass jeder Testlauf zu gleichen Bedingungen stattfand, nur so konnte über den gesamten Test hinweg ein verwertbares Resultat gefunden werden.

„10 Mal entstand eine Menschheit und 10 Mal wurde sie wieder vom Angesicht der Erde gewischt; bis letztlich die entstehen konnte, in welche du geboren wurdest."

Dannthe sah die Zweifel in den Augen seiner Tochter. Er wusste genau, was sie jetzt dachte. *„Natürlich glaubt ihr heute fest daran, dass ihr eure Vergangenheit kennt und ihr dies wissenschaftlich belegen könnt. Jede Generation glaubt dies, jede verwirft die Ansichten und Gewissheiten der Vorherigen. Hättet ihr nur mehr Zeit, würdet ihr euch noch ganz andere, unumstößliche Tatsachen ausdenken und diese dann absolut schlüssig begründen. Ihr würdet über den heutigen Wissensstand mitleidig schmunzeln und euch darüber wundern, wie man einst nur so dumm sein konnte.*

Dabei sollte euer Verstand auch heute schon ausreichen, um zu erkennen, dass es ein absolut unsinniges Unterfangen ist, sich über Dinge im Klaren sein zu wollen, wenn man nur einen verschwindend kleinen Bruchteil des Ganzen kennt. Was vermag die Ameise über die Gesetzmäßigkeiten allen irdischen Lebens zu sagen, wenn sie doch niemals auch nur den kleinsten Teil davon gesehen hat? Möglicherweise glaubt sie es dennoch zu wissen, möglicherweise ist sie aber auch nicht so naiv, dies zu versuchen."

Ela wusste einfach nicht, was sie von alledem halten sollte. Vieles klang logisch, aber mindestens genauso viel ergab keinen Sinn. Somit stellte sie ihrem Vater *die* Frage, die sie im Moment am meisten beschäftigte: *„Warum wurde Rahula ausgerechnet in all diesen religiösen Persönlichkeiten wiedergeboren?"*

„Du denkst hierüber noch immer aus falscher Sichtweise", antwortete er. *„Rahula wurde nicht als* ***der*** *Buddha oder als* ***der*** *Muhammad wiedergeboren und er traf oder erschuf auch nicht* ***den*** *Jesus. Ihr habt diese Personen erschaffen. Ihr habt sie zu dem gemacht, was sie heute für euch sind. Rahula gab hierzu lediglich die Richtung vor, er setzte nur die ersten Impulse.*

Ein jeder Anwärter prägt die Menschen während seiner Zeit. Vor Rahula brachte einer von ihnen das Kriegerische zu euch, ein anderer die schaffenden Künste und wieder ein anderer die Wissenschaften. Jeder Anwärter ist einmalig, ein ganz besonderes Individuum, mit ganz besonders ausgeprägten Eigenschaften. Von all den weit über hundert Anwärtern glichen sich keine zwei. Jeder brachte den Menschen seiner Zeit etwas gänzlich Neues.

Attribute wie Kunst, Wettstreit, Wissenschaft, Krieg oder eben Religion, kannten die Menschen aller vorherigen Entstehungsgeschichten nicht. Sie lebten und entwickelten sich unter völlig anderen Bedingungen, welche dir so fremdartig erscheinen würden, dass du sie nicht begreifen könntest, selbst wenn ich sie dir erschöpfend zu erklären versuchte. Daran liegt es auch, dass ihr die wenigen wahren, nicht verschwundenen Spuren der vergangenen Welten nicht findet, erforscht, und daraus etwas über eure tatsächliche Vergangenheit erfahrt. Weil ihr sie nicht erkennen könnt. Sie liegen außerhalb eures Denkens und eurer Vorstellungskraft.

Rahula und all die anderen sind, was ihr eine überaus charismatische Persönlichkeit nennt. Nicht mehr, aber auch nicht weniger. Sie verstanden es hervorragend ihre Mitmenschen zu beeinflussen. Und dabei bedarf es hierzu nicht einmal eines sonderlich ausgeprägten Talentes. Die meisten Menschen glauben gern an eine Sache, für welche sie einmal geprägt wurden. Der Krieger schwört auf die Macht der Gewalt, dem Denker geht nichts über seinen Verstand und der Gläubige stellt seinen Glauben weit über alles andere. Die große Masse der Menschen gleicht Schafen. Eines folgt dem andern, bewegt sich stets mit der Herde. Welcher Herde sie angehören, ist meist Zufall. Umstände treiben sie mal hierhin, mal dorthin. Die wenigen Ausnahmen, die, die Schafherden anführen, sind Menschen, die für die eine oder andere Sache tief geprägt wurden und diese dann leidenschaftlich verfolgen und verteidigen. Sie gehen zielstrebiger als die Masse ihren Weg und in ihrem Fahrwasser treiben all die anderen, solange es nicht zu seicht wird, oder sie von einer anderen, stärkeren Strömung mitgerissen werden.

Rahula und die anderen Anwärter sind die großen Meeresströmungen dieses Planeten. Sie prägten die Herdenführer, der Rest geschah von ganz allein."

Etliche Tage waren vergangen, als Tony erstmals seine Augen aufschlug. Gleich nach der Notoperation hatten ihn die Ärzte in ein künstliches Koma versetzt, um seine ohnehin verschwindend geringen Überlebenschancen zu wahren.

Der Nebel, welcher sich um seinen Verstand gelegt hatte, lichtete sich nur langsam. Schmerzen spürte er keine, aber er fühlte sich unendlich schlapp. Als sich die Konturen vor seinen Augen zu schärfen begannen, glaubte er die typische Einrichtung eines Krankenhauses zu erkennen. Behutsam wandte er seinen noch schummrigen Blick zur Seite. Dort stand ein Infusionsständer, an welchem ein leerer Beutel hing. Er kniff seine Augen zusammen und als er sie wieder öffnete, sah er beinahe klar.

Sein Blick wanderte langsam den Schlauch hinab, der vom leeren Beutel zur Einstichstelle in seinem linken Unterarm führte. Eine hässliche Entzündung hatte sich dort gebildet, allmählich dämmerte ihm, dass hier irgendetwas ganz und gar nicht stimmte. Weitere 10 Sekunden starrte er auf seinen lädierten Arm; er verstand nicht, was ihn an diesem Anblick störte. *Der Arm ist so ..., er sieht irgendwie so ..., er ist so ..., so dünn. Ja verdammt, der sieht ja beinahe so aus wie die dürren Stecken von Samuel,* dachte Tony. Dann überkamen ihn die Erinnerungen. Samuel war tot. Ebenso Makuiato und Sergej. Panik ergriff ihn, er wollte aufspringen, konnte es aber nicht. Sein Körper wollte ihm nicht gehorchen. Nur ein paar seiner Finger zuckten ein wenig, ansonsten geschah nichts. Er wollte um Hilfe rufen, aber auch seine Stimme gehorchte ihm nicht. Nur zu einem leisen, heiseren Krächzen war er in der Lage.

Tony nahm all seine Kraft zusammen, seinen Kopf wenigsten ein paar Zentimeter anzuheben. Er sah an sich herunter, sein Körper war gut zur Hälfte aufgedeckt. Er konnte nicht fassen, was er sah. Deutlich zeichneten sich alle seine Rippen ab, seine Bauchdecke war furchterregend tief eingefallen und seine Beckenknochen ragten weit hervor. Tonys Körper war nur mehr der Schatten eines Schattens seiner selbst. Nur für wenige Sekunden vermochte er es, seinen Kopf oben zu halten, dann sackte der kraftlos zurück ins Kissen.

Wie lange schon lag er hier? Wie um alles in der Welt hatte er nur so entsetzlich schwach werden können?

Tony fühlte sich schrecklich hilflos. Er spürte, wie ihm Tränen über die Wangen liefen, und erst jetzt roch er diesen fürchterlichen Gestank. Allmählich bekam er eine Ahnung davon, was hier vorzugehen schien. Er vermutete, dass er in seinen eigenen Ausscheidungen lag, weil er aus irgendwelchen Gründen hier zurückgelassen wurde. Aber dieser durchdringende Gestank rührte nicht allein von Fäkalien her.

Tony schloss seine Augen, denn er glaubte zu wissen, was er da roch. Langsam wandte er den Kopf zu seiner Rechten, dann schlug er die Augen wieder auf. Zwei weitere Betten standen neben dem seinen im Raum. Zwei weitere Männer lagen darin.

Der Geruch von Verwesung ist unverkennbar, selbst wenn man ihn nie zuvor gerochen hat. Dieser Geruch scheint im Gehirn des Menschen gespeichert zu sein, denn es ist der Geruch des Todes.

Tony sah einen der Männer, den im weiter von ihm entfernt befindlichen Bett, nur unzureichend, den andern dafür umso deutlicher. Der war bis auf die Knochen abgemagert und die grauschwarze Haut, welche sein Skelett umspannte, sah aus wie die einer uralten Mumie. Es überfiel ihn eine derartige Übelkeit, sodass er sich augenblicklich übergeben hätte, hätte sich auch nur mehr die kleinste Kleinigkeit irgendwo in seinem Verdauungstrakt befunden. So aber krampften sich seine Eingeweide nur schmerzhaft zusammen und ein heftiger Würgereiz drohte ihn kurzfristig beinahe zu ersticken.

Was war hier los? Warum hatte man sie hier hilflos zurückgelassen? Alleingelassen ohne jede Chance. Kranke, schwer angeschlagene Menschen ihrem Schicksal überlassen, mit der einzigen Aussicht auf den sicheren Tod.

Dass er selbst noch am Leben war, verdankte er wahrscheinlich nur seinem ehemals so überdurchschnittlich kräftig gebauten Körper, und wer weiß, einem vielleicht höheren Füllstand seines Infusionsbeutels, zu dem Zeitpunkt, als sich die Verantwortlichen aus dem Staub gemacht hatten.

Etliche Minuten verstrichen, in welchen Tony ruhig dalag, und er vergebens versuchte wieder zu Kräften zu kommen. Bald schon wuchs jedoch die Gewissheit in ihm, dass das so nicht funktionieren würde. Er musste sich von nichts erholen, – wer weiß, wie lang er hier schon lag – er war *erholt*. Was ihm fehlte, war Energie. Er brauchte dringend Nahrung und wahrscheinlich noch dringender benötigte er Flüssigkeit. Er musste sich umsehen.

Quälend langsam wandte er sich erneut nach links. Er beschloss den Raum zunächst auf dieser Seite abzusuchen, er wollte sich den Anblick der Toten vorerst ersparen.

Zunächst entdeckte er nichts. Das Zimmer wirkte sehr aufgeräumt, geradezu steril. Sein Bett stand nahe der Wand und außer eben dieser, gab es kaum etwas zu sehen. Ein kleiner Beistelltisch und ein Stuhl, der Infusionsständer, sonst nichts. Kein Fenster, kein Bild an der Wand und nirgends so etwas wie ein Notknopf.

Es dauerte sicher gut eine Minute, bis er seinen Kopf wieder zur anderen Seite hin gedreht hatte. Die Kraftanstrengung, die er hierfür aufzubringen hatte, war enorm. Selbst die unter normalen Umständen unwillentlich ablaufenden Muskelkontraktionen für den Fokus seiner Augen beraubten ihn spürbar seiner Energie, also hielt er sie geschlossen.

Als er sie wieder öffnete, fesselte der Leichnam im Nebenbett sogleich Tonys gesamte Aufmerksamkeit. Lange Zeit schaffte er es nicht, seine Augen von dem Toten zu lösen. Dessen entsetzlicher Anblick hielt ihn in Beschlag, hypnotisierte ihn. Erst nach Minuten konnte er sich davon befreien und als er eben damit beginnen wollte, sich auf dieser Seite des Zimmers umzusehen, entdeckte er sie.

Hätte er gekonnt, er hätte geschrien. Wie waren sie ihm zuvor nur so lange entgangen? Sie waren überall! Mehrere Dutzend von ihnen bedeckten den leblosen Körper.

Dunkle, beinahe schwarze Tausendfüßler von etwa 4 bis 6 Zentimeter Länge, wanden sich träge auf der Haut des Toten. Tonys Blick war erneut für etliche Sekunden gebannt. Dann glitten seine Augen jedoch hektisch über den sehr begrenzten Ausschnitt des Fußbodens, den er einsehen konnte. Der Boden war mit dunklen Fliesen bedeckt, zunächst entdeckte er nichts.

Dann sah er sie. Einzelne verstreut liegende Tausendfüßler. Auf einer Fläche von vielleicht 5 Quadratmetern zählte er 3 Tiere. Hektisch schnellten seine Pupillen von einem zum anderen. Immer und immer wieder rasten sie umher. Zum Fuß des Bettes, etwa zur Mitte der gesamten Fläche und dann zu einer Stelle, nur wenige Zentimeter von ihm entfernt. Immer schneller wechselte er von einem zum nächsten. Bettfuß, Mitte, nah. Bettfuß, Mitte, nah.

Keines der Tiere bewegte sich, da war er sich absolut sicher. Keines der vielen Beine, keiner der Fühler und keines der ausgeprägten Beißwerkzeuge.

Bettfuß, Mitte, nah. Bettfuß, Mitte, nah.

Nichts. Keines rührte sich. Waren sie tot?

Bettfuß, Mitte, nah. Bettfuß – nah. Der Rhythmus verschob sich. Immer häufiger und länger verweilten seine Augen auf dem Tier ganz in seiner Nähe. Hatte es sich nicht doch eben bewegt? War es nicht gerade noch ein kleines Stück weiter von ihm entfernt gewesen? Nur mehr ein-, zweimal huschten seine Augen flüchtig zu den beiden anderen, dann fixierte er ausschließlich das Tier unmittelbar vor seinem Bett.

Nichts. Es rührte sich nicht.

Oder doch? Hatten nicht eben die winzigen Fühler ein klein wenig gewackelt?

Nein! Ganz sicher nicht.

Je länger Tony das Tier anstarrte, desto mehr beruhigte er sich. Allmählich kam ihm sein Treiben sogar lächerlich vor. *Das ist ein Insekt! Hässlich zugegeben, und auch irgendwie bedrohlich aussehend, aber gefährlich?*

So langsam wurde es ihm zum Rätsel, wie er sich überhaupt davor hatte fürchten können. *Vor einem winzigen Insekt. Nur ein Insekt.*

***Insekten**!* Plötzlich dämmerte es ihm: *Makujato, die Seuche, die Trägertiere.*

***Skolopender**! Äußerst aggressiv und extrem angriffslustig!* Jetzt hatte das winzige Tierchen vor seinem Bett wieder seine ungeteilte Aufmerksamkeit. Aber es rührte sich noch immer nicht. Es schien tot zu sein. Auch das am Bettfuß zeigte keine Regung und auch das in der Mitte des …

Weg! Es war weg! Verschwunden!

Hecktisch suchten Tonys Augen den Fußboden ab, fanden das dritte Tier jedoch nicht mehr.

Annika schlief fest, als der Professor zu ihr in die Baracke trat.

Jetzt saß er still in einer Ecke des Raumes und lauschte ihren gleichmäßigen tiefen Atemzügen. Den gesamten Weg aus dem Tunnel heraus war er sich nicht einig geworden, wie viel er ihr sagen sollte. Zuerst war er davon überzeugt gewesen, dass sie ein Anrecht auf die uneingeschränkte Wahrheit hatte, dass es geradezu seine Pflicht war, ihr von allem umgehend zu berichten. Als er jedoch rund die Hälfte des Tunnels hinter sich gebracht hatte, drehte sich seine Meinung komplett. Plötzlich glaubte er fest daran, dass es gänzlich falsch wäre, ihr davon zu erzählen, dass er nicht das Recht dazu hatte, diese unseligen Neuigkeiten überhaupt irgendeinem Menschen zuzumuten.

Und jetzt, als er sie betrachtete, wie sie still und friedlich dalag und schlief, wusste er nicht mehr, was er zu tun hatte.

Man sollte stets sehr genau abwägen, wem man welche Informationen zukommen lässt, hatte er selbst sie noch vor kurzem ermahnt. Weder Agent Harley noch die Öffentlichkeit durften davon erfahren, so viel stand fest. Würde etwas davon zu den Medien durchsickern, wäre eine nie da gewesene Massenpanik unausweichlich, davon war er überzeugt. Die Kettenreaktion, die dadurch ausgelöst werden würde, hätte sicher verheerende Folgen, würde das Unausweichliche nur beschleunigen und vorzeitig unnötiges Leid über die Menschen bringen.

Kettenreaktionen beginnen stets mit dem Antippen des ersten Steines, dacht er bei sich. Er musste sein Wissen für sich behalten, er durfte Annika nichts davon erzählen.

Der Professor stand auf, trat zu Annika, zog ihr die Decke über die Schulter, dann ging er hinaus. Draußen erkannte er Harley in Begleitung zweier Uniformierter, die sich auf direktem Weg zum Eingang des Tunnels befanden. Kurz war er versucht ihnen zuzurufen, hielt es dann jedoch für besser, still zu bleiben, hoffte sogar, dass sie ihn nicht bemerken würden.

Lupp beobachtete, wie eben der letzte der Männer den Tunnel betrat, als plötzlich von woanders her jemand seinen Namen rief. Ein weiterer Soldat hatte ihn entdeckt und gerufen. Harley und die beiden anderen machten augenblicklich kehrt und kamen nun schnurstracks auf ihn zu.

Der Professor wollte eben dazu ansetzten, etwas Entschuldigendes für sein Verhalten vorzubringen, aber Harley kam ihm zuvor. Er wirkte auffallend angespannt und offensichtlich sehr beunruhigt. *„Haben Sie etwas Hilfreiches herausgefunden?“*, fragte er sogleich. *„Wir haben ein weiteres Bekennerschreiben erhalten!“* Er hob einen Ausdruck in die Höhe und las vor: *„Heute Mittag, Berlin.“*

Lupp schwieg. Die Uniformierten tänzelten nervös zu beiden Seiten Harleys.

„Es gibt keine Zweifel“, fuhr Harley fort, *„derselbe Stil, dieselbe Schrift und dasselbe Zeichen.“*

Lupp schwieg noch immer.

„Das Schreiben ging direkt an unsere Dienststelle. Wir erhielten besorgte Anrufe aus Deutschland, Frankreich, Italien, Spanien, Griechenland, ..., die Liste ist beängstigend lang. Jemandem ist ***nicht*** *daran gelegen, dass diese Sache ein großes Geheimnis bleibt. Auch Staaten außerhalb Europas wissen bereits Bescheid."* Harleys Stimme schwoll allmählich an, wurde zunehmend schärfer: *„Professor, wenn es da etwas gibt, das ich wissen sollte, dann sagen Sie es mir!"*

Der Professor blieb weiterhin stumm. Einer der Soldaten legte seine Rechte auf die Waffe an seiner Seite. Harley sah auf seine Uhr: *„Es ist jetzt 9.26 Uhr. In wenigen Minuten ist der Hubschrauber hier, dann fliege ich nach Deutschland. Was also soll ich denen sagen?"*

Da Lupp auch jetzt nicht antwortete, machte der Agent auf dem Absatz kehrt, und im Davongehen zischte er den Soldaten zu: *„Nehmt ihn fest!"*

67 Erster Klasse

Noch vor wenigen Monaten hatte James oft selbst den Kopf darüber geschüttelt, wie Menschen nur so fanatisch sein konnten, und für ihre Sache gar das eigene Leben hingaben. In den Jahren 2006 und 2007 war kaum ein Tag vergangen, an dem es keine neuen Meldungen über Selbstmordanschläge gegeben hatte. Für ihn, seine Familie und Freunde, waren dies ausschließlich verbohrte Extremisten, aus fremden, ihnen unverständlichen Kulturen, und glücklicherweise geschah dies alles weit, weit weg.

Ende 2007 hatte dieses, in seinen Augen sinnlose Treiben, seinen traurigen Höhepunkt gehabt, danach waren die Anschläge spürbar seltener geworden. Ab der zweiten Hälfte 2008 war es diesbezüglich ruhig geworden, zumindest was es die Presse betraf.

James´ Mutter war Deutsche, sein Vater Kanadier. Seine Eltern waren sich in Las Vegas begegnet, hatten sich dort verliebt, volltrunken bereits am selben Abend geheiratet und ihn noch in jener Nacht gezeugt. Keiner von beiden hatte je etwas davon bereut. Sie hatten ihr jeweiliges Zuhause aufgegeben und sich eine gemeinsame Zukunft in den Vereinigten Staaten geschaffen.

Vor einem Jahr hatte James seinen 18 Geburtstag gefeiert. Er hatte die Schule beendet, im Geschäft seines Vaters gearbeitet, alles hatte zum Besten gestanden. Wenige Wochen später war er eines Abend zufällig mit einem Mann ins Gespräch gekommen, mit dem er sich dann rasch anfreundet hatte. Sie hatten viele gemeinsame Stunden in Bars und Kneipen zugebracht, und James hatte bald schon ein anderes Leben kennen gelernt.

Dieser Mann war äußerst großzügig, er scharte eine Menge *Freunde* um sich, alle schienen ihn zu mögen. Er war stets bester Laune, feierte jeden Abend bis spät in die Nacht, er hatte scheinbar keine Geldsorgen und keinerlei Bedenken, am nächsten Morgen früh raus zu müssen. Das alles machte großen Eindruck auf James und die anderen, zumeist ebenso jungen Männer, und färbte allmählich auf sie ab. James verlor schnell seine anfänglichen Skrupel, das Geld seines neuen Freundes auszugeben, und daraus entwickelte sich rasch eine gewisse Abhängigkeit zu diesem Mann. Denn bei all den unzähligen Partys floss nicht nur der Alkohol in Strömen, auch Kokain und andere berauschende Drogen waren dort gang und gäbe.

James und die anderen trafen sich immer häufiger. Die Wochenenden wurden großzügig verlängert und binnen weniger Wochen feierten sie Tag für Tag. Natürlich blieb dieser extreme Lebenswandel nicht lange vor seiner Familie und seinen alten Freunden verborgen. Immer häufiger gab es Krach deswegen, bald schon unterließ er das Arbeiten, und schließlich entzweite er sich gänzlich mit seiner alten Welt.

Dieser Mann hatte Ideen. Er zeigte ihnen, wie das Leben seine sollte: Ein einziges, nicht enden wollendes Fest.

Monate vergingen und alles lief prächtig. James genoss ein tolles Leben, Woche um Woche feierte er ausgiebig mit seinen neuen Gefährten.

Eines Tages dann eröffnete ihnen ihr Wohltäter, dass dies alles nur dann so weiter gehen konnte, wenn auch sie dazu bereit waren, ihren Beitrag dafür zu leisten.

Der Mann hatte Ideen, und er verstand es diese zu verkaufen.

Eine Bewegung wurde gegründet, die feierwütigen Partylöwen zu Rekruten gemacht. Sie bekamen Aufgaben und lösten diese. Sie stiegen in der Hierarchie und erhielten Titel, Lobpreisung, Ehren und Macht. Und schon nach wenigen Monaten waren sie so weit. Etliche unabhängige Zellen, mit jeweils mehreren Dutzend Freiwilligen, bereit für den großen Tag.

Am späten Abend des 18.09.2008 nahm James in Begleitung von 19 seiner Mitstreiter in der ersten Klasse einer Boing 747 nach Europa platz. Am Londoner Flughafen verabschiedete er sich von ihnen und stieg in eine Maschine nach Berlin, Deutschland.

Flensburg, Rostock, Hamburg, Oldenburg, Hannover, Magdeburg, Dortmund, Göttingen, Leipzig, Cottbus, Köln, Frankfurt, Zwickau, Würzburg, Saarbrücken, Stuttgart, Regensburg, Freiburg und München, stand auf den Tickets der anderen.

Um 9.04 Uhr stieg James in ein Taxi. Um 9.17 Uhr traf er sich mit den Bezirksführern der Stadt. Er erteilte letzte Instruktionen, und um 9.52 Uhr setzte er sich seinen ersten wohlverdienten Schuss dieses Tages, anschließend legte er sich schlafen.

Um 10.22 Uhr hatten die Bezirksführer ihre Gruppenleiter instruiert und um 11.07 Uhr, diese alle ihre Aktivisten.

Um 12.00 Uhr des 19.09.2008 wurden in Berlin an weit über 6.000 Plätzen weit mehr als 6.000 Behältnisse geöffnet.

68 *Phase II*

Er zeigte sich zufrieden mit der Ausführung seiner Anweisungen. Del Toro hatte nicht damit gerechnet, ihn so bald schon wiederzutreffen. Dieses Mal hatte er keine Zeit mit Machtspielchen vergeudet; bei seinem Kommen war seine Aura nicht über Stunden hinweg bedrohlich angewachsen, nein, sie war über Jessica hereingebrochen, wie eine Unheil bringende, alles zerstörende Flutwelle.

Die zweite Phase sollte bereits in einer Woche folgen. Diesmal sollte sie selbst zugegen sein und die ersten Früchte ernten.

„Es ist an der Zeit Eure Macht zu mehren", hatte er gesagt. *„Die anderen sind bereits auf Euch aufmerksam geworden, vor allem* ***er*** *wittert die Gefahr. Es wird notwendig, dass Ihr Euch verbergt. Reist noch heute ab und verliert Euch – bis es beginnt. Alle Vorkehrungen werden getroffen sein, Ihr müsst nur mehr zur rechten Zeit am rechten Ort erscheinen."*

Wie auch beim letzten Mal hatte er ihr Ort, Datum und Zeit genannt und war dann gegangen. Del Toro begriff wohl die Notwendigkeit dieses Versteckspieles, nur entsprach das Passive nicht gerade ihrer Natur. Aber sie hatte Jahrtausende gewartet, was galten da jetzt noch wenige Tage.

Seinen Anweisungen entsprechend packte sie umgehend und saß noch am selben Abend im Flieger Richtung Port Jeanne d´Arc, auf den Kerguelen im Indischen Ozean.

69 *Die letzte Zeit*

Lupp saß erneut still in der Ecke einer Baracke und starrte auf eine Pritsche. Nur diesmal lag darauf nicht die friedlich schlafende Annika.

In den vergangenen Stunden hatte er auch darüber nachgedacht, womit er seine letzte Zeit verbringen wollte. Eingesperrt in eine Zelle, war in seinen Überlegungen jedoch nicht vorgekommen.

Ironie des Schicksals, dachte er. Er war wahrscheinlich der einzige Mensch, der wusste, was vor sich ging, der wusste, dass der schon so oft fälschlicherweise prophezeite *Weltuntergang* nun doch unmittelbar bevorstand. Und ausgerechnet ihm blieb jetzt nichts anderes übrig, als hier zu sitzen und zu warten.

Keine letzten Gaumenfreuden, keine exzessiv durchzechten Nächte, keine käuflich erworbenen Fleischesfreuden mit mindestens vier, höchstens zwanzigjährigen exotischen Mädchen. Kein Bereisen von Orten mehr, welche er immer schon sehen wollte, sich aber nie die Zeit dazu genommen hatte; plötzlich fielen ihm unzählige Dinge ein, die er gern noch getan oder gesehen hätte. Einen schnellen Sportwagen fahren, Bungeejumping, oder einer Premiere am Broadway beiwohnen. Oder, oder, oder.

Der Professor schmunzelte: *Bungeejumping! Vier Mädchen! Na wenn du dich da mal nicht übernimmst, alter Mann.* Nein, da gab es andere Dinge, die er jetzt schon vermisste. Ein gutes Buch lesen, seine geliebte Musik, einige der schönen alten Filme, oder einfach nur in der milden Abendsonne zu liegen und alle Viere von sich strecken. Auch war ihm ein gutes Gespräch mit einem lieben Mensch oft weit wertvoller erschienen, als so manches pompöse Brimborium.

Auch musste er sich eingestehen, dass es ihm eine Genugtuung gewesen wäre, hätte er der Welt doch noch beweisen können, dass er mit seinen Forschungen Recht gehabt hatte, dass er nicht all die Jahre sinnlos vergeudet hatte. Doch der Preis dafür war ihm zu hoch.

Annika kam im plötzlich wieder in den Sinn. Was wird jetzt mit ihr geschehen? Wahrscheinlich wird auch sie verhört werden, man lässt sie sicher nicht einfach so gehen. Abgesehen davon glaubte er ohnehin nicht, dass Annika von hier weggehen würde, ohne sich über seinen Verbleib Gewissheit zu verschaffen.

Saß vielleicht auch sie schon in einer Zelle? Verdammt! Jetzt wusste er erneut nicht, ob er das Richtige getan hatte. Annika die Bürde seines Wissens aufzuhalsen, hielt er noch immer für falsch. Aber sie auf diese Weise ihrer letzten Zeit zu berauben, ohne ihr die Chance auf eine eigene Entscheidung zu gewähren, konnte ebenso wenig richtig sein.

Plötzlich vernahm der Professor Schritte. Mehrere Personen näherten sich, dann wurde die Tür aufgeschlossen. Ein Soldat erschien, dann ein zweiter und zuletzt Annika. *„Professor!“*, rief sie. Ihr Gesicht wirkte verquollen, war gerötet. Für einen Moment glaubte Lupp, man hätte sie geschlagen, dann erkannte er jedoch, dass sie geweint hatte. Die Männer verschwanden und die Tür wurde wieder verriegelt.

„Was ist hier los?“, fragte Annika umgehend, verstört blieb sie inmitten des Raumes stehen, abwechselnd blickte sie zu Lupp und der verschlossenen Tür. *„Die haben gesagt, sie lassen uns nicht von hier weg, bis...“*, sie zögerte, *„bis der Alte zur Vernunft kommt und auspackt!“*, ergänzte sie ihren Satz. Ihr Kinn bebte und ihre Augen schwammen. *„Die haben gesagt, Ihretwegen werden wir hier bleiben, bis wir verrotten!“* Jetzt sah sie den Professor vorwurfsvoll an, Tränen liefen über ihre Wangen.

Lupp kam sich entsetzlich hilflos vor. Er wusste nicht, was er sagen oder tun sollte.

„Was ist hier los?“, fragte Annika einmal mehr, ihre Stimme war plötzlich gebrochen. War sie noch eben von einem ärgerlichen Schreien nicht mehr weit entfernt gewesen, klang sie jetzt verzweifelt und Hilfe suchend.

Der Professor nahm sich zusammen, stand auf und ging zu ihr.

„Die haben mich aus dem Schlaf gerissen, mich hierher gestoßen und beschimpft“, schluchzte Annika. Lupp schloss sie in seine Arme, zog sie sanft an sich.

„Was ist hier los?“, wimmerte sie kaum mehr verständlich.

Lupp schluckte, dann sagte er: *„Lass mich versuchen es dir zu erklären.“*

Eine Stunde später stand der Professor still bei der Tür, Annika saß schweigend auf dem Rand einer Pritsche. Minuten verstrichen, in welchen keiner von beiden etwas sagte. Annika war enttäuscht, sie hatte immer geglaubt, vom bevorstehenden Tod zu erfahren – vielleicht in Form einer unheilbaren Krankheit – sei ein Schock. Sie glaubte dem Professor, trotzdem berührte es sie kaum. Zu unwirklich erschien es ihr. Alle Menschen sollten sterben!? Das überstieg ihre Vorstellungskraft.

Doch dann verstand sie es. Es war ein Schock. Die oft beschriebene Schmerzunempfindsamkeit, unmittelbar nach kapitalen Verletzungen. Und kapital war die Sache: *Irgendwann entstand Etwas und beschloss die Gründung einer Welt. Diese Welt sollte absolut sein, 100 Prozent gut oder 100 Prozent böse. Es war sich nicht sicher, also begann es einen Probelauf zur Entscheidungsfindung. Welten entstanden und Welten verschwanden. Und aus jeder blieb ein Repräsentant. Jeder von diesen stand entweder für das Gute oder für das Böse. Und mit der Findung des Letzten, würde die Entscheidung dann fallen.*

Der Professor hatte herausgefunden, dass diese Entscheidung unmittelbar bevorstand. Die derzeitige Menschheit ist ebenso nur Teil dieses Testlaufes und wird nach dessen Beendigung nicht länger gebraucht werden.

Den Anfang des Countdowns, welchen er entdeckt hatte, konnte er einwandfrei datieren. Und die Übertragung in die eigene Zeitrechnung, erwies sich als unerwartet einfach – es entsprach ihrer Zeitrechnung; die exakten 11 Kilometer des Tunnels hatten ihn auf diese Idee gebracht.

Somit stand für Professor Lupp ohne jeden Zweifel fest, dass das Ende der Menschheit ins Jahr 2008 fiel. Und die Tatsache, dass es bereits September war, machte die Sache umso präsenter. Wie dies Ende vollzogen werden würde, darüber wagte er keine Spekulationen. Aber der schreckliche Anschlag auf Midtown, weckte doch gewisse Vermutungen, von welchen er Annika jedoch nichts verriet. Er befürchtete nur, dass sie selbst schlau genug war, um eins und eins zusammenzuzählen.

„Sie haben richtig gehandelt", sagte Annika schließlich. Ihre Stimme klang erstaunlich gefasst. *„Ich halte es ebenso für das Beste, wenn niemand davon erfährt."*

„Aber ich hätte es ***dir*** *sagen müssen!"*, erwiderte der Professor.

Annika schwieg.

„Du hättest möglicherweise fliehen können, sicher hättest du Besseres mit deiner Zeit anzufangen gewusst."

Annika meinte nur leise: *„Ich hätte es nicht wissen wollen."*

„Vielleicht besteht ja doch noch Hoffnung", sagte der Professor nach einiger Zeit. *„Es gibt da einige Passagen, wo von einer Legende, einem Mythos die Rede ist. Die Zeichen dieser Passagen sind teilweise verwittert, beschädigt; lassen sich nicht mehr vollständig lesen. Etwas von einem* ***Halbblut*** *und seiner* ***Geburt*** *steht da geschrieben. Und dass der Thron ihm bestimmt ist."*

Endlos lange, bange Minuten beobachtete Tony den Fußboden. Die Angst, welche ihn des verschwundenen Tieres wegen befallen hatte, drohte sich allmählich zu einer mittelschweren Panik auszuwachsen.

Doch plötzlich sah er es wieder. Es kam unter dem nebenstehenden Bett hervorgekrochen und verharrte nun wieder an beinahe derselben Stelle wie zuvor.

Nur war es dasselbe Tier? Abgesehen von der Größe, waren sie mit den bloßen Augen durch nichts voneinander zu unterscheiden. Es hatte in etwa dieselbe Größe, aber da er zuvor ja nicht darauf geachtet hatte, konnte er sich jetzt auch nicht sicher sein. Erneut fixierte er minutenlang den jetzt wieder reglos da liegenden Tausendfüßler. Plötzlich schossen Tonys Pupillen explosionsartig zum Bettfuß hin und dann zu jener Stelle, dicht vor seinem Bett. Er hatte erneut denselben Fehler begangen, beide Tiere waren verschwunden.

Der einstmals so angsteinflößend wirkende Riese begann zu weinen. Tony vermochte dieser nervenzerreißenden Belastung nicht länger Stand zu halten. Ein leises, kaum wahrnehmbares Schluchzen entrang sich seiner ausgetrockneten Kehle. Tony wollte sterben, er konnte einfach nicht mehr.

Das winzige bisschen Leben, das jetzt noch in ihm wohnte, flackerte bereits, als er doch noch einen letzten Versuch unternahm es festzuhalten. Er zwang sich dazu die Tiere zu ignorieren und begann das Zimmer auf dieser Seite abzusuchen.

Er fand zweierlei. Auf einem Stuhl lag Schokolade, und daneben, auf einem kleinen Tisch, stand eine Vase mit verwelkten Blumen darin, noch zur Hälfte gefüllt mit Wasser. Hoffnung keimte in ihm auf, hielt jedoch nur für einen einzigen winzigen Augenblick lang vor. Wie um alles in der Welt sollte er da rankommen?

Als Lisa in Griechenland an Bord der Fähre LK-402 ging, ahnte sie nichts davon, dass die neun schaukelnden Stunden Überfahrt, sie geradewegs in die Hölle befördern würden.

Der Hafen von Genua war einer der ersten Orte Italiens gewesen, der kontaminiert worden war. Am ersten Tag hatte es nur vereinzelte Störfälle wegen des vielen Ungeziefers gegeben, welches plötzlich überall aufgetaucht war. Bereits am nächsten Morgen waren die Zeitungen voll davon gewesen, wie unerhört aggressiv diese Plagegeister waren, die scheinbar aus dem Nichts zu Tausenden über das ganze Land hergefallen waren. Von etlichen Angriffen auf Menschen war berichtet worden, zumeist auf Kinder und ältere Mitbürger.

Schon am dritten Tag hatte das Sterben begonnen. Ratlosigkeit hatte geherrscht, niemand hatte die Zusammenhänge erkannt. Erst als Meldungen aus Nachbarländern eingetroffen waren, etwas später aus ganz Europa und schließlich aus der restlichen Welt, war alles klar geworden; doch da war es längst schon zu spät gewesen.

Die Menschen infizierten sich längst schon untereinander, die Insekten waren nur ein Anfang gewesen. Das Virus, welches in Midtown freigesetzt worden war, war äußerst instabil gewesen. Seine *Haltbarkeit* war auf wenige Stunden begrenzt worden, dennoch verursachte es Tausende Tote. Hatte es in Midtown ebenso die Trägertiere selbst getötet – wodurch das ganze Ausmaß in einem kontrollierbaren Rahmen gehalten werden konnte –, war jetzt die Lebensdauer des Virus praktisch unbegrenzt und Skolopender dagegen immun.

Am 4. Tag waren 70 Prozent aller Infizierten tot und bereits weit mehr als 50 Prozent der Weltbevölkerung hatte sich angesteckt.

Lisa hatte die ihr verbliebenen Urlaubstage voll ausgeschöpft. Sie war nahe der Küste geblieben, hatte die Zeit mit ausgedehnten Wanderungen ins Landinnere verbracht. Lisa sprach kein Griechisch, ohnehin hatte sie in den letzten Tagen kaum eine Menschenseele angetroffen.

Am Hafen von Igoumenitsa war ihr zwar etwas von einer seltsamen Epidemie oder schweren Grippe zu Ohren gekommen, aber sie hatte sich nicht weiter darum gekümmert, da es dergleichen ja Jahr um Jahr gab. Auf dem Schiff gingen manche Gerüchte um und einige Passagiere wirkten sichtlich angespannt. Lisa war müde gewesen, sie hatte beinahe während der gesamten Überfahrt geschlafen.

In Griechenland verbreitete sich der Tod – der auf heimtückische und grausame Weise auch Lupp und Annika längst schon heimgesucht hatte – eher aus dem Landesinneren heraus, da hatte Lisa noch Glück, blieb sie einstweilen verschont. In Italien verhielt es sich genau andersherum, dort war sie chancenlos.

71 Auf den Kerguelen

24.09.2008

Del Toro wurde die Zeit unendlich lang, sie vermochte kaum noch länger zu warten. Nur mehr wenige Stunden, dann würde die zweite Phase beginnen. Er hatte sie präzise instruiert, sie wagte es nicht, sich seinen Anweisungen zu widersetzen.

Seit 6 Tagen hielt sie sich an diesem Ort verborgen, obgleich sie bereits in den ersten Stunden bemerkt hatte, dass sie längst schon entdeckt worden war. Sie spürte den anderen, sie wusste, dass er sie beobachtete. Die Aura, die sie wahrnahm, war auf gewisse Weise beinahe noch beängstigender als die seine.

Siddhartha war sogleich nach Port Jeanne d´Arc gereist, hatte sie vom Zeitpunkt seines Eintreffens an nicht mehr außer Acht gelassen.

Seid geduldig!, hatte Dannthe ihn ermahnt. Eine knappe Woche zuvor war er zuletzt mit ihm zusammengetroffen. Dannthe hatte ihm eingeschärft, er dürfe Sadhvena jetzt nicht mehr aus den Augen verlieren, es werde nun bald schon beginnen.

Beständig spürte Siddhartha nach einer Veränderung ihrer Aura – empfing jedoch keine. Noch immer war sie unbedeutend, schwach, barg keinerlei erkennbare Gefahr. Dannthe hatte ihn gewarnt; das würde sich schlagartig ändern und wenn es so weit war, musste er, Siddhartha, zur Stelle sein, denn nur er vermochte es dann noch Sadhvena zu bezwingen.

Siddhartha vertraute Dannthe. Er selbst hatte ein gut ausgebildetes Gespür für Zukünftiges, er vermochte es jedoch nicht diese Entwicklung vorherzusehen. Dannthe hingegen hatte eine ungleich längere Zeitspanne zur Verfeinerung dieser Fähigkeit zur Verfügung gestanden, er konnte auf dessen Erfahrung vertrauen.

Die Jahrhunderte hatten seine Sinne geschärft. Siddhartha war ohne weiteres dazu in der Lage, sich mehrere Tage ununterbrochen zu konzentrieren. Seit Stunden spürte er die Ungeduld und Gespanntheit Sadhvenas.

Geduld war eine Tugend, welche unter Anwärtern in der Regel stark ausgeprägt war. Den wenigen unter ihnen, welchen die Fähigkeit hierzu nicht schon vor ihrer Berufung zu eigen war, lernten diese zwangsläufig über die lange Zeit. Dass es Sadhvena an Geduld derart mangelte, war gleichermaßen verwunderlich und beängstigend. Zeigte dies doch deutlich ihren unbeeinflussbaren Charakter und ihre Unberechenbarkeit.

Siddhartha maß ohne Unterlass Sadhvenas Aura. Sie hatte sich in der vergangenen Woche um nichts verändert, dennoch blieb er höchst aufmerksam – und plötzlich geschah etwas.

Ein kurzes Zittern nur. Dann war es auch schon wieder vorbei. Siddhartha glaubte etwas zu empfangen, nur ganz fern, eine winzige Regung. Da war es wieder. Die Stärke der Aura, die er seit Tagen unverändert empfing, begann zu flackerten, schlug kaum merklich, aber doch zu Höherem aus. Jetzt war sie erneut flach, aber in Erwartung befunden. Eine geschärfte Sensibilität überzog sie, gleich einer Katze vor dem Sprung.

Dann explodierte sie. Siddhartha wurde überrannt von Macht. Es war buchstäblich unfassbar. Die Aura, mit welcher er sich urplötzlich konfrontiert sah, überragte alles, was er bisher erlebte hatte. Sie schien allgegenwärtig zu sein, nahm augenblicklich alles in Beschlag, ließ nicht den geringsten Zweifel daran aufkommen, dass sich nichts mit ihr messen konnte.

Siddhartha traf dies wie ein alles zertrümmernder Schlag. Obgleich er seit Tagen darauf gewartet hatte, dass genau etwas in dieser Art geschah, überrannte ihn diese ungeheuerliche Dimension völlig unvorbereitet. Augenblicklich wurde ihm klar, dass er dem nichts entgegenzusetzen hatte.

Die Aura umspannte einfach alles. Siddhartha fand weder Anfang noch Ende. Winzig, verschwindend klein musste seine eigene dagegen erscheinen, für jemanden Außenstehenden wahrscheinlich gar nicht mehr greifbar. Diese Aura verschluckte einfach alles. Siddhartha sah sich für Sekunden außerstande zu reagieren. Gebannt von dieser Flut stand er nur da, wartete ab.

Doch dann gelang es ihm sich zu lösen. Er spannte sich, machte sich bereit, das Unmögliche zu versuchen. Er wollte sich dem entgegenstellen, ganz gleich, wie aussichtslos es ihm erschien. Er sah es als seine Pflicht an, allein schon Dannthe war er es schuldig. Dannthe hatte ein enormes Risiko auf sich genommen, als er sich mit Elas Mutter eingelassen hatte und er das Kind zeugte. Die Verbundenheit zu seiner Tochter barg eine große Gefahr für ihn. Sie machte ihn verwundbar, schwächte ihn nachhaltig gegenüber anderen Anwärtern. Möglicherweise war er bereits fort.

Dannthe hatte an ihn geglaubt, er war davon überzeugt gewesen, dass allein er sie jetzt noch aufhalten konnte – also musste er es versuchen.

Siddhartha schärfte seine Sinne. Er konzentrierte sich ganz auf Sadhvena. Er musste sie exakt ausmachen, denn nur wenn er sie finden würde, wenn sie ihn nicht von irgendwoher unverhofft angreifen konnte, hatte er vielleicht eine winzige Chance.

Dann fand er sie. Er fand sie am selben Ort, an welchem sie schon all die Stunden zuvor gewesen war. Was er empfing, war dieselbe schwache Aura. Sie flackerte noch immer, war aufs höchste erregt, aber um nichts gewachsen.

Siddhartha verstand es nicht. Er isolierte sie von allem anderen, erst dann begriff er.

Es begann weit früher als verabredet, was Sadhvena nur recht war. Anfangs spürte sie es nur ganz zart, glaubte sie beinahe schon, sie hätte sich getäuscht. Doch dann, ehe sie sich vergewissern konnte, brach es über sie herein.

Es war mit nichts zu vergleichen. Was sie fühlte, war nicht in Worte zu fassen. Ein alles verzehrendes Feuer breitete sich mit einem Schlag aus, fraß alles, was sich ihm in den Weg stellte. Diese Macht erschien ihr derart unbezwingbar, sie würde vor niemandem Halt machen. Damit an ihrer Seite, würde es ihr ein Leichtes sein, Siddhartha und die anderen zu vernichten.

Als sie sich erhob, ihn zu attackieren, stand sie *ihm* plötzlich gegenüber. Und in ihrer letzten Sekunde begriff dann auch sie.

72 Liebe

Siddhartha hatte Ela im Haus ihrer Mutter gefunden. Sie war nicht bei Bewusstsein gewesen, ihm ansonsten aber unverletzt erschienen. Sie hatte auf dem Fußboden im Schlafzimmer ihrer Mutter gelegen, im Bett hatte sich das befunden, was von ihrer Mutter geblieben war.

Dass ihm die Flucht geglückt war, verwunderte ihn sehr. Aber jetzt war er hier, bei ihr.

Ela erwachte erst nach Stunden, danach befand sie sich lange Zeit in einer Art Dämmerzustand. Entkräftet und verwirrt döste sie vor sich hin.

Siddhartha hatte sie in sein Haus gebracht und sie seither nicht mehr aus den Augen gelassen. Wie im Fieberwahn hatte sie irgendwann begonnen, ihm von alldem zu erzählen, was ihr die letzten Tage widerfahren war. Siddhartha kannte ihre Geschichte, noch ehe sie damit begann.

Dannthe hatte Siddhartha getäuscht. Dannthe hatte auch Sadhvena getäuscht, er hatte sie nur benutzt. Nie war sie dazu bestimmt gewesen, die letzte Wahl zu entscheiden. Er hatte es ihr eingeredet und damit Erfolg gehabt.

Siddhartha hatte er dadurch getäuscht, dass er dessen gesamte Aufmerksamkeit auf Sadhvena gerichtet hatte. Er hatte ihn dadurch *klein* gehalten, ihn der Zeit zur Vorbereitung beraubt, während er selbst seine Macht vergrößerte.

Siddhartha hatte Sadhvena 6 Tage lang belauert. 6 Tage, in welchen Dannhte sich am Leid der Menschen labte. Erst nachdem er 6 Tage lang unvorstellbarem Grauen beigewohnt hatte, hatte er sich stark genug gefühlt, sich zu zeigen. Auf seinem Weg nach Jeanne d´Arc, zu Siddhartha und Sadhvena, verbrannte er 8 Anwärter; keiner von ihnen bestand auch nur einen einzigen Augenblick.

Sadhvena brachte ihm nur mehr einen geringen Machtzuwachs, da waren andere, die weit stärker waren als sie. Ihr Dasein hatte von Anfang an nur eine unbedeutende Rolle gespielt.

Es wurde Abend, und es wurde Nacht. Siddhartha erklärte Ela alles so gut er es konnte. All die furchtbaren Dinge, die sie jüngst erleben musste, hatten etwas in ihr zerbrochen, oder doch zumindest betäubt. Sie nahm es sehr ruhig, ja teilnahmslos auf.

Ihr *eigener* Vater war für all das verantwortlich. *Er* war schuld am Tod unzähliger Menschen, auch am Tod ihrer Mutter. Bald schon würde er kommen, um auch Siddhartha zu vernichten, den einzigen, der ihr geblieben war. Ela war schlicht weg überfordert, ihr Verstand flüchtete sich in Apathie.

Auch Siddhartha war seit Stunden nicht mehr klaren Verstandes. Gefühle, welche er so beinahe schon nicht mehr gekannt hatte, hebelten seine Welt aus den Angeln. Jahrhundertelang hatte er aufgrund von Entscheidungen gehandelt, welche er einzig mit dem Verstand getroffen hatte. Seit seinem Erwachen hatte er sich nie mehr von Gefühlen leiten lassen, denn es hatte keine mehr gegeben.

Was er gespürt hatte, waren die Gefühle der Menschen. Ihre Lust, ihre Freude, ihre Traurigkeit und vor allem – ihr Leid. Neugierde, Beschwingtheit, Lüsternheit oder Enttäuschung, waren Zustände, welche er nachvollziehen konnte. Nach Jahrhunderten des Übens konnte er sie deutlich voneinander unterscheiden, dennoch bewirkten sie kaum etwas in ihm.

Was er jetzt empfand, war etwas, das ihn an Rahula erinnerte. Es erinnerte ihn an die Liebe, die er einst für seinen Sohn empfunden hatte. Liebe hatte er von jeher deutlicher spüren können, als andere Empfindungen der Menschen. Wenn diese wahrhaftig und rein war – wie etwa die Liebe einer Mutter zu ihrem Kind dies sein konnte –, vermochte sie es gar ihn zu berühren, in ihm einen kleinen Rausch zu bewirken. Volltrunken machte ihn jedoch nur eines: Angst. Schmerz. Leid.

Jetzt war Siddhartha volltrunken. Er befand sich in gewaltigem Rausch, obgleich niemand in seiner unmittelbaren Nähe ernstlich litt. Natürlich empfand Ela Schmerz, litt sie, nach alledem, was geschehen war. Aber das konnte es nicht sein. Dieser Rausch war zu intensiv, überschwemmte ihn unentwegt, sodass es hierzu weit mehr an Leid bedurfte. Außerdem erschien es ihm, als hätte dieser Rausch seinen Ursprung in ihm selbst, was jedoch unmöglich war. Er war außerstande Gefühle zu entwickeln, er hatte die Fähigkeit hierzu vor Jahrhunderten für immer eingebüßt.

Michela wusste, dass sie Siddhartha liebte. All dies entsetzliche Leid, welches den vielen Menschen um sie herum widerfahren war, hätte sie tieftraurig stimmen sollen. Etliche Menschen waren direkt vor ihren Augen einen schrecklichen Tod gestorben. Vielleicht waren alle ihre Freunde tot? Ihre Mutter war tot! Dennoch war Michela glücklich. Glücklich darüber, an der Seite des Mannes sein zu dürfen, den sie liebte.

Der Tod und all das Entsetzliche, was meist mit ihm einhergeht, birgt in der Tat eine überwältigende Macht. Aber die Liebe steht dem in nichts nach. Michela dachte diese Gedanken nicht mit ihrem Verstand und sie sprach sie auch nicht aus. Sie waren ein Wissen, welches sie in sich trug, welches durch ihre Augen nach außen drang und Siddhartha entgegenstrahlte. Michela bedurfte keiner Worte mehr. Sie glaubte unerschütterlich an die Liebe, die sie von Siddhartha empfing und die sie für ihn empfand. Und selbst Siddhartha begann allmählich das Unmögliche zu akzeptieren.

Als sie sich in dieser Nacht liebten und vereinten, wurden sie eins. Und aus dieser Einheit entstand neues Leben.

73 Zukunft

Im Morgengrauen, wenige Minuten bevor die Sonne ihre ersten wärmenden Strahlen über den Horizont schickte, spürte Siddhartha Dannthe. Ela war unlängst eingeschlafen, Siddhartha erhob sich, ohne sie zu wecken.

Als er sich anzog, öffnete sie ihre Augen.

„Er kommt", sagte sie leise.

„Ja", antwortete Siddhartha ruhig.

„Was glaubst du wird jetzt geschehen?"

„Er ist dein Vater, er wird dir nichts antun."

„Aber er kommt, um dich zu vernichten."

„Ja."

Ela begann zu weinen, ihre Zuversicht zerbröckelte. Siddhartha trat zu ihr, schloss sie fest in seine Arme.

„Warum?", schluchzte Ela.

Siddhartha antwortete nicht.

„Warum können wir nicht einfach fortlaufen?" Ihr Weinen wurde heftiger, sie drängte sich dicht an ihn.

„Das geht nicht", sagte er leise, *„du weißt es."*

Ela wusste es. Sie wusste, dass heute eine Entscheidung getroffen werden musste. Heute entschied sich alles.

Plötzlich wurde Ela ruhig. Sie wich etwas von ihm ab, nahm seine Hände, sah ihm tief in die Augen und sagte mit fester Stimme: *„Dann töte du ihn!"*

Siddhartha sah sie an: *„Aber er ist dein Vater."*

„Ja, aber er ist böse. Er wird ewiges Leid über alles Leben bringen. Du bist gut. Du musst ihn töten!"

„Das kann ich nicht", sagte Siddhartha leise, *„ich habe nicht die Macht dazu."*

„Dann musst du sie eben erwerben. Du musst fliehen! Lauf davon, so lang, bis du stark genug bist. Töte so viele Menschen wie nötig. Tausende, Millionen. Töte so lange, bis du genügend Macht hast, um ihn zu bezwingen – er darf nicht siegen!"

Erneut rannen dicke Tränen über Elas Gesicht. Sie wusste, dass sie Unsinn redete, aber sie wollte ihn nicht verlieren. Das durfte einfach nicht geschehen. Niemals!

Siddhartha zog sie wieder dicht zu sich heran. Auch er wollte sie nicht verlieren, er wollte nicht gehen. Sie hatte ihm gezeigt, dass er zu eigenen Empfindungen fähig war, vielleicht konnte er ja doch noch lieben.

„Es ist zu spät für die Flucht", sagte er schließlich, *„er wird nun gleich hier sein."*

Ela wurde von heftigen Weinkrämpfen geschüttelt, sie krallte sich mit aller Kraft an ihn. Siddhartha hielt sie noch für eine Minute fest in seinen Armen, dann schob er sie sanft, aber bestimmt von sich. *„Er hätte es längst schon beenden können. Ich bin nur mehr hier, weil er es zulässt. Ich* ***muss*** *jetzt gehen, bleib du hier."*

„Nein", schrie Ela, *„du darfst nicht gehen!"* Sie wollte sich wieder an ihn drängen, aber er hielt sie auf Distanz. Kurz kämpfte sie noch dagegen an, dann gab sie nach. *„Ich kann nicht ohne dich sein"*, sagte sie leise, *„wenn du gehst, werde ich ebenso gehen."*

„Nein", erwiderte Siddhartha streng, *„dir ist ein anderer Weg bestimmt."*

Ela sah ihn aus traurigen Augen an. Alle Kraft schwand aus ihrem Körper, sie schien endgültig aufzugeben.

„Ich muss jetzt gehen", sagte Siddhartha einmal mehr. Jetzt zitterte seine Stimme.

Ela sah zu ihm auf: *„Was wird aus mir werden?"*, fragte sie schwach.

„Ich weiß es nicht."

„Sag es mir", beharrte Ela, *„ich weiß, dass du es kannst."*

Siddhartha beteuerte ihr, dass es nichts Gutes ist, seine Zukunft zu kennen. Aber sie ließ sich nicht davon abbringen, also willigte er ein.

Während er sich *erinnerte,* sah sie ihm fest in die Augen. Sie wollte sehen, ob er ihr die Wahrheit sagte. Siddhartha hatte sich für diesen Augenblick unter Kontrolle. Er sah Elas Zukunft und er sagte ihr wahrheitsgetreu, dass sie keine Angst davor zu haben brauche, da sich für sie alles zum Besten wenden würde.

Ela sah ihm lange in die Augen, dann ließ sie ihn los und er ging. Sie glaubte ihm.

74 Entscheidung

Der Weg führte zunächst einen Halbkreis beschreibend vom Haus weg, dann wieder darauf zu und auf dessen Rückseite leicht bergauf, endgültig davon weg. Siddhartha befand sich noch in den langen Schatten seines Hauses, Dannthe weiter bergan, im fahlen Licht der noch tief stehenden Morgensonne. Nur mehr 15 Meter trennten sie voneinander.

Siddhartha verstand nicht, warum Dannthe zögerte, worauf er wartete. Fühlte er selbst doch mit jeder Zelle, dass er ihm unterlegen war.

Er stand still da, erwartete das Unvermeidbare.

Aber genau dies schien Dannthe zu verunsichern. Dannthe wirkte beinahe nervös, so als fürchte er, irgendetwas könnte seinen sicheren Triumph in letzter Sekunde doch noch vereiteln. Siddhartha wurde gewahr, dass all ihre Grundfesten aus den Angeln gerieten.

Dannthe fixierte Siddhartha. Er hatte damit gerechnet, dass dieses Aufeinandertreffen anders sein würde. 14 Mal war er einem Anwärter gegenüber gestanden, 14 Mal hatte er diesen seiner Bestimmung zugeführt.

Jeder von ihnen hatte zuvor ein wenig anders reagiert, aber im entscheidenden Moment, als sie verstanden was geschah, waren sie alle gebannt gewesen, von dem überwältigenden Erlebnis. Die Gelassenheit, mit welcher Siddhartha ihm entgegentrat, verstörte ihn. Dannthe *fühlte* Verunsicherung. Ja, er *fühlte* sie wahrhaftig. Ihre Grundfesten gerieten in der Tat außer Kontrolle.

Was um alles in der Welt versetzte Siddhartha dazu in die Lage, sich dem scheinbar gänzlich zu entziehen? Dannthe trat einen Schritt vor, Siddhartha straffte sich.

Dann kam dieses *Was* hinzu. Ela kam auf direktem Weg vom Haus her gelaufen, wortlos stellte sie sich zwischen die beiden.

Nur für einen kurzen Moment sah sie ihrem Vater in die Augen, dann wandte sie ihm den Rücken zu, sah Siddhartha an. Schweigend lächelte sie ihm zu. Stumm ging sie langsam, Schritt um Schritt rückwärts. Ohne ihr Lächeln von Siddhartha abzuwenden, bewegte sie sich Stück um Stück rückwärts auf ihren Vater zu.

Dannthe ahnte, was vor sich ging. Seine Tochter kam näher und näher. Ohne ihn anzusehen, bewegte sie sich fortwährend auf ihn zu. Dannthe spürte es bereits, er musste jetzt handeln.

Siddhartha empfing Elas Liebe. Er fühlte, welch enorme Kraft von ihr ausging, und mit diese Kraft, wuchs die seine.

Ela trennten nur mehr wenige Schritte von ihrem Vater, als sie ihre Hände schützend um ihren Bauch legte und mit ihren Lippen stumm die Worte formte: *„Glaube daran."* Siddhartha las sie – und verstand.

Er fühlte deutlich Liebe. Er empfing sie nicht nur, er fühlte sie, sandte sie selber aus. Liebe zu Ela und zu seinem ungeborenen Kind. Er *konnte* lieben. Er liebte Michela und sie liebte ihn. Das ungeborene Kind in ihrem Leib, stand für diese Liebe, es würde einst Nibhana führen, alles *musste* letzten Endes gut werden.

Siddhartha *glaubte*, und mit einem Mal wusste er, dass Dannthe ihm nichts anhaben konnte. So sicher er sich zuvor gewesen war, dass er ihm unterliegen werde, so unumstößlich wusste er jetzt, dass er stärker war.

Als das Messer in Dannthes Hand in Michelas Unterleib drang und er triumphierend schrie: *„Nicht die Geburt wird herrschen! Die Wiedergeburt!"*, flackerte diese Stärke nur für einen einzigen, winzigen Moment. Dem Moment, als Siddhartha den Tod seines Kindes spürte. Er sah Siegessicherheit in Dannthes Augen aufblitzten und im nächsten Augenblick war er mit ihm verschwunden.

75 Michela

Michela sank zu Boden. Die Wunde in ihrem Leib schmerzte nicht annähernd so sehr, wie der Stich in ihrem Herzen. Der *gewisse* Verlust ihres Kindes, der Verlust Siddharthas – das war mehr als sie ertragen konnte.

Dennoch klammerte sie sich weiter an die Liebe. In ihrer schwersten Stunde hielt sie sich an ihr fest.

Michela überlebte. Und in ihr überlebte Siddhartha und ihr beider Kind. In ihr überlebte ihre Mutter, überlebte Lisa und alle die, die Ela liebte.

In der Sekunde, in welcher sich Dannhte auflöste, verschwand mit ihm auch die Waffe in seiner Hand. Die Wunde, die der totbringende Stich verursacht hatte, versiegelte sich, und selbst für ihren Vater empfand Michela Liebe. Sie war aus ihm entstanden, er war ein Teil von ihr. Sie konnte ihn nicht hassen.

„Jo Mann, da gab's einst dieses coole Schwarz-Weiß-Foto, auf dem vier Typen vor einem zweigeteilten Loch im Dreck posierten und mächtig stolz in die Kamera glotzen. Die vier Figuren glaubten allen Ernstes, sie hätten mit ihrer Entdeckung 'ne weltbewegende Tat vollbracht, und dabei waren sie nur ihrem doofen Köter hinterher gelaufen. Ehrlich Mann, ganz ihm Ernst, die hatten nur das dumme Vieh gesucht. Also wenn hier überhaupt irgendwem Ehre gebührt, dann ja wohl der Töle.

Na auf jeden Fall stand in so 'nem Artikel, dass 4 Jungen, die ihrem Hund gefolgt waren, die Höhlen zufällig entdeckt hatten.

Vier Jungen also. Aha, aha. Einer dieser Jungen stand zusammen mit einem zweiten halb im Loch und war 'n Opa von mindestens 60. Und ein anderer lungerte draußen vor den Eingängen auf seinen Stock gestützt, und sah aus wie der Daddy von dem Opa im Loch. Die vier Jungs von Lascaux – zu geil.

Aber das Höhlensystem hat's wirklich in sich. Seine Malereien galten lange Zeit als die wichtigsten vorgeschichtlichen Kunstwerke der Welt. An den Wänden fanden sich Bilder der Steinzeit, die wohl um 15.000 vor Christus entstanden waren. Teilweise in überdimensionalen Malereien zeigen sie Rehe, Bären, Pferde, Auerochsen und ein Wesen, das dem sagenumwobenen Einhorn verdammt ähnlich sieht.

All die farbenfrohen Bildchen sind in mindestens 13 verschiedenen Stilen ausgeführt, wahrscheinlich aus gänzlich verschiedenen Epochen.

Alles in allem schon 'ne echt beeindruckende Sache das.

Na ja, der älteste plastische Fund, von dem ich je gehört hab, ist 'ne schaurigschöne Tonmaske, die man in Jordanien fand. Die wird auf etwa 10.000 vor Christus datiert und hätt' dem guten alten Hannibal sicher bestens zu Gesicht gestanden. Dann gibt's da noch 'nen goldenen Brustschmuck aus Bulgarien, der aussieht wie der allererste Schwergewichtsgürtel, und ach ja, nicht zu vergessen, das wohl allererste, etwa 5.000 Jahre alte, abendfüllende Gesellschaftsspiel aus dem Hause Parker. Ein wirklich sehr schmuck gearbeitetes Brettspiel aus Ur. Es sieht aus wie ein paar zusammengeklebte Dominoklötzchen, zu dem wohl auch einige knopfähnliche Spielsteine gehörten.

Ach quatsch! Was red' ich denn da!? Die gute alte Venus von Willendorf, klar! 'Ne kleine Kalksteinstatuette aus der Jungsteinzeit. 'Ne rund 11 Zentimeter große Figur, die in Österreich gefunden wurde. So 'n richtig schön fettes Weib, mit mächtigen Glocken und abnen Armen.

Ich sag's dir, die Typen wussten auch damals schon, worauf's ankommt.

Zuletzt quatschte die Wissenschaft dann natürlich gleich wieder von Fruchtbarkeitskulten und all so 'ner Scheiße. Aber wenn du mich fragst, hatte da einfach einer Bock auf fette Weiber mit riesigen Titten, und das war's dann auch schon.

Na ja, wie auch immer, das kleine Frauchen is' auf alle Fälle sage und schreibe mehr als 27.000 Jahre alt."

Tony vermisste Samuel oft. Die Geschichten, die er ständig zum Besten gab, machten den anderen Mut, gaben ihnen manchmal zu denken und brachten sie zum Lachen.

Samuel hätte die meisten davon gekannt.

Manchmal fragte sich Tony ernstlich, ob er wohl ewig leben würde. Wie oft wollte er dem Tod eigentlich noch von der Schippe springen?

Als er damals in diesem unseligen Krankenhaus zu sich gekommen war, hatte er bereits aufgegeben, dann aber doch noch weiter gekämpft. Er hatte es irgendwie geschafft, die Kraft aufzubringen, sich aus dem Bett zu werfen. Am Boden liegend war er dann zusammengebrochen. Hätte man ihn nicht gefunden, wäre er sicher gestorben.

Oder? Wer weiß.

Sie hatten ihn aufgepäppelt und er hatte zu alter Stärke zurückgefunden. In unzähligen Situationen hatte er diese Schuld um ein Vielfaches zurückgezahlt.

Heute führte Tony viele Menschen. Sie glaubten an ihn, er gab ihnen Kraft. War er auch alt geworden, war er doch noch immer weit zäher als die meisten.

Tony, seine Geschichten und mehr noch seine Geschichte, wurden zum Sinnbild für einen möglichen Neubeginn. Bei manchen galt er gar als unsterblich. Und sollte er einst doch vom Tod besiegt werden, waren die Samen für die Legenden längst schon gesät.

Das wärmende Feuer des Kamins war erloschen, ebenso die Wärme in ihr. Kälte breitete sich im Haus aus, Kälte umfing auch Michelas Herz. Sie saß noch immer aufrecht und unverrückt an gleicher Stelle.

Nicht die Geburt wird herrschen, die Wiedergeburt!

Die beständige Fröhlichkeit verschwand von ihrem Gesicht. Güte und Sanftheit wichen von ihr ab, hart und eisig wurden ihr Züge. Stolz, Herrschsucht, ja Grausamkeit machten sich in ihr breit.

Dannthe war ihr Ursprung, er war ein Teil von ihr.

Im Augenblick ihres Todes sah Michela Tomas, woran sich Siddhartha *erinnert* hatte, als er ihr versprochen hatte, dass sich für sie alles zum Besten wenden würde.

Der Thron Nibhanas war ihr bestimmt. Sie herrschte über alles, und ihre Herrschaft war die des ewigen Bösen.

Danksagungen und Anmerkung des Autors

Der größte Dank gebührt meiner Frau, meiner Liebe, meiner Seelenverwandten. Ohne sie gäbe es dieses Buch nicht, ohne sie wüsste ich nicht, was ich täte.

Dank gebührt auch meinen Freunden, die mir bei Recherchen halfen, mir mit aufmunternden Worten das Weitermachen erleichterten. Dank gebührt auch meinen Eltern, die mich länger unterstützten, als es sich allgemein hin ziemt und es heute noch tun. Ein spezieller Dank gebührt Irmgard Müller, die mir mit ihrem Lektorat sehr geholfen hat. Und ganz zuletzt danke ich dir, lieber Quetschkopfzombie – für was auch immer.

Es sei nochmals ausdrücklich darauf hingewiesen, dass es sich bei diesem Buch um eine frei erfundene Geschichte handelt. Es stand nie in meiner Absicht jemanden damit zu kränken oder gar zu beleidigen. Sollte dies unwillentlich dennoch geschehen sein, sei's drum…